THE COLLAPSE OF THE UNIVERSE

刘慈欣 等⊙著

北京理工大学出版社
BEIJING INSTITUTE OF TECHNOLOGY PRESS

图书在版编目（CIP）数据

宇宙坍缩 / 刘慈欣等著 . -- 北京 : 北京理工大学出版社, 2016.8
（2023.4 重印）

（虫）

ISBN 978 - 7 - 5682 - 2544 - 1

Ⅰ. ①宇… Ⅱ. ①刘… Ⅲ. ①科学幻想小说 - 小说集 - 中国 - 当代
Ⅳ. ① I247.5

中国版本图书馆 CIP 数据核字 (2015) 第 150780 号

出版发行 / 北京理工大学出版社有限责任公司
社　　址 / 北京市海淀区中关村南大街5号
邮　　编 / 100081
电　　话 / （010）68914775（总编室）
　　　　　　（010）82562903（教材售后服务热线）
　　　　　　（010）68944723（其他图书服务热线）
网　　址 / http://www.bitpress.com.cn
经　　销 / 全国各地新华书店
印　　刷 / 天津市天玺印务有限公司
开　　本 / 880毫米×1230毫米　1 / 32
印　　张 / 11　　　　　　　　　　　　　　　　　　责任编辑 / 高　坤
字　　数 / 188千字　　　　　　　　　　　　　　　　文案编辑 / 高　坤
版　　次 / 2016年8月第1版　2023年4月第8次印刷　责任校对 / 孟祥敬
定　　价 / 45.00元　　　　　　　　　　　　　　　　责任印制 / 边心超

=== "虫"微语 ===

针孔里窥视方寸天地

面对浩瀚无际的宇宙、无涯无边的时间，个体的存在实在是太微渺了，微渺得如同一只趴在时空罅隙间的蝼蚁，无声无息，无关紧要。

可是作为一根有思想的芦苇，人类并不甘心在面对时空的联合"剿杀"时毫无招架之力，于是总想借助科技的力量、思想的触角来超越时空，进入到宇宙之心、时间之端。恰如王阳明所言的"上下四方曰宇，古往今来曰宙。宇宙无穷，我心亦无穷。宇宙便是吾心，吾心即是宇宙"，将宇宙和时间玩弄于股掌之间：所谓宇宙八荒，浩涯光阴，不过是人心的一个投射，整个世界，凝缩于人心之中，未来则成了我心中的世界原形之一，它的到来，只是为了印证我心所思的准确与否，从而消解了未来的定义，将时空凝固于"我心"上。

借助心的思索能力，想象力的辽阔空间，人类跨越了科技的时代局限性，让自己变成了睥睨宇宙的超人，预言未来的先知，而其中走得最远的，莫过于科幻作者。

理论上，对于时空看得最为透彻的，乃是科学家，因为他们有机会接触到最前沿的科学真理，把握最真实的客观世界。比如，爱因斯坦的相对论，第一次将时间与空间融合在了一起，让逆时光旅行成为可能；比如，霍金的十一维空间说，让人类的视角进入到一百万亿亿亿分之一的超微观世界中。只是科学家基于严谨的科学思维，探索更多的还是世界的本原，纵有一点假设，也是停留在小心论证的阶段。与之相比，科幻作者却可以大胆假设，自由想象，纵意遨游在时空的高纬度上，俯瞰未来。世界在他们面前，不再是枯燥的一幕，而是像从针孔里窥视方寸天地，可以尽情延展开，无始亦无终，广阔无边。

这样人类才得以暂时摆脱生命的短暂痛感，而进入
永恒的时空观里。

每一位科幻作者都是一名"先知"

从某种意义上讲，每一位科幻作者都是一名"先
知"，对未来作出预言，为世人揭开未来世界的面
纱，让我们瞥到时光飘然扬起的裙裾一角，为之遐
想、陶醉甚至冲动，并在这样的"先知"中完成了
对现在的检视。大多数的科幻小说离现实有一定的
时空距离，或是科技距离。这种距离可以是扁平的，
即将时间从将来的端点上先行延接到现在的时间上，
例如许多好莱坞科幻大片中所展示的世界情景；也
可以是断层的，即高出我们的现实，成了理想国，
寄寓着人类对于未来世界的美好幻想。

在科幻小说中，除了时间与空间这对坐标轴以
外，更深远的，还是科技与人性之间的关系。与时
空可以相互融合不同的是，科技与人性往往是处于
对立的状态。精神分析学派的创始人弗洛伊德指出，

文明（科技）的发展是以人性的压抑为代价的。西方另外一名社会学家马克斯·韦伯也说过，人类的个性与理性是相互冲突的。社会分工的细化，物质文明与科技的发展，只会将人变成没有灵魂的机器，陷入社会的"铁笼"中。在好莱坞电影中，创作者往往会放大这种科技与人性之间的冲突性，制造出各种未来人类与机器人争夺地球控制权的场面，甚至人类被迫重返刀耕火种、茹毛饮血的原始社会。在这样的混战下，人类的意识和幸福感逐渐被剥夺掉，沦为科技的奴仆。尽管电影的结局总会出现人类挥师反攻、重掌大权的胜利，可是那种科技瓦解与诛杀人性的画面，却让人类陷入了持续的阴影之中。

科幻小说是集想象力、智力乃至道义和思想于一体的

在科学家的眼中，有关科技与人性的"战争"，是一种头疼、一种战栗，会引发各种伦理的探讨，

但对于科幻作者来说，这却是一个巨大的创作空间。通过站立在时空的高点，作者们以一种灵魂出窍的方式，勾勒出各种可能存在的未来之境，并将这种虚幻之境变成一面镜子，用于折射和审视我们生活的世界，在理想与现实的游离之中，获得清醒，以及改造现世的冲动。所以说，科幻小说是集想象力、智力乃至道义和思想于一体的。一部伟大的科幻小说，可以成为人类文明发展的指明灯。科幻小说的迷人之处，就像是踏入月球里的人，失去了重力的牵引，可以随心畅享漂浮起来的快感。对于未来充满天马行空的想象与描述，人类的命运、人性的圆满或黑洞都在笔下肆意蜿蜒，从而抛弃了种种现世的羁绊，引导读者进入到灵魂出窍的奇妙体验中。

在本套丛书中，众多的作者经由各自的知识体系以及人文情怀，用恢宏的想象力与自由的文笔，为我们展现了一个个无比辉煌与震撼人心的科学幻景：他们有的偏重于思考地球下一轮的进化；有的开始反思科技会将人类的命运引向何方；有的将视野投向辽阔宇宙，有的将目光凝缩在量子级别；也有的则是重返内心，探寻高科技如何消灭人类的信仰与诗意……他们中，无论是冰冷的"科技派"，抑或是悲悯的"人文主义者"，笔锋所指向的共同归途都是未来人类的命运：在强大的科技面前，人类究竟是变成一只可怜的虫子呢，还是会破茧重生，自由翩跹？科技究竟是将人类带返回光明的伊甸园呢，还是让人类坠入黑暗与绝望的沉沦中？智慧（科技）的禁果带给人类的究竟是幸，还是不幸？不同的作者，对于这个终极追问都给出了各自的解答，答案各有千秋。比如刘慈欣认定科技无法解构与超越诗意，比如刘维佳认为爱情可以在时间的尽头得以延伸，比如在王晋康的眼中，科技造就了神的仁义，可是生命的脆弱性与丑恶性也会毁去神的存在，人类总是在愚昧之后进行反思，然后再一点一点地回归与神性或说理性……

二十世纪弗洛伊德曾指出，在人类进化的过程中，有三个事件打击了人类的自恋情结：第一个事件是哥白尼的日心说，推翻了地球是宇宙中心的论点；第二次是达尔文的进化论，填平了动物与人类之间的鸿沟；第三次便是精神分析学，打破了人是自己主人的迷梦，证明了潜意识和非理性占据着心理过程的主导地位。可以想象，在未来的科技世界里，很快将有第四个事件乃至第N个事件打击到人类的自恋情结，因为随着量子力学的发展，我们终将证实我们的"无"——所谓的万物皆是由虚空所组成，所谓的时间不过是物质的现时意念的体现，而时间与空间的存在意义，只是将人类禁锢于三维世界的物质国度里……于是，你会发现，你此刻翻阅此书而产生的一个动念，一个精神共鸣，都是多么巧妙的造物主神作！

——科幻悬疑作家、评论人、广东省网络作家协会副秘书长：无意归

目 录

宇宙坍缩

——光年尺度下的思考

刘慈欣

坍缩将在凌晨 1 时 24 分 17 秒发生。

对坍缩的观测将在国家天文台最大的观测厅进行。这个观测厅接收在同步轨道上运行的太空望远镜发回的图像，并把它投射到一块篮球场大小的巨型屏幕上。现在，屏幕上还是空白。到场的人并不多，都是理论物理学、天体物理学和宇宙学的权威。对即将到来的这一时刻，他们是这个世界上少数真正能理解其含义的人。此时他们静静地坐着，等着那一时刻，就像刚刚用泥土做成的亚当、夏娃等着上帝那一口生命之气一样。只有天文台的台长在焦躁地来回踱着步。巨型屏幕出了故障，而负责维修的工程师到现在还没来。如果她来不了的话，来自太空望远镜的图像就只能在小屏幕上显示，那这一伟大时刻的气氛就差多了。

丁仪教授走进了大厅。

科学家们都提前变活了，一齐站了起来。除了半径为 150 亿光年的宇宙，能让他们感到敬畏的就是这个人了。

丁仪同往常一样目空一切，没有同任何人打招呼，也没有坐到那把为他准备的大而舒适的椅子上去，而是信步走到大厅的一角，欣赏起放在玻璃柜中的一只大陶土盘来。这只陶土盘是天文台的镇台之宝，是价值连城的西周时代的文物，上面刻着几千年前已化为尘土的眼睛所看到的夏夜星图。这只陶土盘经历了沧海桑田，已到了崩散的边缘，上面的星图模糊不清，但大厅外面的星空却丝毫没变。

丁仪掏出一个大烟斗，向一只上衣口袋里挖了一下，挖出了满满一斗烟丝，然后旁若无人地点上烟斗抽了起来。大家都很惊诧，因为他有严重的气管炎，以前是不抽烟的，别人也不敢在他面前抽烟。再说，观测大厅里严禁吸烟，而那个大烟斗产生的烟雾比十支香烟都多。

但丁教授是有资格做任何事情的。他创立了统一场论，实现了爱因斯坦的梦想。他的理论对宇宙大尺度空间所做的一系列预言都得到了实际观测的精确证实。后来，使用统一场论的数学模型，上百台巨型计算机不间断地运行了三年，得出了令人难以置信的结论：已膨胀了150亿年的宇宙将在两年后转为坍缩。

现在，这两年时间只剩不到一个小时了。白色的烟雾在丁仪的头上聚集盘旋，形成梦幻般的图案，仿佛是他那不可思议的思想从大脑中飘出……

台长小心翼翼地走到丁仪身边，说："丁老，今天省长要来，请到他不容易，请您一定给省长说说，请他给我们多少拨一些钱。本来不该因这些事使您分心的，但台里的经费状况已到了山穷水尽的地步，国家今年不可能再给钱，只能向省里要了。我们是国内主要的宇宙观测基地，可您看我们到了什么地步，连射电望远镜的电费都拿不出来。现在，我们已经开始打它的主意了……"台长指了指丁仪正欣赏的古老星图盘，"要不是有文物法，我们早就卖掉它了！"

这时，省长同两名随行人员一起走进了大厅。他们的脸上显出疲惫的神色，把一缕尘世的气息带进这超凡脱俗的地方："对不起。哦，丁老您好，大家好。对不起，来晚了。今天是连续暴雨后的第一个晴天，洪水形势很紧张，长江已接近1954年的最高水位了。"

台长激动地说了许多欢迎的话，然后把省长领到丁仪面前，"下面，请丁老为您介绍一下宇宙坍缩的概念……"同时他向丁仪递了个眼色，"这样好不好，我先说说自己对这个概念的理解，然后请丁老和各位科学家指正。首先，哈勃发现了宇宙的红移现象——是哪一年我记不清了——我们所能观测到的所有星系的光谱都向红端移动。根据开普勒效应，这表明所有的星系都在离我们远去。由此现象我们可以得出结论：宇宙在膨胀。由此又得出结论：宇宙是在150亿年前的一次大爆炸中诞生的。如果宇宙的总质量小于某一数值，宇宙将永远膨胀下去；如果总质量大于某一数值，则万有引力将逐渐使膨胀减速、停止，之后，宇宙将在引力作用下走向坍缩。以前宇宙中所能观测到的物质总量使人们倾向于第一个结论，但后来发现中微子具有质量，并且在宇宙中发现了大量以前没有观测到的暗物质，这使宇宙的总质量大大增加，人们又转向了后一个结论，认为宇宙的膨胀将逐渐减慢，最后转为坍缩——宇宙中的所有星系将向一个引力中心聚集。这时，同样由于开普勒效应，在我们眼中，所有星系的光谱将向蓝端移动，即蓝移。而丁老的统一场论计算出了宇宙由膨胀转为坍缩的精确时间。"

"他说得基本正确。"丁仪慢慢地把烟灰磕到干净的地毯上。

"对,对,如果丁老都这么认为……"台长高兴得眉飞色舞。

"正确到足以显示他的肤浅。"丁仪又从上衣口袋挖出一斗烟丝。

台长的表情凝固了，科学家那边传来了低低的讥笑声。

省长宽容地笑了笑:"我也是学物理的,但毕业后这三十年,我都差不多忘光了。同在场的各位相比,我的物理学和宇宙学知识,怕是连肤浅都达不到。唉,我现在只记得牛顿三定律了。"

"但离理解它还差得很远。"丁仪点上了新装的烟丝。

台长哭笑不得地摇摇头。

"丁老，我们生活在两个完全不同的世界里。"省长感慨地说，"我的世界是现实的、无诗意的、烦琐的，我们整天像蚂蚁一样忙碌，目光也像蚂蚁一样狭窄。有时深夜从办公室里出来，抬头看看星空，已是难得的奢侈了。而您的世界充满着空灵与玄妙，您的思想跨越上百亿光年的空间和上百亿年的时间，地球对于您只是宇宙中的一粒灰尘，现世对于您只是永恒中短得无法测量的一瞬，整个宇宙似乎都是为了满足您的好奇心而存在的。说句真心话，丁老，我真有些嫉妒您。我年轻时也做过那样的梦，但进入您的世界太难了。"

"但今天晚上并不难。您至少可以在丁老的世界中待一会儿，一起目睹这个宇宙最伟大的一瞬间。"台长说。

"我没有这么幸运。各位，很对不起，长江大堤已出现多处险情，我得马上赶到防总去。在走之前，我还有两个问题想请教丁老，这些问题在您看来可能幼稚可笑，但我苦想了很长时间也没有弄明白。第一个问题，坍缩的标志是宇宙由红移转为蓝移，我们将看到所有星系的光谱同时向蓝端移动。但目前能观测到的最远的星系距我们100多亿光年，按您的计算，宇宙将在同一时刻坍缩，那样的话，我们要过100多亿年才能看到这些星系的蓝移出现。即使最近的半人马座，也要在四年之后才能看到它的蓝移。"

丁仪缓缓地吐出一口烟雾，那烟雾在空中飘浮，像微缩的旋涡星系："很好，你能想到这一点，有点像一个物理系的学生了，尽管仍是一个肤浅的学生。是的，我们将同时看到宇宙中所有星系光谱的蓝移，而不是在从四年到一百亿年的时间上依次看到。这源于宇宙大尺度范围内的量子效应。它的数学模型很复杂，是物理学和宇宙学中最难表述的概念。没指望您能理解。但由此你已得到第一个启示，它提醒您，宇宙坍缩产生的效应远比人们想象的复杂。你还有问题吗？哦，你没有必要马上走，你要去处理的事情并不像你想象的那样紧迫。"

"同您的整个宇宙相比，长江的洪水当然微不足道了。但丁老，神秘的宇宙固然令人神往，但现实生活也还是要过的。

谢谢丁老的教诲，祝各位今晚看到你们想看的。"

"你不明白我的意思，"丁仪说，"现在长江大堤上一定有很多人在抗洪。"

"但我有我的责任，丁老，我必须回去。"

"你还是不明白我的意思，我是说大堤上的人们一定很累了，你可以让他们也离开。"

所有的人都惊呆了。

"什么……离开？干什么，看宇宙坍缩吗？"

"如果他们对此不感兴趣，可以回家睡觉。"

"丁老，您真会开玩笑！"

"我是认真的，他们干的事已没有意义。"

"为什么？"

"因为坍缩。"

沉默了好长时间，省长指了指大厅一角陈列的那只古老星图盘说："丁老，宇宙一直在膨胀，但从上古时代到今天，我们所看到的宇宙没有什么变化。坍缩也一样，人类的时空同宇宙时空相比，渺小到可以忽略不计。除了纯理论的意义外，我不认为坍缩会对人类生活产生任何影响。甚至，我们可能在一亿年之后都不会观测到坍缩使星系产生的微小位移——如果那时还有我们的话。"

"15亿年。"丁仪说，"如果用我们目前最精密的仪器，

15 亿年后我们才能观测到这种位移。"

"而宇宙完全坍缩要 100 多亿年。所以，人类是宇宙这棵大树上的一滴小露珠，在它短暂的寿命中，是绝对感觉不到大树的成长的。您总不至于同意互联网上那些可笑的谣言，说地球会被坍缩挤扁吧？"

这时，一位年轻姑娘走了进来，脸色苍白，目光黯淡。她就是负责巨型显示屏的工程师。

"小张，你也太不像话了！你知道这是什么时候？"台长气急败坏地冲她喊道。

"我父亲刚在医院里去世……"

台长的怒气立刻消失了："真对不起，我不知道，可你看……"

工程师没再说什么，只是默默地走到大屏幕的控制计算机前，开始埋头检查故障。丁仪叼着烟斗慢慢走了过去。

"哦，姑娘，如果你真正了解宇宙坍缩的含义，你父亲的死就不会让你这么悲伤了。"

丁仪的话激怒了在场的所有人。工程师猛地站起来，她苍白的脸由于愤怒而涨红，双眼充满泪水。

"您不是这个世界上的人！也许，同您的宇宙相比，父亲不算什么，但父亲对我重要，对我们这些普通人重要！而您的坍缩，不过是夜空中那弱得不能再弱的光线频率的一点点变化而已。这变化，甚至那光线，如果不是由精密仪器放大上万倍，谁都看不到！坍缩是什么？对普通人来说什么都不是！宇宙膨胀或坍缩，对我们有什么区别？但父亲对我们是重要的，您明白吗？"

当工程师意识到自己是在向谁发火时，她克制住自己，转身继续工作。

丁仪叹息着摇摇头，对省长说："是的，如你所说，两个世界。我们的世界……"他挥手指指物理学家们，"小的尺度是亿亿分之一毫米，"又指指宇宙学家们，"大的尺度是百亿光年，这是一个只能用想象来把握的世界。而你们的世界，有长江的洪水，有紧张的预算，有逝去的和还活着的父亲……一个实实在在的世界。但可悲的是，人们总要把这两个世界分开。"

"可您看到它们是分开的。"省长说。

"不！基本粒子虽小，却组成了我们；宇宙虽大，我们却身在其中。微观和宏观世界的每一个变化都牵动着我们的一切。"

丁仪说完，突然大笑起来。这笑除了神经质外，还包含着一种神秘的东西，让人毛骨悚然。

"好吧，物理系的学生，请背诵你所记住的时间空间和物质的关系。"

省长像小学生那样顺从地背了起来："由相对论和量子力学所构成的现代物理学已证明，时间和空间不能离开物质而独立存在。没有绝对时空。时间、空间和物质世界是融为一体的。"

"很好，但有谁真正理解了呢？你吗？"丁仪问省长，然后转向台长，"你吗？"转向埋头工作的工程师，"你吗？"又转向大厅中的其他技术人员，"你们吗？"最后转向科学家们，"你们？不，你们都不理解。你们仍按绝对时空来思考宇宙，就像脚踏大地一样自然。绝对时空就是你们思想的大地，离开它，你们对一切都无从把握。谈到宇宙的膨胀和坍缩，你们认为那只是太空中的星系在绝对的时间空间中散开和汇聚。"他说着，踱到那个玻璃陈列柜前，伸手打开柜门，把那只珍贵的星图盘拿了出来，放在手上抚摸着，欣赏着。台长万分担心地抬起两只手在星图盘下护着。这件宝物放在那儿二十多年，还没有人敢动一下。台长焦急地等着丁仪把星图盘放回原位，但他没有，而是一抬手，把星图盘扔了出去！

价值连城的古老珍宝，在地毯上碎成了无数陶土块。

空气凝固了，大家呆若木鸡，只有丁仪还在悠然地踱着步，成为这僵固的世界中唯一活动的东西，他的话音仍不间断地响着。

"时空和物质是不可分的，宇宙的膨胀和坍缩包括整个时空。是的，朋友们，包括整个时间和空间！"

又响起了一声脆响，这是一只玻璃水杯从一名物理学家手中掉下去的声音。物理学家并不是吃惊于那个星图盘的摔碎，否则杯子早就掉了。其他物理学家和宇宙学家们陷入震惊之中，引起他们震惊的原因是丁仪话中的含义。

"您是说……"一名宇宙学家死死地盯着丁仪，话卡在喉咙里说不出来。

"是的。"丁仪点点头，然后对省长说，"他们明白了。"

"那么，这就是统一场数学模型的计算结果中那个负时间参量的含义？"一名物理学家恍然大悟地说。丁仪点点头。

"为什么不早些把它公布于世？您太不负责任了！"另一名物理学家愤怒地说。

"有什么用？只能引起全世界范围的混乱。对时空，我们能做些什么？"

"你们都在说些什么？"省长一头雾水地问。

"坍缩……"台长——同时是一名天体物理学家——做梦似的喃喃地说，"宇宙坍缩会对人类产生影响，是吗？"

"影响？不，它将改变一切。"

"能改变什么呢？"

科学家们都在匆匆整理思绪，没人回答他。

"你们就告诉我，坍缩时，或宇宙蓝移开始时，会发生什么？"省长着急地问。

"时间将反演。"丁仪回答。

"……反演？"省长迷惑地望望台长，又望望丁仪。

"时光倒流。"台长简短地解释。

巨型屏幕这时修好了，壮丽的宇宙出现在大家面前。为了使坍缩的出现更为直观，太空望远镜发回的图像由计算机进行了处理，所有的恒星和星系发出的光都呈红色，象征着目前膨胀中的宇宙的红移。当坍缩开始时，它们将同时变为蓝色，屏幕的一角显示着蓝移出现的倒计时：150秒。

"我们的时间随宇宙膨胀了一百多亿年，但现在，这膨胀的时间只剩不到三分钟了。之后，时间将随宇宙坍缩而倒流。"丁仪走到木然的台长面前，指指摔碎的星图盘，"不必为这件古物而痛心，蓝移出现后不久，碎片就会重新复原，它会回到陈列柜中去；多少年以后，回到土中深埋；再过更长的时间，它将回到燃烧的窑中，然后作为一团潮泥回到那位上古天文学家的手中……"他走到那位年轻的女工程师身边，"也不要为你的父亲悲伤，他将很快复活，你们很快就会见面。如果父亲对你很重要，你应该感到安慰，因为在坍缩的宇宙中，他比你长寿，他将看着你作为婴儿离开这个世界。是的，我们这些老人都是刚刚踏上人生旅途，而你们年轻人则已近暮年，或是幼年。"他又走到省长面前，"如果长江的洪水过去没有在你的任期内越出江堤，那未来也永远不会，因为坍缩宇宙中的未来就是膨胀宇宙中的过去。最大的险情要到1954年才会出现，但那时你的生命已接近幼年，那不是你的责任了。我们所知道的时间只剩下一分钟了，现在无论做什么，都不会对将来产生后果。大家可以做各自喜欢的事情而不必顾虑将来。在这个时间里，已经没有将来了。至于我，我现在只是干我喜欢但以前由于气管炎而不能干的一件小事。"丁仪又用大烟斗从口袋里挖了一锅烟丝点上，悠然地抽了起来。

蓝移倒计时 50 秒。

"这不可能！"省长叫道，"从逻辑上这说不通，时间反演？一切都将反过来进行，难道我们倒着说话吗？这太难以想象了！"

"你会适应的。"

蓝移倒计时 40 秒。

"也就是说，以后的一切都是重复？那历史和人生将变得多么乏味！"

"不会的，你将在另一个时间里。现在的过去将是你的未来，我们现在就在蓝移发生时的未来里。你不可能记住未来。蓝移开始时，你的未来一片空白。对它，你什么都不记得，什么都不知道。"

蓝移倒计时 20 秒。

"这不可能！"

"你将会发现，从老年走向幼年、从成熟走向幼稚是多么合理，多么理所当然。如果有人谈起时间还有另一个流向，你会认为他是痴人说梦。快了，还有十几秒。十几秒后，宇宙将通过一个时间奇点。在那一点，时间不存在。然后，我们将进入坍缩宇宙。"

蓝移倒计时 8 秒。

"这不可能！真的不可能！"

"没关系，6 秒钟后你就会知道的。"

蓝移倒计时 5 秒，4，3，2，1，0。

宇宙由使人烦躁的红色变为空洞的白色……

……时间奇点……

……宇宙变为宁静美丽的蓝色，蓝移开始了，坍缩开始了。

……

了始开缩坍，了始开移蓝，色蓝的丽美静宁为变宙宇……

……点奇间时……

……色白的洞空为变色红的躁烦人使由宙宇

0，1，2，3，4，秒 5 时计倒移蓝

……

水星播种

——科幻中的『圣经』

王晋康

再宏伟的史诗性事件也有一个普通的开端。2032 年，正当万物复苏的季节，这天我和客户谈妥一笔千万元的订单，晚上在得意楼宴请了客户。回到家中已是 11 点，儿子早睡了，妻子田娅依在床头等我。酒精还在血管中燃烧，赶跑了我的睡意。妻子泡了一杯绿茶，倚在身边陪我闲聊。我说："田娅，我的这一生相当顺遂呀，年方 34 岁，有了两千万资产，生意成功，又有美妻娇子。人生如此，夫复何求！"妻子知道我醉了，抿嘴笑着没接话。

这时电话铃响了，拿起听筒，屏幕上显出一位男人，身板硬朗，一头银发一丝不乱，目光沉静，也透着几分锐利。他微笑着问：

"是陈义哲先生吗？我是何俊律师。"

"我是陈义哲，请问？"

何律师举起手指止住我的问话,笑道:"虽然我知道不会错，但我仍要核对一下。"他念出我的身份证号码，我父母的名字，我的公司名称，"这些资料都没错吧？"

"不错。"

"那么，我正式通知你，我的当事人沙午女士指定你为她的遗产继承人。沙女士是 5 年前去世的。"

我和妻子惊异地对看一眼："沙午女士？我不认识——噢，对了！"我突然想起来了，小时在爸爸的客人中有这么一位女士，论起来是我的远房姑姑。她那时的年龄在 40 岁左右，个子矮小，独身，没有儿女，性格似乎很清高恬淡。在我孩提的印象中，她并不怎么亲近我，但老是坐在角落里静静地观察我。后来我离开家乡，再没有听过她的消息。她怎么忽然指定我为遗产继承人呢？"我想起沙午姑姑了，对她的去世我很难过。我知道她没有子女，但她没有别的近亲吗？"

"有，但她指定你为唯一继承人。想知道为什么吗？"

"请讲。"

"还是明天吧，明天请允许我去拜访你，上午 9 点，可以吗？好，再见。"

屏幕暗下去，我茫然地看着妻子，这个消息太突然了。妻子抿嘴笑着："义哲先生，你的人生的确顺遂呀！看，又是一笔天外飞来的遗产，没准它有几个亿呢！"

我摇摇头："不会。我知道沙午姑姑是一名科学家，收入虽丰，但仍属于工薪阶层，不会有太丰厚的遗产。不过我很感动，她怎么不声不响就看中我呢？说说看，你丈夫是不是有很多优点？"

"当然啦，不然我怎么会在 50 亿人中选上你呢！"

我笑着搂紧妻子，把她抱到床上。

第二天，何律师准时来到我的公司。我让秘书把房门关上，交代下属不要来打扰。何律师把黑色皮包放在膝盖上，我想，他马上会拉开皮包，取出一份遗嘱宣读了。但他没有这样做，而是轻叹道：

"陈先生，恐怕这是我一生中最困难的律师业务。为什么这样说，以后你会明白的。现在，先说说我的当事人为什么指定你继承遗产吧！"

他说："还记得你两岁时的一件事吗？那时你刚刚会说一些单音节的词。一天你父母抱着你出门玩，沙女士也陪着。你们遇到一家饭店正在宰牛，血流遍地，牛的眼睛下挂着泪珠。你们在那儿没有停留，大人们都没料到你会把这件事放到心里。回家后你一直闷闷不乐，反复念叨着，刀、杀、刀、杀。你妈妈忽然明白了你的意思，说：'你是说那些人用刀杀牛，牛很可怜，对不对？'你一下子放声大哭，哭得惊天动地，劝也劝不住。从那之后，沙女士就很注意你，说你天生有仁者之心。"

我仔细回想，最终还是摇了摇头，这件事在我心中已没有一丝记忆。何律师又说："另一件事则是你7岁之后了。沙女士说，那时你有超出7岁的早熟，常常皱着眉头愣神，或向大人问一些古古怪怪的问题。有一天你问沙姑姑，为什么闭上眼睛后，眼帘上并不是空的，不是绝对的黑暗，而是有无数细小的微粒、空隙或什么东西飘来飘去，但无法看清它们。你常常闭上眼睛努力想看清，总也办不到，因为当你把眼珠对准它时，它会慢慢滑出视野。你问沙姑姑，那些杂乱的东西是什么？是不是在我们看得见的世界背后，还有一个看不见的世界？"

我点点头，心中发热，也有些发酸。童年时我为这个毫无意义的问题苦苦追寻过，一直没有答案。即使现在，闭上眼睛，我仍能看到眼帘上乱七八糟的麻点，它确实存在，但永远在你的视野之外。也许它只是瞳孔微结构在视网膜上的反映，或者是另一个世界（微观世界）的投影。现在，我已没有闲心去探求这个问题了，能有什么意义呢？但童年时，我确实为它苦苦寻觅过。

我没想到这件小事竟有人记得，我甚至有点畏惧：一个人的一生中，有多少双眼睛在默默地观察你啊！何律师盯着我眼睛深处，微笑道：

"看来你回忆起来了。沙女士说，从那时起她就发现你天生慧根，天生与科学有缘。"

我猜度着，沙姑姑的遗产大概与科学研究有关吧，可能她有某个未完成的重要课题等待我去解决。我很感动，但更多的是苦笑。少年时我确实有强烈的探索欲，无论是磁铁对铁砂的吸引，还是向日葵朝着太阳的转动，都能使我迷醉。我曾梦想做一个洞悉宇宙奥秘的科学家，但最终却走上经商之路。人的命运是不能全由自己择定的。

"谢谢沙姑姑对我的器重。但我只是一个商人，在商海中干得还不错。我没有接受过高等教育，即使我真的有慧根，这慧根也早已枯死了。"

"没关系，她对你非常信赖，她说，你一旦回头，便可立地成佛。"他强调道，"一旦回头，立地成佛，这是沙女士的原话。"

我既感动，又有些好笑，看来这位沙姑姑是赖上我啦！她就只差说"苦海无边，回头是岸"了。不过，如果继承遗产意味着放弃我成功的商业生涯，那沙姑姑恐怕要失望了。但我仍然礼貌地等客人往下说。老于世故的何律师显然洞悉我的心理，笑道：

"我已经说过，这是我最困难的一次律师业务。你是否接受这笔遗产，务请认真考虑后再定夺，你完全可以拒绝的。"他歉然说，"对不起，我现在还不能宣布遗嘱的内容。遵照我当事人的规定，请你先看看这本研究笔记，如果你对它不感兴趣，我们就不必深谈了。请你务必抽时间详细阅读，这是立嘱人的要求。"

他从黑提包里取出一本薄薄的笔记，郑重地递给我，然后含笑告辞。

这位狡猾的老律师成功地勾起了我的好奇心，我匆匆安排了一天的工作，带上笔记本回到家中。家里没有人，我走进书房，关上门，掏出笔记本认真端详。封皮是黑色的，已有磨损，显然是几十年前的旧物。它静静地躺在我手中，就像是惯于保守秘密的沧桑老人。笔记本里究竟藏有什么秘密？

我郑重地打开它。不，没什么秘密，只是一般的研究笔记，是心得、杂记和一些试验记录。遣词用句很简练，看懂它比较困难，不过我还是认真看下去。后来，我看到一篇短文，一篇不足千字的短文，这篇短文影响了我的一生。

《生命模板》

20世纪后半期，科学家费因曼和德雷克斯勒开启了纳米科学的先河。他们说，自古以来人们制造物品的方法都是"自上而下"的，是用切削、分割、组合的方法来制造。那么，为什么我们不能"自下而上"呢？可以设想制造这样的纳米机器人，它们能大量地自我复制，然后它们去分解灰尘的原子，再把原子堆砌成肥皂和餐巾纸。这时，生命和非生命、制造和成长的界限就模糊了，互相渗透了。

这当然是一个美好的设想，可惜其中有一个重大的缺陷——当纳米机器人大量复制时，当它们把原子堆砌成肥皂和餐巾纸时，它们所需的程序指令从何而来？毫无疑问，这个指令仍是自上而下的，因此就形成宏观世界到纳米世界的信息瓶颈。这个瓶颈并非不能解决，但它会使纳米机器人大大复杂化，使自下而上的堆砌烦琐得无法进行。

有没有简便的真正自下而上的方法？有。自然界有现成的例子——生命。即使最简单的生命，如艾滋病毒、大肠杆菌、线虫、蚊子，它们的构造也是极复杂的，远远超过汽车、电视机等机器。但这些复杂体却能按DNA中暗藏的指令，自下而上地建造起来。这个过程极为高效和廉价。想想吧，如果以机械的办法造出一架功能不弱于蚊子的微型直升机，需要人们做出多么艰巨的努力！付出多少金钱！而蚊子的发育呢，只需要一颗虫卵和一池污水就行了。

由于生命体的极端复杂和精巧，人们常把它神秘化，认为它只能是上帝所创造，认为生命体的建造过程是人类永远无法破译的黑箱。实际上并非如此，只要用还原论的手术刀去剖析它，就会发现它也是一种自组织过程，仅此而已。宇宙中的一切都是由自组织形成：宇宙大爆炸形成的夸克；宇宙星云中产生的星体；地球岩石圈的形成；石膏和氯化钠的结晶；六角形雪花的凝结，等等等等。宇宙中的四种力：强力、弱力、电磁力和引力是万能的黏合剂，是它们促使复杂组织能自发地建造。

生命也是一种自组织，不过是高层面的自组织。两者的区别在于：非生命物质自组织过程是不需要模板的，或者说它也要模板，但这种模板很简单，宇宙中无处不在。所以，太阳和100亿光年外的恒星可以有相同的成长过程；巴纳德星系的行星上如果飘雪花，它也只能是六角，绝不会是五角。而生命体的自组织需要复杂的模板，它们只能产生于难得的机缘和亿万年的进化。但不管怎么说，生命体的建造本质上也是一种物理过程，是由化学键（实质上是电磁力）驱使原子自动堆砌成原子团，原子团变形、拓展、翻卷，直到生命体建造出来。

想造一台微型直升机吗？假如我们找到类似蚊卵的模板

（当然不需要吸血功能），让它孵化、发育……这个工作该多么简单！

不过，以蛋白质为基础的生命体有致命的弱点：它太脆弱，不耐热、不耐冻、不耐辐射、寿命短、强度低，等等。那么，能否用硅、锡、钠、铁、铝、汞等金属原子，依照生命体的建造原理，"自下而上"地建造出高强度的纳米机器，或纳米生命呢？

经过30年的摸索，我想我已制造了硅锡钠生命的最简单的模板。

也许我确实有科学的慧根，我马上被这篇朴实的文章吸引住了。它剖析了复杂的大千世界，轻松地抽出清晰的脉络。尤其是结尾那句简短的、平淡的宣布，纵然是科学的外行也能掂出它的分量。一种硅锡钠生命的模板！一种高强度的，完全异于现有生命形式的新生命！可以断定，我将得到的遗产与之有关。

我立即打电话给何律师，直截了当地问他："何律师，那种硅锡钠生命是什么样子？现在在哪儿？"

何律师在电话中大笑道：

"沙女士的估计完全正确，她说你会打电话来的，还说如果你不打来电话，律师就可以中断工作了。她没看错你。来吧，我领你去，那种新型生命在她的私人实验室里。"

沙女士的试验室在城郊的一座小山坡上，是一幢不大的平房，屋内有两名工作人员正在安静地工作。何律师引我参观各屋的设施，耐心解释着。他笑着说道："给沙女士当了10年律师，我已成半个纳米科学家啦！"他领我到实验室的核心——所谓的生命熔炉。四周是厚厚的砖墙，打开坚固的隔热门，灼热的气浪扑面而来，里面是一个约有100平方米的大熔池，暗红色的金属液在其中缓缓地涌动。看不到加热装置，大概藏在熔池下面吧！透过熔池上方因高热而畸变的空气，能看到对面墙上有一面金属蚀刻像，那是一位相貌普通的中年女人，何律师说那就是沙午女士了。她默默俯视着下面灼热的熔池，目光慈爱，又透着苍凉，就像远古的女娲看着她刚用泥土团成的小人。

何律师告诉我，这是些低熔点金属（锡、铅、钠、汞等）的混合熔液，其中散布着硅、铁、铬、锰、钼等高熔点物质，这些高熔点物质尺寸为纳米级，在熔液中保持着固体形态。我们的变形虫——即沙女士说的新型生命——正是以这些纳米级固相原子团为骨架，俘获一些液相金属而组成的。熔池常年保持在490℃正负85℃的范围，这是变形虫最适宜的生存环境。"现在，看看它们的真容吧！"

他按一下按钮，侧面墙上映出图像。图像大概是用X光层析技术拍的，画面一层层透过液体金属，停在一个微小的异形体上。从色度看，它和周围的液体金属几乎难以区分，但仔细看可以看出它四周有薄膜团住。它努力蠕动着，在黏稠的金属液中缓缓地前进，形状随时变化，身后留下一道隐约可见的尾迹，不过尾迹很快就消失了。

　　"这就是沙女士创造的变形虫，是一种纳米机器，或纳米生命。在这个尺度的自组织活动中，机器和生命这两个概念可以合而为一了。"何律师说，"它的尺度有几百纳米，能自我复制，能通过体膜同外界进行新陈代谢。不过它吃食物只是为了提供建造身体的材料（尤其是固相元素），并不提供能量。它实际是以光为食物，体膜上有无数光电转换器，以电能驱动它体内的金属'肌肉'进行运动。"

　　我紧紧盯着屏幕，喃喃地说："不可思议，真是不可思议！"

　　"是啊，和地球上的生命完全不同。它的死亡和繁衍更离奇呢。一只变形虫的寿命只有12~16天，在这段时期，它们蠕动、吞吃、长大，然后蜷成一团，使外壳硬化。在硬壳内的物质发生'爆灭'，重新组合成若干只小变形虫。至于爆灭时生命信息如何向后代传递，沙女士去世前还未及弄清。"

　　"它们繁殖很快吗？"

　　"不快，金属液中的变形虫达到一定密度时，就会自动停止繁殖。我想其内在原因是合适的固相材料被耗尽了。看！快看！镜头正好捕捉到一只快要爆灭的变形虫！"

　　屏幕上，一只变形虫的外壳显然固化了，在周围缓缓涌动的金属液中，它的形状保持不变。片刻之后，壳体内爆发出一道电光，随之壳内物质剧烈翻动，又很快平静下来，分成四个小团。然后硬壳破裂，四只小变形虫扭转着身体，向四个方向缓缓游走。

我看呆了，心中有黄钟大吕在震响，那是深沉苍劲的天籁，是宇宙的律动。我记得有不少科学家论述过生命的极限环境，但谁能想到，在 500℃ 的金属液中，会有一种金属生命，一种不依赖水和空气的生命！这种生命模板的合成是多么艰难的事，那应该是上帝 10 亿年的工作，沙姑姑怎么能在几十年的研究中就把它创造出来？我瞻望着她的雕像，心中充满敬畏。何律师关上隔热门，领我回办公室。他说：

"这种生命还相当粗糙，它体内光电转换器的效率还不如普通的太阳能板呢！沙女士说，经过一代代进化后，它们也会像地球生命一样精巧，不过那肯定是几亿年以后的事了。至少在我接手后的 5 年里，这些慢性子的家伙们没有一点儿变化。"

我问："这是私人实验室，得不到政府的支持？"

"对，至于原因，我想你能猜到。从实用主义观点看，这种研究恐怕在几千万年内毫无价值。沙女士开始研究时，原是想创造某种能耐高温、有实用价值的纳米机器人。后来她阴差阳错地搞出了这种小变形虫，但一直没有为它找到实际用途。沙女士去世后，委托我用她的财产维持生命熔炉的运转，不过，这笔资金很快就要告罄了。"

他看看我，我看看他，我们都知道这句话的含意。沙女士留给我的，实际是一笔负资产，我一旦接下，就要向这座熔炉投入大量的资金，直到用尽家财。然后，然后该怎么办？再去寻找一个像我这样易于被感动的傻瓜?

但不管怎样，我无法拒绝。这些生命尽管粗糙，终究已脱离物质世界。它们是妙手偶得的孤品。如果生存下去，也许能复现地球生命的绚丽。我怎忍心让它们因我而死呢？童年的科学情结忽然复活了，就像是一泓春水悄悄融化着积雪。我叹口气："何律师，宣布遗嘱吧！"

"啊，不，"何律师笑道："遵照沙女士的规定，还有第二道程序呢。请你先看完这封信吧！"

他从皮包中掏出一件封固的信，郑重地递给我。我狐疑地接过来，撕开。信笺上用手写体简单地写着两行字，其内容是那样惊世骇俗：

"致我的遗产继承人：

真正的生命是不能圈养的，太阳系中正好有合适的放养地——水星。"

我呆住了。我瞠目结舌，太阳穴的血管嘭嘭跳动。那个狡猾的律师似笑非笑地看着我，他一定料到了这封信对我的震撼。是啊，与这两行字相比，此前我看到的一切还值得一提吗？

索拉星

《圣书》《创世纪》

大神沙巫创造了索拉人。沙巫神是父星之独子，住在父星第三星上，那个星球曾是蓝色的，浸在水波之中。20个4 152万年前，神来到索拉星上，他见索拉星是好的，光是好的，天地是好的。神说：好的天地，焉能没有活物呢？神伸展身躯，高579亿步，从父星的熔炉里舀出热的汤液，汤液中有小的活物。他把汤液洒遍索拉星的土地。20个4 152万年后，小活物长成索拉人。

沙巫神行完这件事，失去了父星的宠爱。父星发怒说：你怎么敢代我行这件事？父星用白色的光剑惩罚了蓝星，毁灭了沙巫的家。沙巫神乘神车逃离蓝星，去了父星照不到的地方。

沙巫神在索拉星上留下化身，化身沙巫睡在北极的寒冰里，躲避着父星。每隔4 152万年，化身沙巫醒来，乘神车巡视索拉星。他怜悯索拉人的愚昧，把智慧吹进索拉人的眼睛和囟孔。

沙巫神告诉索拉人：

我的孩子们啊，我偏爱你们，你们有福了。我造出你们的身体比我更强壮，不怕父星的惩罚；你们以光为食，不以生命为食；你们是金属做的身子，不是泥和水做的身子；你们身上有五窍，不是九窍；你们没有雌雄之分，免去做人的原罪。你们有福了啊！

沙巫神告诉索拉人：

我把神的灵智藏在圣书里，你们什么时候能看懂它呢？看懂圣书的人就能找到极冰中的圣府，神会醒来，带你蒙受父星大的恩宠。

水星素描

　　水星是离太阳最近的行星，距太阳 0.387 地球天文单位，即 5 789 万公里。太阳光猛烈地倾泻到水星上，使它成了太阳系最热的行星。它的白昼温度可达 450℃，在一个名叫卡路里盆地的地方，最高温度曾达到 973℃。由于没有大气保温，夜晚温度可低至 −173℃。这个与太阳近在咫尺的星球上竟然也有冰的存在，它们分布于水星的两极，常年保持着 −60℃以下的温度。

　　水星质量为地球的 1/25，磁场强度为地球的 1/100。公转周期为 87.96 天，即 1 000 地球年 =4 152 水星年。水星自转周期为 58.646 天，是其公转周期的 2/3，这是由于太阳引力延缓了它的自转速度，造成了一定程度的引力锁定。

　　水星地貌与月球相似，到处是干旱的岩石荒漠，是陨星撞击形成的寰形山（卡路里盆地就是一颗大陨星撞击而成）。地面上多见一种舌状悬崖，延伸数百公里，这种地形是由水星地核的收缩所形成。水星的高温使一些低熔点金属熔化，聚集在凹部和岩石裂缝内，形成广泛分布的金属液湖泊。由于水星缺少氧化性气体，它们一直保持金属态的存在。夜晚来临时，金属液凝结成玻璃状的晶体。当阳光伴随高温在 58.6 个地球日之后返回时，金属湖迅速开冻。

　　如此严酷的自然环境，毫无疑问是生命的禁区——可是，真是如此吗？

"疯了，"我神经质地咕哝道："真的是疯了，只有疯子才这样异想天开。"

何律师安安静静地看着我："可是，历史的发展常常需要一两个疯子。"

"你很崇拜沙女士？"

"也许算不上崇拜，但我佩服她。"

我干笑着："现在我知道这笔遗产的内容了，是一笔数目惊人的负遗产。继承人要用自己的财产去维持生命熔炉的运转，维持到哪一年哪一天不知道。不仅如此，他还要为这些金属生命寻找放生之地，一劳永逸地解决这个问题，而这么做，至少需要数百亿元资金，需要一二百年的时间。谁若甘愿接受这样的遗产，别人一定会认为他也疯了。"

何律师微笑着，简单地重复着："世界需要几个疯子。"

"那好，现在请你忘记自己的律师身份，你，我的一个朋友，说说，我该接受这笔财产吗？"

何律师笑了："我的态度你当然知道。"

"为什么该接受？对我有什么益处？"

"它使你得到一个万年一遇的机会，可以干一件前无古人的事。你将成为水星生命的始祖之一，它们会永远铭记你。"

我苦笑道："要让水星生命进化到会感激我，至少得一亿年吧，这个投资回收期也太长啦！"

何律师笑而不答。

"而且，还不光是金钱的问题。要到水星上放养生命，地球人能接受吗？毕竟这对地球人毫无益处，说不定还会给地球人类增加一个竞争对手呢？"

"我相信你，相信沙女士的眼力，所有困难你都有能力、有毅力去克服。"

我像是被蝎子蜇似地叫起来："我去克服？你已确定我会接受这笔遗产？"

那个狡猾的律师拍拍我的肩："你会的，你已经在考虑今后的工作啦！我可以宣读遗嘱了吧，或者，你和夫人再商量一次？"

6 天后，我们举行了一个小小的仪式，我和妻子签字接受了这笔遗产。

我为这个决定熬煎了 6 天，心神不宁，长吁短叹。我告诉自己，只有疯子才会自愿套上这副枷锁，但海妖的歌声一直在诱惑我，即使塞上耳朵也不行。40 亿年前，地球海洋中诞生了第一个能自我复制的蛋白质微胞，那是个粗糙的、微不足道的东西。如果真有上帝，恐怕他也料不到，这种小玩意儿会进化出地球生命的绚烂吧？现在，由于偶然的机缘，一种新型生命投到我的翼下。它是一位女上帝创造的，它能否在水星发扬光大，取决于我的一念之差。这个责任太重了，我不敢轻言接受，也不敢轻言放弃。即使我甘愿作这样的牺牲，还有妻儿呢？我没有权力把他们拖入终生的苦役中。妻子对此一直含笑不语，直到某天晚上，她轻描淡写地说：

"既然你割舍不下，接受它不就得了？"

她说得十分轻松，就像是决定上街买两毛钱的白菜。我瞪着妻子："接下它——你知道这意味着什么？"

"意味着咱俩一生的苦役。不过，如果不能按自己的意愿和兴趣去生活，活一辈子又有什么意义？我知道，如果你这会儿放弃它，老来你一定会后悔的，你会为此在良心上熬煎一生。行了，接受它吧！"

我望着妻子明朗的笑容，泪水潸然而下。

现在妻子仍保持着明朗的笑容，陪我接受了沙姑姑的遗产。何律师今天很严肃，目光充满苍凉。我戏谑地想，这只老狐狸步步设伏，总算把我骗入彀中，现在大概良心发现了吧！沙午实验室的两名工作人员欣喜地立在何律师身后。屋里还有一个不露面的参加人，就是沙午女士，她正待在那座生命熔炉的上方，透过因高温而抖颤的空气，透过厚厚的墙壁在看着我们，我想她的目光中一定充满欣慰。我特意请来的记者朋友马万壮则是咬牙切齿：

"疯了！全疯了！"他一直低声骂着，"一个去世的女疯子，一对年轻的疯夫妻，还有一个装疯的老律师。义哲，田娅，你们很快会后悔的！"

我宽容地笑着，没有理他。不管怎样反对，他还是遵照我的意见把这则消息捅到新闻媒体中去。我想，做这件事，既需要社会的许可，也需要社会的支持。那么，就让这个计划尽早去面对社会吧！

老马把那篇报道捅出去之后，我立即接到一位朋友的电话，他兴高采烈地说：

"我见到报导了！金属生命，水星放生，一定是愚人节的玩笑吧？"

我说："不，不是。实际上，那篇报导原来确实打算在 4 月 1 号出台，但我忽然悟出 4 月 1 号是西方愚人节，于是通知报纸向后推迟 4 天。"

"正好推迟到 4 月 5 号啦，清明节，那这篇报导一定是鬼话喽！"

我苦笑着，慢慢放下话机。

此后舆论的态度慢慢认真起来，当然大多数是反对派。异想天开！地球人类的事还没办完呢，倒去放养什么水星生命！也有人宽容一些，说只要不妨碍人类的利益，人人都可干自己想干的事，只要不花纳税人的钱。

在这些争论中，我沉下心来全力投入实验室的接收工作。我以商人的精打细算，最大限度地压缩实验室的开支。算一算，我的家产能够维持它运转 30 年。这种生命很顽强，高温向上能耐到 1 000℃，低温则可耐受到绝对零度。在温度低于

320℃时，它们会进入休眠。所以，即使因经费枯竭而暂时熄灭熔炉也没什么关系，只是暂时中断这种生命的进化。

不过，我不会让生命熔炉在我手里熄灭的。我不会辜负沙姑姑的厚望。

晚上，我和妻子常常来到生命熔炉，看那暗红涌动的金属液。或者把图像调出来，看那些蠕动的小生命。这是一些简单的粗糙的生命，但无论如何，它们已超越物质的范畴。1亿年之后，10亿年之后，它们进化到什么样子，谁能预料到呢？看着它们，我和妻子都找到一种感觉，就如同妻子腹中刚刚诞生了一个小生命时的感觉。

老马很够朋友，为我促成一次电视辩论。"或者你说服社会，或者让社会说服你吧！"

我、妻子和何律师坐在演播厅内，面对电视台的摄像镜头，聚光灯烤得脸上沁出细汗。演播台另一边坐着七位专家，他们实际是这场道德法庭的法官，不过他们依据的不是中国法律，而是生物伦理学的教义。台前是一百多名听众，多数是大学生。

主持人耿越笑着说："节目开始前，首先我向大家致歉，这次辩论本来应放在水星上进行的，不过电视台付不起诸位到水星的旅费。再说，如果不配置空调，那儿的天气太热了一点。"

听众会心地笑了。

"'水星放生'这件事已是妇孺皆知，我就不再介绍背景资料了。现在，请听众踊跃提问，陈义哲先生将做出回答。"

一位年轻听众抢着问："陈先生，放养这种水星生命——这样做对人类有益处吗？"

我平静地说："目前没有，我想在一亿年内也不一定有。"

"那我就不明白了，劳神费力去做这些对人类无益的工作，为什么？"

我看看妻子和何律师，他们都用目光鼓励我，我深吸一口气说："我把话头扯远一点儿吧！要知道，生物的本质是自私的，每个个体要努力从有限的环境资源中争取自己的一份，以便保存自己，延续自己的基因。但是，大自然是伟大的魔术师，它从自私的个体行为中提炼出高尚。生物体在竞争中发现，在很多情况下合作更为有益。对于单细胞生命，各细胞彼此是敌对的。但单细胞合为多细胞生命时，体内各个单细胞就化敌为友，互相协作，各有分工，使它们（或大写的它）在生存环境中处于更有利的地位。于是，多细胞生命便发展壮大。概而言之，在生物进化中，这种协作趋势是无所不在的，而且越来越强。比如，人类合作的领域就从个体推至家庭，推至部族，推至国家，推至不同的人种，乃至于人类之外的野生生物。在这些过程中，生命一步步完成对自身利益的超越，组成范围越来越大的利益共同体。我想，人类的下一步超越将是和外星生命的融合。这就是我倾尽家财培育水星生命的动机，我希望那儿进化出一种文明生物，成为人类的兄弟。否则，地球人在宇宙中太孤单了！"我说，"其实，在一个月前我还没有这些感悟，是沙女士感化了我。站在沙教授的生命熔炉前，看着暗红涌动的金属液中那些蠕动的小生命，我常常有做父母的感觉。"

一位中年男人讥讽地说："这种感觉当然很美妙，不过你不要为了这种感觉而培育出人类的潜在竞争者。我估计，这种高温下生存的生命，其进化过程必定很快吧？也许 1 000 万年后它们就赶上人类啦！"

我笑了："别忘了，地球的生命是 40 亿年前诞生的，如果担心地球生命竞争不过 40 亿年后才起步的晚辈，那你未免太不自信了吧？"

耿越说："说得对，40 亿岁的老祖父，1 000 万岁的小囡囡，疼爱还来不及呢，哪里有竞争？"

观众笑起来，一位女听众问："陈义哲先生，我是你的支持者。你准备怎么完成沙女士的托付？"

我老实承认："不知道。至少到目前为止我还不知道。我的家产能在 30 年内维持生命熔炉的运转，但 30 年后怎么办？还有，怎样才能凑出足够的资金，把这些生命放养到水星上？我心里没有一点数。不管怎样，我会尽我的力量，这一代完不成，那就留给下一代吧！"

听证会进行了近两个小时，七名专家或称七名法官一直一言不发，认真地听着，不时在纸上记下一两点，从表情上看不出他们的倾向性。最后耿越走到演播台中央说："我想质询已相当充分了，现在请各位专家发表自己的意见吧！你们对水星放生这件事，是赞成、反对还是弃权？"

七位专家迅速在小黑板上写字，同时举起黑板，上面齐刷刷全是同样的字：弃权！听众骚动起来，耿越搔着头皮说：

"如此一致呀！我很怀疑七位专家是否有心灵感应？请张先生说说，你为什么持这个态度。"

坐在第一位的张先生简短地说："这件事已远远超越时代，我们无法用现代的观点去评判将来的事。所以，弃权是最明智的选择。"

埋在索拉星北极冰层中的沙亚圣府快要露面了，透过厚厚的深绿色的极冰，已能隐约看到圣府中的微光。牧师胡巴巴进入了神灵附体的癫狂状态，向外发射着强烈的感情场，胸前的闪孔激烈地闪烁着，背诵着圣书旧约和新约篇的祷文。破冰机飞转着，一步一步向前拓展。胡巴巴俯伏在白色的冰屑中向化身沙亚遥拜，脑袋和尾巴重重地在地上叩击，打得冰屑四处飞扬。

科学家图拉拉立在他身后，不动声色地看着，助手奇卡卡背着两个背囊（那里有四个能量盒），站在他的身边。

这次的"圣府探查行动"是图拉拉促成的，他已经150岁了，想在"爆灭"前找到圣书中屡次提到的圣府——或者确认它不存在。他原想教会要极力反对，但他错了，教会的反应相当平和，甚至相当合作。他们同意这次考查，只是派了牧师胡巴巴作监督。图拉拉想，也许教会深信圣书的正确。圣书说，化身沙亚睡在北极的极冰中；圣书说，能看懂圣书的人就能找到极冰中的圣府，唤醒大神，蒙受大的恩宠。千百年来，无数自认读懂圣书的信徒争着到北极去朝拜，但没有一个人活着回来。现在，教会可能想借科学的力量来证明圣书的正确。

想到这儿，图拉拉不禁微微一笑。近500年来科学的力量越来越强大，几乎能与教会分庭抗礼了。比如说，眼前这位虔诚的胡巴巴牧师就受惠于科学，他的尾巴上也装着一个能量盒，科学所发明的能量盒，否则，"以光为食"的他就不可能来到无光的北极。

这次向北极行进的路上，图拉拉看到了无数的横死者。他们是一代代虔诚的教徒，按圣书的教诲，沿着从圣坛伸向北极的圣绳，来寻找沙巫神的圣府。当他们逐渐脱离父星的光照后，体内能量渐渐耗竭，终于倒在路上。对于这些横死者，教会一直讳莫如深。因为，这些人死前没找到死亡配偶，没经过爆灭，灵魂不得超生，这是圣诫三罪（不得横死，不得信仰伪神，不得触摸圣坛和圣绳）中第一款大罪。但这些人又是可敬的殉教者。教会是该诅咒他们，还是褒扬他们呢？

图拉拉决定，从北极返回时，他要把这些横死者收集起来，配成死亡配偶，让他们在光照下爆灭。图拉拉倒不是相信灵魂超生，但总不能任这些人永远暴尸荒野吧？

破冰机仍在转着，现在已经能确定前面就是圣府了，因为极冰中露出40根圣绳，在此汇聚到一块儿，向圣府延伸。圣府中射出白色的强光，把极冰照得璀璨闪亮。牧师胡巴巴让工人暂停，他率领众人做最后一次朝拜，诚惶诚恐地祈祷着。人群中只有图拉拉和奇卡卡没有跪拜。牧师愠怒地瞪着他们，在心中诅咒着，你们这些不尊崇沙亚神的异教徒啊，神的惩罚马上要降临到你们身上！

奇卡卡不敢直视牧师，也不敢正视自己的导师，他的感情场抖颤着，两个闪孔轻微地闪烁，像是询问自己的导师，又像是自语：难道化身沙亚真的存在？难道圣书上说的确实是真理？因为圣书说的圣府就在眼前啊！

图拉拉看到助手的动摇，他佯作未见，苍凉地转过身去。他知道奇卡卡不是一个坚强的无神论者，常常在科学和宗教之间踟蹰。图拉拉本人在100年前就叛离了宗教，麾下聚集一大批激进的年轻科学家。他们坚信图拉拉在100年前提出的生物进化论，相信索拉人是由低等生物进化而来（这一点已有许多古生物遗体给出证明），坚信圣书上全是谎言。但是，在对宗教举起叛旗100年后，图拉拉本人反倒悄悄完成圣书的回归。

他不信宗教，但相信圣书（指圣书的旧约篇），因为圣书中混着很多奇怪的记载，这些记载常常被后来的科学发展所确证。比如，圣书上说：索拉星是父星的第一星，蓝星是父星的第三星。这些圣谕被人们吟哦了数千年，从不知是什么含义。直到望远镜的出现刺激了天文学的发展，科学家才知道，索拉星和蓝星都是父星的行星，而其排列顺序完全如圣书所言！

又比如，《圣书·旧约》第39章中规定了索拉星的温度标定，以水的凝结为0度，水的沸腾为100度。可是，索拉星生命在几亿年的进化中从没有接触过水！只是在近代，科学家才推定在南北极有极冰存在。那么，圣书中为什么做这种规定，这种规定又是从何而来呢。

难道真有一个洞察宇宙，知过去未来的大神吗？

还有，索拉星赤道附近的20座圣坛，也一直是科学家的不解之谜。在那些圣坛上，黑色的平板永不疲倦地缓缓转动，永远朝着父星的方向。每座圣坛都有两根圣绳伸出来，一直延伸到不可见的北方。圣书上严厉地警告，索拉人绝不能去触碰它，不遵圣诫的人会被狠狠击倒，只有伏地忏悔后才能复苏。图拉拉不相信这则神话，他觉得圣坛中的黑色平板很可能是一种光电转换器，就如索拉生物的皮肤能进行光电转换一样。问题是——是谁留下这些技术高超的设备？以索拉人的科学水平，500年后也无法造出它！

正是基于这个信念，他才尽力促成了对圣府的考查。现在已经可以确认圣府的存在了，圣书上那个神秘缥缈的圣府已经明明白白地摆在眼前。如果化身沙巫真的住在这里，图拉拉迫不及待想见到他。

最后一层冰墙轰然倒塌，庄严的圣府豁然显现。这是一个冰建的大厅，厅内散射着均匀的白光，穹顶很高，厅内十分空旷，没有什么杂物，只有大厅中央放着一辆——神车！圣书上提到过它，无数传说中描绘过它，3120年前的史书中记载过它。这正是化身沙巫的坐骑呀！神车上铺着黑色的平板，与圣坛上的平板一模一样。下面是四个轮子。神车上方是透明的，模样奇特的化身沙巫斜躺在里面。

化身沙巫真的在这里！洞外的人迫不及待地拥进去。以胡巴巴为首，众人一齐俯伏在地，用脑袋和尾巴敲击着地面，所有人的闪孔都在狂热地祷告着：至上的沙巫大神，万能的化身沙巫，你的子民向你膜拜，请赐福给我们！

跪伏的人群包括他的助手，似乎奇卡卡的祷告比别人更狂热。只有图拉拉一人站立着。众人合成的感情场冲击着图拉拉，他几乎也不由想俯伏在地，但他终于抑制住自己，快步上前，仔细观看化身沙巫的尊容。

化身沙巫斜倚在神车内，模样奇特而庄严。他与索拉人既相似又不相似，他也有头，有口，有胳臂和双手，有双眼，有躯干；但他的尾巴是分叉的，分叉尾巴的下端也有指头。他身上有5处奇怪的凸起：脑袋正前方一个长形凸起，其下有两孔；脑袋两侧两个扁形凸起，各有一孔；两条尾巴开始分岔的地方有一个柱形凸起，上面有一个孔。胸前没有闪孔，图拉拉惊讶地想，没有传递信息的闪孔，沙巫们如何互相交谈？他们都是哑人吗？不过把这个问题先放放吧！他现在要先验证圣书上最容易验证的一条记载。他仔细数了沙巫身体上的孔窍，没错，确实是九窍，而不是索拉人的五窍。

圣书又对了啊！图拉拉呆呆地立着，心中又惊又喜。

他又仔细观察神车内部。车前方放着一个金制的塑像，塑像只有半身，与沙巫神一样，头部有七窍，不过这尊塑像的头上有长毛，相貌也显然不同。这是谁？也许是沙巫神的死亡配偶？他忽然看到更令人震惊的东西，一本圣书！圣书是崭新的，但封面的字体却是古手写体，是 3000 年前索拉先人使用的文字。在图拉拉的一生中，为了击败教会，他曾认真研究过圣书，对圣书的渊源、版本和讹误知之甚清。他一眼看出这是第二版圣书，内容只有旧约而无新约，刊行于 3120 年前。这版圣书现在已极为罕见。

胡巴巴也看到了圣书，他的祈祷和跪拜也几近癫狂。等他抬起头，看见图拉拉已经打开车门，捧住圣书，胡巴巴立即从闪孔射出两道强光，灼痛了图拉拉的后背。图拉拉惊异地转过身，胡巴巴疯狂地喊道：

"不许渎神触摸圣书！"他挤开科学家，虔诚地捧起圣书，恶狠狠地说，"现在你还敢说神不存在吗？你这个渎神者，大神一定会惩罚你的！"他不再理会图拉拉，转向众人说："我要回去请示教皇，把沙亚神的圣体迎回去。在我回来之前，所有人必须离开圣府！"

他捧着圣书领头爬出去，众人诚惶诚恐地跟在后面。奇卡卡负疚地看看自己的老师，低下脑袋，最终也去了。胡巴巴走到洞口时，看到留在洞中的科学家，便严厉地说：

"你，要离开圣府。化身沙亚不会欢迎一个渎神者。"

图拉拉不想与他争执，他的闪孔平和地发射着信息："你们回去吧，我不妨碍你们，但我要留在这里，向化身沙亚讨教。"

胡巴巴的闪孔中闪出两道强光："不行！"

图拉拉讥讽地说："胡巴巴牧师的脾气怎么大起来啦？不

要忘了，你是在科学的帮助下才找到圣府的。如果你逼我回去，那就请把你尾巴上的能量盒取下来吧，那也是渎神的东西，圣书从未提到过它。"

牧师愣住了，他想图拉拉说得不错，圣书的任何章节中，甚至宗教传说中，都从未提到过这种能量盒。它是渎神者发明的，但它非常有用，在这无光的极地，没有了能量盒，他会很快脱力而死，而且是不得转世的横死。他不敢取掉能量盒，只好狂怒地转过身，气冲冲地爬走了。

电视辩论之后的当天晚上，何律师在我家吃了晚饭。席间他告诉我："义哲，你实际已经胜利了，对这件事，法律上的'不作为'就是默认和支持。现在没人阻挡你了，甩开膀子干吧！"

他完成了沙午姑姑的托付，心情十分痛快，那晚喝得酩酊大醉，笑嘻嘻地离开。这时电话铃响了，拿起话机，屏幕上仍是黑的，那边没有打开屏幕功能。对方问：

"你是陈义哲先生吗？我姓洪，对水星放生这件事有兴趣。"

他的声音沙哑干涩，颇不悦耳，甚至可以说，这声音引起我生理上的不快。但我礼貌地说：

"洪先生，感谢你的支持。你看了今天的电视节目？"

对方并不打算与我攀谈，冷淡地说："明天请到寒舍一晤，上午 10 点。"他说了自己的住址，随即挂断电话。

妻子问我是谁来的电话？说了什么？我迟疑地说："是一

位洪先生，他说他对水星放生感兴趣，命令我明天去和他见面。没错，真的是命令，他单方面确定了明天的会晤，一点也不和我商量。"

我对这位洪先生印象不佳，短短的几句交谈就显出他的颐指气使。不仅如此，他的语调还有着阴森森的味道。但是……明天还是去吧，毕竟这是第一个向我表示支持的陌生人。

后来我才知道，我这个勉强的决定是多么正确。

洪先生的住宅在郊外，一座相当大的庄园。庄园历史不会太长，但建筑完全按照中国古建筑的风格，飞檐斗拱，青砖绿瓦，曲径小亭。领我进去的仆人穿一身黑色衣裤，态度很恭谨，但沉默寡言，神情中透着一股寒气。我默默地打量着四周，心中的不快更加浓了。

正厅很大，光线晦暗，青砖铺的地面，其光滑不亚于水磨石地板。高大的厅堂没有什么豪华的摆设，显得空空落落。厅中央停着一辆助残车，一个50岁的矮个男人仰靠在车上。他高度残疾，驼背鸡胸，脑袋缩在脖子里。五官十分丑陋，令人不敢直视。腿脚也是先天畸形，纤细羸弱，拖在轮椅上。领我进屋的仆人悄悄退出去，我想，这位残疾人就是洪先生了。

我走过去，向主人伸出手。他看着我，没有同我握手的意思，我只好尴尬地缩回手。

他说："很抱歉，我是个残疾人，行走不便，只好麻烦你来了。"

话说得十分客气，但语气十分冷硬，面如石板，没有一丝笑容。在他面前，在这个晦暗的建筑里，我有类似窒息的感觉。不过我仍热情地说：

"哪里，这是我该做的。请问洪先生，关于水星放生那件事，你还想了解什么情况？"

"不必了，"他干脆地说，"我已经全部了解。你只用告诉我，办这件事需要多少资金。"

我略为沉吟："我请几位专家做过初步估算，大约为 200 亿元。当然，这是个粗略的估算。"

他平淡地说："资金问题我来解决吧！"

我吃了一惊，心想他一定是把 200 亿错听为 200 万了。当然，即使是 200 万，他已是相当慷慨。为了不伤他的自尊心，我委婉地说：

"太谢谢你了！谢谢你的无比慷慨。当然，我不奢望资金问题一下子全部解决，200 亿的天文数字呵，可不是 200 万的小数。"

他不动声色地说："我没听错，200 亿，不是 200 万。我的家产不太够，但我想，这些资金不必一步到位吧？如果在 10 年内逐步到位，那么，加上 10 年的增值，我的家产已经够了。"

我恍然悟到此人的身份，亿万富翁洪其炎！这是个很神秘的人物，早就听说他高度残疾，丑陋过人，所以从不在任何媒体上露面，能够见到他本人的也只有七八个亲信。他的口碑不是太好，听说他极有商业头脑，有胆略，有魄力，把他的商业帝国经营得欣欣向荣。但手段狠辣无情，常常把对手置于死地。又说他由于相貌丑陋，年轻时没有得到女人的爱情，滋生了报复心理。几年前他曾登过征婚启事，应征女方必须夜里到他家见面，第二天早上再离开，这种奇特的规定难免会使人产生暧昧的猜想。后来，听说凡是应征过的女子都得到一笔数目不菲的赠款，这更使那些暧昧的猜想有了根据。不过这些猜想很可能是冤枉了他。应征女子中有一位年轻漂亮的女律师，大概是姓尹吧，她是倾慕洪其炎的才华而非他的财产。据说她去了后，主人与她终夜相对，一言不发，也没有身体上的侵犯。天明时交给她一笔赠款，请她回家，尹律师痛痛快快地把钱摔到他脸上。不过，这个举动倒促成了二人的友谊，虽说未成夫妻，但成了一对形迹不拘的密友。

虽说他是亿万富翁，但这种倾家相赠的慷慨也令人心生疑惑，关于他的负面传说更增加了我的担心。也许他有什么个人打算？也许他因不公平的命运而迁怒于整个人类，想借水星放生实行他的报复？虽然一笔 200 亿的资金是万年难求的机缘，但我仍决定，先问清他有没有什么附加条件。

洪先生的锐利目光看透我的思虑——在他面前，我常常有赤身裸体的感觉，这使我十分恼火——他平淡地说：

"我的赠款有一个条件。"

我想，果然来了，便谨慎地问："请问是什么条件?"

"我要成为放生飞船的船员。"

原来如此！原来就这么一个简单的要求！我不由看看他的腿，心中刹那间产生强烈的同情，过去对他的种种不快一扫而光。一个高度残疾者用200亿去购买飞出地球的自由，这个代价太高昂了。这也从反面说明，这具残躯对他的桎梏是多么残酷。我柔声说：

"当然可以，只要你的身体能经受住宇航旅行。"

"请放心，我这架破机器还是很耐用的。请问，实现水星放生需多长时间？"

"很快的，我已经咨询过不少专家，他们都说，水星旅行在技术上没有太大的难点，只要资金充裕，15~20年就能实现。"

他淡淡地说："资金到位不成问题，你尽量加快进度吧！争取在15年之内实现。这艘飞船起个什么名字？"

"请你命名吧！你这样慷慨地资助这件事，你有这个权利。"

洪先生没推辞："那就叫姑妈号吧！很俗气的一个名字，对不？"

我略为思索，明白了这个名字的深意：它说明人类只是水星生命的长辈而非父母，同时也暗含着纪念沙姑姑的意思。我说："好！就用这个名字！"

他从助残车的袋里取出一本支票簿，填上 5 000 万，背书后交给我："这是第一笔启动资金，尽快成立一个基金会，开始工作吧！对了，请记住一点，飞船上为我预留一辆汽车的位置，就按加长林肯车的尺寸。我将另外找人，为我研制一个适合水星路面的汽车。"他微带凄苦地说，"没办法，我无法在水星上步行。"

"好的，我会办到。不过，"我迟疑着，"可以冒昧地问一句吗？我想知道,你倾尽家财以放养水星生命,是为了什么？只是为了到水星一游吗？"

他平淡地说："我认为这是件很有趣味的事。我平生只干自己感兴趣的事。"他欠欠身，表示结束谈话。

从此，洪先生的资金源源不断地送来。激情之火浇上金钱之油，产生了惊人的工作效率。当年年底，已经有 15 000 人在为"姑妈号"飞船工作。对"水星放生"这件事，社会上在伦理意义上的反对一直没有停止，但它始终没有对我们形成阻力。

洪先生从不过问我们的工作。不过，每月我都要抽时间向他汇报工作进度，飞船方案搞好后，我也请他过目。洪先生常常一言不发地听完，简短地问：

"很好。资金上有什么要求？"

按洪先生要求，我对他的资助严格保密，只有我妻子和何律师知道资助人的姓名。当然实际上是无法保密的，姑妈号飞船需要的是数百亿元资金,能拿得出这笔资金的个人屈指可数,再加上洪先生不断拍卖其名下的产业,所以,这件事不久就成了公开的秘密。

姑妈号飞船有条不紊地建造着。到第二年,当我去洪先生家时,总是与一位漂亮的女人相遇。她有着恬淡的美貌,就像薄雾笼罩着的一枝水仙,眉眼中带着柔情。她就是那位尹律师。她与洪先生的关系显然十分亲近,一言一行都显出两人很深的相知。不过,毫无疑问,两人之间是纯洁的友情,这从尹律师坦荡的目光可以确认。

尹律师已经结婚,有一个 3 岁的儿子。

在我向洪先生汇报进度时,他没有让尹律师回避。显然,尹律师有资格分享这个秘密。谈话中,尹女士常常嘴角含着微笑,静静地听着,偶尔插问一句,多是关于飞船建造的技术细节。我很快知道了这种安排的目的,她就是负责建造洪先生将要乘坐的水星车的那个人。

那天尹律师单独到我办公室,这是我第一次单独与她会面。我请她坐下,喊秘书斟上咖啡,一边忖度着她的来意。尹律师细声细语地说:

"我想找你商量一下飞船建造的有关技术接口。你当然已经知道,我在领导着一项秘密研究,研制洪先生在水星上使用的生命维持系统。"

我点点头。她把水星车称作"生命维持系统"没有使我意外。要想在没有大气、温度高达 450℃、又有强烈高能辐射的水星上活动，那辆车当然也可称作生命维持系统。但尹律师下面的话无疑是一声晴天霹雳，她说：

"准确地说，其主要部分是人体速冻和解冻装置。"

我从沙发上跳起来，震惊地看着她。洪先生要人体速冻装置干什么？在此之前，我一直把洪先生的计划看成一次异想天开的、挑战式的旅行，不过毫无疑问是一次短期旅行。但——人体速冻和解冻装置！

在我震骇的目光中，尹女士点点头："对，洪先生打算永远留在水星上，看守这种生命。他准备把自己冷冻在水星的极冰中，每 1 000 万年醒一次，每次醒一个月，乘车巡查这种生命的进化情况，一直到几亿年后水星进化出'人类'文明。"

她的目光悲凉，我喃喃地说："你为什么不劝他？让他在水星上独居几亿年，不是太残忍吗？"

她轻轻摇头："劝不动的，如果他能被别人劝动，他就不是洪其炎了。再说，这样的人生设计对他未尝不是好事。"

"为什么？"

尹女士叹息道，"恐怕没有人比我更了解他了。命运对他太不公平，给了他一个无比丑陋残缺的身体，偏偏又给他一个聪明过人的大脑。畸形的身体造就了畸形的性格，他心理阴暗，对所有正常人怀着愤懑；但他的本质又是善良的，天生具有仁者之心。他是一个畸形的统一体，仁爱的茧壳箍着报复的欲望。他在商战中的砍伐，他在征婚时对应征者的戏弄，都是这种矛盾心态的反映。不过这些报复都是低度的，是被仁爱之心冲淡过的。但是，也许有一天，报复欲望会冲破仁爱的封锁，那时……他本人深知这一点，也一直怀着对自身的恐惧。"

"对自身的恐惧?"我不解地看看她。她点点头，肯定地说："没错，他对自身阴暗一面怀着恐惧，连我都能触摸到它。他对水星放生的慷慨资助，多少是这种矛盾心态的反映。一方面，他参与创造了一种新的生命，满足了他的仁者之心；另一方面，对人类也是个小小的报复吧! 想想看，当他精心呵护的水星生命进化出文明之后，水星人肯定会把洪其炎的残疾作为标准形象，而把正常地球人看成畸形。对不?"

虽然心情沉重，我还是被这种情景逗得破颜一笑。尹律师也漾出一波笑纹，接着说："其实，想开了，他对后半生的设计也是蛮不错的。居住在太阳近邻，与天地齐寿，独自漫步在水星荒原上，放牧着奇异的生命。每次从长达 1 000 万年的大梦中醒来，水星上的生命都会有你预想不到的变化。彻底摒弃地球上的陈规戒律、庸俗琐碎、浑浑噩噩。有时我真想抛弃一切，抛弃丈夫和孩子，陪伴他到地老天荒——可是我做不到，所以我永远是个庸人。"她自嘲地说，语气中透着凄凉。

这件事让我心头十分沉重，甚至有说不清道不明的愤懑，只是不知道愤懑该指向谁。但我知道多说无益。我回想到，洪先生是在看过那次电视辩论仅仅两小时内就作出了倾家相赠的决定。这种性格果决的人，谁能劝得动呢? 我闷声说："好吧，就成全他的心愿吧！现在咱们谈谈技术接口。"

第二天我和尹律师共同去见他，我们平静地谈着生命维持系统的细节，就像它是我们早已商定的计划。临告辞时，我忍不住说：

"洪先生，我很钦佩你。在我决定接受沙姑姑的遗产时，不少人说我是疯子。不过依我看，你比我疯得更彻底。"

洪先生难得地微微一笑："谢谢，这是最好的夸奖。"

众人走了，圣府大厅中只留下图拉拉。没有了恼人的喧嚣，他可以静下心来同化身沙亚交谈了，心灵上的交谈。他久久地瞻望着化身沙亚奇特的面容，心中充满敬畏。圣府找到了，化身沙亚的圣体找到了。牧师及信徒们喜极欲狂。不过，他们错了。化身沙亚的确存在，他也的确是索拉生命的创造者。但他不是神，而是来自异星的一个科学家。图拉拉为之思考多年，早就得出了这个结论。在他对化身沙亚的敬畏中，含着深深的亲近感。科学家的思维总是相通的，不管他们生活在宇宙的哪个星系，都使用同样的数字语言，同样的物理定律，同样的逻辑规则。所以他觉得，在他和化身沙亚之间，有着深深的相契。

他已经将出化身沙亚的来历及经历：他来自父星系第三星（蓝星），是20个4152万年前来的。（为什么是有零有整的4152万年？他悟到，4152万个索拉星年恰恰等于1000万个蓝星年，沙亚是按母星的纪年方式换算过来）那时他创造了一种新型的、与蓝星生命完全不同的生命——并不是创造了索拉人，而是一种微生命——将它撒播在索拉星上，然后把进化的权杖交还给大自然。为了呵护自己创造的生命，化身沙亚离开母星和母族，在索拉星的极冰中住了 20 个 4 152 万年。不可思议的漫长啊！当他独自面对蛮荒时，他孤独吗？当他看着微生命缓慢地进化时，他焦急吗？当他终于看到索拉星生命进化出文明生物时，他感到欣喜吗？

从他神车中有 3 000 年前的圣书来看，他大约在 3 000 年前醒来过，那时他肯定发现索拉人有了二进制语言，有了文字。但那时的索拉人还很愚昧，被宗教麻木心灵。他无法以科学来启发他们的灵智，只好把一些有用的信息藏在圣书里，以宗教的形式去传播科学。

圣书说，只要看懂圣书，就能找到圣府，那时，化身沙亚就会醒来，带索拉人去蒙受父星大的恩宠——什么"大的恩宠"？一定是一个浩瀚璀璨的科学宝库，索拉人将在一夕间跃升几万年、几十万年，与神（化身沙亚）们平起平坐。

这个前景使图拉拉非常激动，开始着手寻找化身沙亚留下的交代。化身沙亚既然在圣书中邀请索拉人前来圣府，既然答应届时醒来，那他肯定留下了唤醒他的办法。图拉拉寻找着，揣摩着，忽然发现了一个秘密的冰室。门被冰封闭着，但冰层很薄，他用尾巴打破冰门，小心地走进去。冰室里堆着数目众多的圆盘，薄薄的，有一面发着金属的光泽。这是什么？他凭直觉猜到，这一定是化身沙亚为索拉人预备的知识，但究竟如何才能取出这些知识，他不知道，绞尽脑汁也想不出来。这不奇怪，高度发展的技术常常比魔术更神秘。

但墙上的一幅画他是懂得的，这是幅相当粗糙的画，估计是化身沙亚用手画成。画的是一个索拉人，用手指着胸前的两个闪孔。画旁有一个按钮，另有一个手指指着它。图拉拉对这幅画的含意猜度了一会儿，下决心按下这个按钮。

他的猜测是正确的，墙上的闪孔立即开始闪烁，明明暗暗。图拉拉认真揣摩着，很快断定，这正是二进制的索拉人语言。闪烁的节奏滞涩生硬，而且，其编码不是索拉人现代的语言，而是 3 000 年前的古语言，但不管怎样，图拉拉还是尽力串出它所包含的意义。

"欢迎你，索拉人，既然你能来到无光的北极并找到圣府，相信你已经超越蒙昧。那么，我们可以进行理智的交谈了。"

巨大的喜悦像日冕的爆发，席卷他的全身。他终生探求的宝库终于开启了。那边，闪孔的闪烁越来越熟练，一个 10 亿岁的睿智老人在同他娓娓而谈，他激动地读下去。

"我就是圣书中所说的化身沙亚，来自父星系的蓝星。20个 4 152 年前，蓝星系的科学家创造了一种全新的生命，我把它撒到水星上，并留下来照看它们的成长。我看着它们由单胞微生物变成多细胞生物，看着它们离开金属湖泊而登陆，看着它们从无性生物进化出性活动（爆灭前的配对），看着它们进化出有智慧的索拉人。这时我觉得，10 亿年的孤独是值得的。"

"我的孩子们啊，索拉人类的进步要靠你们自己。所以，这些年来我基本没干涉你们的进化，只是在必要时稍加点拨。现在，你们已超越蒙昧，我可以教你们一些东西了。你们如果愿意，就请唤醒我吧！"

下面他介绍唤醒自己的方法。他的苏醒必须按照严格的程序，稍有违反，就会造成不可逆的死亡。图拉拉这才知道，神圣的沙巫种族其实是一种极为脆弱的生命。他们须臾离不开空气，否则会憋死。他们还会热死、冻死、淹死、饿死、渴死、病死、毒死……可是，就是这么脆弱的生命，竟然延续数十亿年，并且创造出如此先进的科技！图拉拉感慨着，认真地读下去。他真想马上唤醒这位10亿岁的老人，对于索拉人来说，他可以被称作神灵了。

他忽然感到一阵晕眩，知道是能量盒快耗尽了。他爬过去找自己的背囊，那里应该有四个能量盒。但是背囊是空的！图拉拉的感情场一阵战栗，恐慌向他袭来。面前这个背囊是奇卡卡的，肯定是奇卡卡把自己的背囊带走了。他当然不是有意害自己，只是，在刚才的宗教狂热中，奇卡卡失去了应有的谨慎。

该怎么办？大厅中有灯光，但光量太弱，缺少紫外光以上的高能波段，无法维持他的生命。看来，他要在沙巫的圣府里横死了。

圣书中有严厉的圣诫：索拉人在死亡前必须找到死亡配偶，用最后的能量进行爆灭，生育出两个以上新的个体。不进行爆灭的，尤其是死后又复苏的，将为万人唾弃。其实，早在圣书之前，原始索拉人就建立了这条伦理准则。这当然是对的，索拉人的躯体不能自然降解，如果都不进行爆灭，那索拉星上就没有后来者的立足之地了。

横死的索拉人很容易复生（只需让他接受光照），但图拉拉从没想过自己会干这种乱伦的丑事。不过，今天他不能死！他还有重要的事去办，还要按沙巫的交代去唤醒沙巫，为索拉人赢得"大的恩宠"，他怎么能在这时死去呢？头脑中的晕眩越来越重，已经不能进行有效的思考了，他必须赶紧想出办法。

他在衰弱脑力许可的范围内，为自己找到一个办法。他拖着身躯，艰难地爬到厅内最亮的灯光之下。低能光不能维持他的生存，但大概能维持一种半生半死的状态。他无力地倒下去，但他用顽强的毅力保持着意识不至于沉落。闪孔里喃喃地念诵着：

"我不能死，我还有未了之事。"

2046年6月1日，在我接受沙午姑姑遗产的第14年后，"姑妈号"飞船飞临水星上空，向下喷着火焰，缓缓地落在水星的地面上。

巨大的太阳斜挂天边，向水星倾倒着强烈的光热。这儿能清楚地看到日冕，它们向外延伸至数倍于太阳的外径。在太阳两极处的日冕呈羽状，赤道处呈条状，颜色淡雅，白中透蓝，舞姿轻盈，美丽惊人。水星的天空没有大气，没有散射光，没有风和云，没有灰尘，显得透明澄澈。极目之中，到处是暗绿色的岩石，扇状悬崖延伸数百公里，就像风干杏子上的褶皱。

悬崖上散布着一片片金属液湖泊，在阳光下反射着强烈的光芒。回头看，天边挂着的地球清晰可见，它蓝得晶莹，美丽如一个童话。

这个荒芜而美丽的星球将是金属变形虫们世世代代的生息之地。

我捧着沙姑姑的遗像，第一个踏上水星的土地。遗像是用白金蚀刻的，它将留在水星上，陪伴她创造的生命，直到千秋万代。舱内起重机缓缓放着绳索，把洪先生的水星车放在地面上。强烈的阳光射到暗黑色的光能板上，很快为水星车充足能量。洪先生掌着方向盘，把车辆停靠在飞船侧面。他的头发已经花白，脸色仍如往常一样冷漠，但我能看出他内心的激动。

洪其炎是飞船上的秘密乘客，起飞前他已经"因心脏病突发，抢救无效而去世，享年 64 岁。"我们发了讣告，举行了隆重的葬礼，社会各界都一致表示哀悼。虽然他是个怪人，虽然他支持的"水星放生"行动并没得到全人类的认可，但毕竟他的慷慨和献身令人钦服。现在，他倾力支持的"姑妈号"飞船即将起飞，而他却在这个时刻不幸去世，这是何等的悲剧！而其时，洪先生连同他的水星车已秘密运到飞船上。洪先生说：

"这样很好，让地球社会把我彻底忘却，我可以心无旁骛，留在水星上干我的事了。"

飞船船长柳明少将指挥着，两名船员抬着一个绿色的冷藏箱走下舷梯。里面是 20 块冷凝金属棒，那是从沙午姑姑的生命熔炉中取出的，其中藏着生命的种子。飞船降落在卡路里盆地，温度计显示，此刻舱外温度是720℃。宇航服里的太阳能空调器嗡嗡地响着，用太阳送来的光能抵抗着太阳送来的酷热。如果没有空调，别说宇航员了，连那20块金属棒也会在瞬间熔化。

5个船员都下来了，马上开始工作。我们打算在一个水星日完成所有的工作，然后留下洪先生，其余人返回地球。5个船员将在这儿建一些小型太阳能电站，通过两根细细的超导电缆送往北极。电缆是比较廉价的钇钡铜氧化物，只能在−170℃以下的低温保持超导性，不过这在水星上已足以胜任了。白天，太阳能电站转换的电量将就近储存在蓄电瓶内；晚上，当气温降到−170℃时，电源便经超导电缆送到遥远的极地。在那儿它为洪先生的速冻和解冻提供能源。至于每个复苏周期中那长达1 000万年的冷藏过程，则可以由−60℃的极冰自动制冷，不必耗用能源。所以，一个小型的100千瓦发电站就足够了。不过为了绝对保险起见，我们用20个结构不同的发电站并成一个电网。要知道，洪先生的一觉将睡上1 000万年。1 000万年中的变化谁能预想得到呢？

我和柳船长乘上洪先生的跑车，三人共同去寻找合适的放生地。这辆生命之舟设计得十分紧凑，车身覆盖着太阳能极板，十分高效，即使在极夜微弱的阳光中，也能维持它的行驶。车后是小型食物再生装置和制氧装置，能提供足够一人用的人造食品和空气。下面是强大的蓄电瓶，能提供十万千瓦时的电量，其寿命（在不断充放电的条件下）可以达到无限长。洪先生周围是快速冷凝装置，只要一按电钮，便能在2秒钟内对他进行深度冷冻。1 000万年后，该装置会自动启动，使他复苏。他身下的驾驶椅实际是两只灵巧的机械腿，可以带他离开车辆，短时间出去步行，因为，放养生命的金属湖泊常常是车辆开不到的地方。

洪先生聚精会神地开着车，在崎岖不平的荒漠上寻找着道路，我和柳船长坐在后排。为了方便工作，我们在车内也穿着宇航服。老柳以军人的姿态端坐着，默默凝视着洪先生的白发，凝望着他高高突起的驼背和鸡胸，以及瘦弱畸形的腿脚，目光中充满怜悯。我很想同洪先生多谈几句，因为，在此后的亿万年中，他不会再遇上一位可以交谈的故人了。不过在悲壮的气氛中，我难以打开话题，只是就道路情况简短地交谈几句。

洪先生扭过头："小陈，我临'死'前清查了我的财产，还余几百万吧！我把它留给你和小尹了，你们为这件事牺牲太多。"

"不，牺牲最多的是你。洪先生，你是有仁者之爱的伟人。"

"伟人是沙女士。她，还有你，让我的晚年有了全新的生活，谢谢。"

我低声说："不，是我该向你表示谢意。"

车子经过一个金属湖，金属液发出白热的光芒。用光度测温计量量，这儿有620℃，对于那些小生命来说高了一些。我们继续前行，又找到一处金属湖，它半掩在悬崖之下，太阳光只能斜照它，所以温度较低。我们把车停下，洪先生操纵着机械腿迈下车，我和柳船长揣上两块金属棒跟在后边。金属湖在下方100米处，地形陡峭，虽然他的机械腿十分灵巧，但行走仍相当艰难。在迈过一道深沟时，他的身子趔趄一下，我下意识地伸手去扶，老柳摇摇手止住我。是的，老柳是对的。洪先生必须能独力生存，在此后的亿万年中，不会有人帮助他。如果他一旦失手摔下，只能以他的残腿努力站起来，否则……我鼻梁发酸，赶快抛开这个念头。

我们终于到了湖边，暗红的金属液面十分平静。我们测量出温度是423℃，溶液中含有锡、铅、钠、水银，也有部分固相的锰、钼、铬微粒，这是变形虫理想的繁殖之地。我们从怀中掏出金属棒交给洪先生，他把它们托在宇航服的手套里，等待着。斜照的阳光很快使它们融化，变成小圆球，滚落在湖中，与湖面融合在一起。少顷，洪先生把一枚探头插进金属液中，打开袖珍屏幕，上面显示着放大的图像。探头寻找到一个变形虫，它已经醒了，慵懒地扭曲着，变形着，移动着，动作舒缓，十分惬意，就像这是它久已住惯的老家。

三个人欣慰地相视而笑。

我们总共找到10处合适的金属湖，把20块"菌种"放进去。在这10个不相连的生命绿洲里，谁知道会发生什么事？也许它们会迅速夭折，当洪其炎从冷冻中复苏过来后，只能看到一片生命的荒漠；也许它们会活下来，并在水星的高温中迅速进化，脱离湖泊，登上陆地，最终进化出智慧生命。那时，洪先生也许会融入其中，不再孤独。

太阳缓缓地移动着，我们赶往天光暗淡的北极。那儿的工作已经做完。暗绿色的极冰中凿出一个大洞，布置了照明灯光，40根超导电缆扯进洞内，汇聚在一个接头板上，再与水星车的接口相连。冰洞内堆放着足够洪先生食用30年的罐头食品，这是为了预防食物再生装置一旦失效。只是我们拿不准，放置数千万年的食物（虽然是在 −60℃的低温下）还能否食用。

我们把洪先生扶出来，在冰洞中开了一次聚餐会。这是"最后一次晚餐"，以后洪先生就得独自忍受亿万年的孤独了。吃饭时洪先生仍然沉默寡言，面色很平静。几个年轻的船员用敬畏的目光看他，就像在仰望上帝。这种目光拉远了他同大伙儿的距离，所以，尽管我和老柳做了最大的努力，也没能使气氛活跃起来。

我们在悲壮的氛围中吃完饭，洪先生脱下宇航服，赤身返回车内，沙女士的金像置放在前窗玻璃处。我俯下身问：

"洪先生，你还有什么话吗？"

"请接通地球，我和尹律师说话。"

接通了。他对着车内话筒简短地说："小尹，谢谢你，我会永远记住你陪我度过的日子。"

他的话语化作电波，离开水星，向一亿公里外的地球飞去。他不再说话，静静地等待着。十分钟后才传来回音，我们都在耳机中听到了，尹女士带着哭声喊道：

"其炎！永别了！我爱你！"

洪先生恬淡地一笑，向我们挥手告别。在这个刹那，他的笑容使丑陋的面孔变得光彩照人。他按下一个电钮，立时冷雾包围了他的裸体，凝固了他的笑容，2秒钟后他已进入深度冷冻。我们对生命维持系统做了最后一次检查，依次向他鞠躬，然后默默退出冰洞，向飞船返回。

5个地球日后，"姑妈号"飞船离开水星，开始长达1年的返程。不过，大家都觉得我们已经把自身生命的一部分留在这颗星球上了。

不知过了多长时间，图拉拉隐约感到人群回来了，圣府大厅里一片闹腾。他努力喊奇卡卡，喊胡巴巴，没人理他，也许他并没喊出声，他只是在心中呼喊罢了。闹腾的人群逐渐离开，大厅里的骚动平息了。他悲怆地地想，我真的要在圣府中横死么？

能量渐渐流入体内，思维清晰了，有人给他换了能量盒。睁开眼，看见奇卡卡正怜悯地看着他。他虚弱地闪道：

"谢谢。"

奇卡卡转过目光，不愿与他对视，微弱地闪道："你一直在低声唤我的名字，你说你有未了之事。我不忍心让你横死，偷偷给你换了能量盒。现在，你好自为之吧！"

奇卡卡像躲避魔鬼一样急急跑了，不愿意和一位丑恶的"横死复生者"待在一起。图拉拉感叹着，立起身子，看见奇卡卡为他留下四个能量盒，足够他返回到有光地带了。化身沙巫呢？他急迫地四处查看。没有了，连同他的神车都没有了。他想起胡巴巴临走说：要禀报教皇，迎回化身沙巫的圣体，在父星的光辉下唤他醒来。一阵焦灼的电波把图拉拉淹没，他已知道沙巫的身体实际上是很脆弱的，那些愚昧的信徒们很可能把他害死。他可是索拉人的恩人啊！

他要赶快去制止！这时他悲伤地发现，在经历了长期的半死状态后，他身上的金属光泽已经暗淡了。这是横死者的标志，是不可豁免的天罚。如果他不赶紧爆灭，他就只能活在人们的鄙夷和仇恨中。

但此刻顾不了这些，他带上能量盒，立即赶回戛杜里盆地。那是索拉星上最热的地方，所有隆重的圣礼都在那儿举行。

他爬出无光地带，无数横死者还横亘在沿途。他歉然地想，恐怕自己已没有能力实现来时的承诺，无力收敛他们了。进入有光地带后，他看到索拉人成群结队向前赶，他们的闪孔兴奋地闪烁着：化身沙巫的复生大典马上要举行了！图拉拉想去问个详细，但人群立即发现他的耻辱印，怒冲冲地诅咒他，用尾巴打他。图拉拉只好悲哀地远远避开。

一个索拉星日过去了，他中午时赶到戛杜里盆地的中央。眼前的景象令他瞠目，成千上万的索拉人密密麻麻地聚在圣坛旁，群聚的感情场互相激励，形成正反馈，其强度使每个人都陷于癫狂。连图拉拉也几乎被同化了，他用顽强的毅力压下自己的宗教冲动。

好在癫狂的人群不大注意他的耻辱印，他夹在人群中向圣坛近处挤去。神车停在那里，车门关闭着，化身沙巫的圣体就在其中，仍紧闭着双眼。人群向他跪拜，脑袋和尾巴猛烈地撞击地面。这种撞击原先是杂乱的，逐渐变成统一的节奏，竟使地面在一波波撞击中微微起伏。

教皇出来了，在圣坛边跪下，信徒的跪拜和祈祷又掀起一个高潮。这时，一个高级执事走上前，让大家肃静。竟然是奇卡卡！看来教皇对这位背叛科学投身宗教的人宠爱有加，他的地位如今已在胡巴巴之上了。奇卡卡待大家静下来，朗朗地宣布：

"我奉教皇敕令，去北极找到极冰中的圣府，迎来化身沙巫的圣体。此刻，沙巫神将在父星的光辉下醒来，赐给我们大的恩宠！教皇陛下今天亲临圣坛，跪迎沙巫大神复生！"

教皇再次叩拜后，奇卡卡拉开车门，僧侣上前，想要抬出化身沙巫的圣体。图拉拉此刻顾不得个人安危，闪孔里射出两道强光，烙在一名僧侣的背上，暂时制止住他。图拉拉发出强烈的信息：

"不能把他抬出来，那会害死他的！"他急中生智，又加了一句有威慑力的话，"是沙巫神亲口告诉我的，你们不能做渎神的事！"

人们愣住了，连教皇也一时无语。奇卡卡愤怒地转过身，大声说："不要听他的，他是一个横死者，不许他亵渎神灵！"

　　人们这才发现他的耻辱印，立刻有一条尾巴甩过来，重重地击在他的背上。他眼前发黑，但仍坚持着发出下面的信息：

　　"不能让化身沙亚受父星的照射，你们会害死他的！"

　　又是狂怒的几击，他身体不支，瘫倒在地，仍有人狠狠地抽击他。奇卡卡恶狠狠地瞪图拉拉一眼，举手让众人静下来。迎圣体的仪式开始了。四个僧侣小心地把化身沙亚抬出车，众人的感情场猛烈地迸射、激励、加强，千万双闪孔同时感颂着沙亚神的大德和大能。

　　这种感情场是极端排外的，现场中只有图拉拉的感情是异端，他头疼欲裂，像是被千万根针刺着神经。他挣扎着立起上身，从人缝中向里看。化身沙亚的圣体已摆放在一个高高的圣台上，教皇领着奇卡卡、胡巴巴在伏地跪拜。图拉拉的神经抽紧了，他想可怕的事马上就要发生了。化身沙亚坐在圣台上，眼睛仍然紧闭着。在父星强烈的照射下，在720度的高温中，他的身躯很快开始发黑，水分从体内猛烈蒸发，向上方升腾，在他附近造成了一个畸变的透明区域。随之他的身体开始冒烟，淡淡的灰烟。然后，焦透的身体一块块迸脱，剩下一副焦黑的骨架。

　　教皇和信徒们都目瞪口呆，这是怎么回事？索拉人的金属身体从不怕父星的暴晒，那些未经爆灭的遗体能千万年保存下来。但化身沙亚的圣体为什么被父星毁坏？人们想到刚才图拉拉的话："不能让他受父星的照射，你们会害死他的。"他们开始感到恐惧。千万人的恐惧场汇聚在一起，缓缓加强，缓缓蓄势，寻找着泄洪的口子。

教皇和奇卡卡的恐惧也不在众人之下——谁敢承担毁坏圣体的罪名？如果有人振臂一呼，信徒们会把罪人撕碎，即使贵为教皇也不能逃脱。时间在恐惧中静止，恐惧和郁怒的感情场在继续加强。忽然奇卡卡如奉神谕，立起身来指着那副骨架宣布：

"是父星惩罚了他！他曾逃到极冰中躲避父星，但父星并没有饶恕他！"

恐惧场瞬时间无影无踪，信徒们的神经一下子放松了。是啊，圣书中确实说过，化身沙亚失去父星的宠爱，藏到极冰中逃避星的惩罚。现在大家也亲眼看见是父星的光芒把他毁坏了。奇卡卡抓住了这个时机，恶狠狠地宣布：

"杀死他！"

他的闪孔中闪出两道杀戮强光，射向沙亚的骨架。信徒们立即仿效，无数强光聚焦在骨架上，使骨架轰然坍塌。教皇显然仍处在慌乱中，他没有在这儿多停，起身摩挲着奇卡卡的头顶表示赞赏，随后匆匆离去。

信徒们也很快散去。虽然他们用暴烈的行动驱走恐惧，但把暴力加在化身沙亚的圣体上，这事总让他们忐忑不安。片刻之后，万头攒动的场景不见了，只留下圣坛上一副破碎的骨架，一辆砸扁了的神车，一副白金雕像，还有地上一个虚弱的图拉拉。

图拉拉忍着头部的剧疼，挣扎着走到骨架边。灰黑色的骨架散落一地，头颅孤零零地滚在一旁，两只眼睛变成两个黑洞，悲愤地瞪着天边。片刻之前，他还是人人敬仰的化身沙亚，是一个丰满坚硬的圣体，转瞬之间被毁坏了，永远不可挽救了。图拉拉感到深深的自责。如果他事先能见到教皇，相信凭自己的声望，能说服他采用正确的方法唤醒沙亚——毕竟教皇也不愿圣体遭到毁坏呀！可惜晚了，来不及了，这一切都是由于缺少一个备用能量盒，是由于自己该死的疏忽。

他深深地俯伏在地，悲伤地向化身沙亚认罪。

他立起身，小心地搜集化身沙亚的骨架。为什么这样做？不知道，他没有什么目的，只是想以这种下意识的动作来驱散心中的悲伤和悔恨。只是到了两千年后，当科学家根据基因技术（在沙亚留下的大批光盘里有详细的解说）从幸存的骨架中提取了化身沙亚的基因并使他复活之后，索拉人才由衷地赞叹图拉拉的远见。

此后 1 000 年是索拉星的黑暗时期，狂热的教徒砸碎了和科学有关的一切东西，连索拉人曾广泛使用的能量盒，也被当做渎神的奇技淫巧被全部砸坏。羽翼未丰的科学遭到迎头痛击，一蹶不振，直到 1 000 年后才慢慢恢复元气。

沙亚教则达到极盛。他们仍信奉沙亚，但化身沙亚不再被说成沙巫大神的使者，他成了一尊伪神，一个罪神。信徒的祈祷词中加了一句：

"我奉沙巫大神为天地间唯一的至尊，

我唾弃伪神，他不是大神的化身。"

不过，沙巫教中悄悄地兴起一个小派别，叫赎罪派。据说传教者是一个横死后复生的贱民。他们仍信奉化身沙巫是大神的使臣和索拉人的创造者，他们精心保存着两件圣物，一件是焦黑的头骨，一件是白金制的塑像。赎罪派的教义中，关于沙巫之死的是非是这样说的：化身沙巫确实是沙巫的化身，原打算给索拉星带来无上的幸福。但他被索拉人错杀了，幸福也与索拉人交臂而过。

尽管新教皇奇卡卡颁布了严厉的镇压法令，但赎罪派的信徒日渐增多。因为赎罪派的教义唤醒了人们的良知，唤醒了潜藏内心深处的负罪感。对教廷的镇压，赎罪派从不做公开的反抗，他们默默地蔓延着，到处搜集与科学有关的一切东西：砸碎的能量盒，神车的碎片，残缺不全的图纸和文字等。在那位180岁的赎罪派传教者去世后，再没人能懂得这些东西，但他们仍执着地收藏着，因为——传教者说过，等化身沙巫在下一个千禧年复活时，它们就有用了。

赎罪派只尊奉圣书的旧约篇而扬弃新约篇。他们在旧约篇上加了一段祷文：

"化身沙巫越权创造了索拉人，父星惩罚了他。

　　索拉人杀死了化身沙巫，你们得到父星的授权了吗？

　　索拉人啊，

　　你们杀死了自己的生父，你们有罪了；

　　你们要世世代代背负着原罪，直到化身沙巫复生。"

梦绕地心

——拯救梅西

谢云宁

　　需要声明的是：本文只是一篇科幻小说，讲述的是与现实无关的另一个平行宇宙中梅西的故事。

罗萨里奥的黄昏

　　这是 1999 年 6 月的一个黄昏，位于南半球的阿根廷已进入漫长而寒冷的冬季。阿根廷第二大城市罗萨里奥宽阔的街道上人烟稀少，满是欧式建筑的街道两旁，色彩炫目的霓虹灯早早地闪亮了起来，无所事事的人们大多拥进酒吧与咖啡馆。尽管 70 年代末蔓延至今的金融危机让这个曾经富庶无比的国家债台高筑，通货持续膨胀，失业人口众多，八十年代与英国马岛一战更是让这个国家雪上加霜，可阿根廷人仍习惯流连于大大小小的酒馆，大口咀嚼着牛排，大口品味着咖啡与红酒，或是在缠绵悱恻的旋律中跳上一曲浪漫而忧郁的探戈，抑或围拢在电视前为一场足球转播激越不已。

　　这样纸醉金迷的景象，每个傍晚时分都会在这个城市的每个角落上演着。失意的人们总喜欢在醉意微醺中追忆早已变成云烟的昨日繁荣与浮华，而探戈与足球则成为所有阿根廷人心底最后的图腾与慰藉。

就在此刻，位于城市中心的格瓦拉广场上，12岁的梅西正在坚硬的花岗岩地面上孤独地练着球。他身高还不到140厘米，滚动的硕大足球与他瘦弱的体型相比并不相称。在一旁冰冷的台阶上，他的父亲豪尔赫正面无表情地呆坐着，目光沉郁而落寞。

尽管没有对手，梅西的动作还是做得一板一眼。他时而加速带球，时而用力地假晃，时而又狠狠地急停急转，看上去心事重重的他像是刚受了什么委屈，要把所有不快都倾泻到脚下的足球上。

黄昏的广场上一片空寂，除了梅西父子外只有一个个子不高、年近四十的中年人驻足。他已经远远观看梅西很久了，从他略显疲惫的神情、一脸久未修整的络腮胡，以及背上那只超大户外旅行包看起来，这应该是一名途经此处的外地旅行者。

旅行者悄悄走近埋头练球的梅西，突然晃动了一下身体，做出要抢球的动作。梅西一下子就反应了过来，左脚将足球轻巧一拨，球立刻穿过旅行者略略张开的胯下，与此同时梅西飞速启动，又得到了球的控制权，就这样，梅西用穿裆的方式戏耍了来者。但来者一点也没有生气，他反倒像是来了兴致，转身再次发起逼抢。梅西不慌不忙地拨弄起了足球，足球就如粘在了他的脚底。尽管来者有着绝对的身体优势，但每当他的脚尖快要触到足球，那一瞬足球又会被梅西转移开。

终于，旅行者停止了抢球，大口喘着粗气叉腰站在原地。

"先生，这是你的儿子吧？我想告诉你，他是我见过的踢球小孩里面技术最好的一个。" 缓过气来的旅行者走到了豪尔赫面前，兴冲冲地说，"这样下去未来他一定会成为一代巨星。"

"一切都结束了。"豪尔赫并没有抬头，只是冷冰冰地说出这样一句话。

"我不明白你的意思——"

豪尔赫没有回应，而是动作僵硬地将放在身旁的一张纸递向了旅行者。

旅行者接过了纸，这是一张医院的诊断书，他目光飞快地扫过纸面，不由皱起了眉头。"侏儒症？"旅行者惊讶道。

"我的孩子已经在纽维尔老男孩俱乐部少年队踢了七年球，可就在今天，他被诊断出患有先天性侏儒症，由于缺乏生长所必需的激素，他的身体将永远定格在 11 岁……"豪尔赫暗哑的声音中带着浓重的哭腔，"我们阿根廷盛产世界最好的牛肉、世界最好的奶酪，可是我的孩子却是吃着土豆和胡萝卜长大的。我知道是营养不良造成了孩子的病。"说着，豪尔赫双手抱住了头，陷入深深的自责。

这一刻，不远处的小梅西也停止了带球，他低下头慢腾腾地走到了父亲面前，可怜巴巴地望着父亲。

旅行者默默坐在豪尔赫身旁，他不知该怎样安慰这位伤心不已的父亲。此时，悄然升起的薄雾慢慢笼罩了整个寂静的广场，他看见梅西瘦削的身影在雾色的映衬下越发显得单薄，这一刻，仿佛全世界的重量都压在了他小小的肩头上。

"如果真是侏儒症的话，现在医学应该有一些办法。"旅行者斟酌着开了口，"兴许无法让小梅西长到多高，但也足够达到正常人的水平。你们的马拉多纳个子也不高，但同样征服了全世界……"

半晌之后，豪尔赫缓缓抬起头来："医生告诉我依靠每周注射激素可以帮助梅西长高，可这是一笔不菲的支出。我明天去和俱乐部谈一谈，如果他们肯为梅西提供治疗，我们愿意和俱乐部签一份合同，无论何种条款。"

"希望你们好运。"旅行者祝福道。

"谢谢！"豪尔赫叹了口气，站起身来，"旅行者，看起来你对足球很在行。"他装作不经意地擦了擦润湿的眼角，移开了话题。

"先生，你可以叫我图尔尼。我年轻时也在少年队踢过球。"

"噢。"

"但我天赋平平，很早就放弃踢球到大学进修自然科学，如今我在欧洲从事地球物理方面的研究，这次是前往南极完成一项科考任务。只是科考船途经阿根廷，我一个人上岸来到这里朝圣。"

"朝圣？"

"是的，切·格瓦拉出生在这座城市。"旅行者转头望着竖立在广场中央的格瓦拉铜像。

"格瓦拉……"豪尔赫喃喃道，这是所有阿根廷人的骄傲，"说起来格瓦拉早年也是个出色的足球运动员。那次伟大的环美洲之旅，身无分文的他就是靠沿途教授当地小孩踢球凑得了摩托车油费和一路的旅费。"

"是啊，直到后来患上严重的哮喘，他才不情愿地当起了守门员。"旅行者激动地附和道，"足球，或许是世界上最突显众生平等的一项运动。在非洲，在拉美，无数贫民窟的孩子们在凹凸不平的田野、街道上奔跑，追逐足球，梦想着足球能够改变他们的未来。"

就这样，豪尔赫和旅行者在夜色中畅谈起了格瓦拉、足球、信仰……而一旁的梅西仍孤零零地站在越来越深重的迷雾中。这个为足球而生的精灵不知道自己脚下的足球能否为他打破宿命的魔咒。

第二天上午，罗萨里奥市中心，纽维尔老男孩足球俱乐部。

这里是梅西奋战过七年的地方，可是今天他却将永远地离开这里。这个曾经培养出战神巴蒂斯图塔这样的巨星的俱乐部拒绝为小梅西提供治疗费用，梅西和父亲最后的希望破灭了。当很多年之后已成名的梅西被记者问及此事时，对此早已释怀的他并没有过多责怪老东家当年的薄情，毕竟很难有哪家俱乐部会情愿把宝压在一个前途未卜而又天生有缺陷的小孩子身上。

　　可是在这一刻，小梅西已哭成了一个泪人儿，他一手拉着父亲的手，一手怀抱着心爱的足球，无限留恋地回望着他抛洒过汗水的绿茵茵的球场。当他路过少年队训练场时，所有小队员都停下了训练，默默注视着他们球场上昔日的领袖离开基地。

　　"梅西——"一个黑眼睛的女孩大声呼唤着他的名字，从训练场奔跑了过来。

　　这个女孩名叫安东内拉，是梅西关系最好的队友的表妹。五岁的梅西刚进入老男孩少年队时他俩就相识了，学校没课时她总喜欢来训练场看梅西踢球。

　　"安东内拉……"梅西低头嘟囔着，"我要离开球队了。"

　　晶莹的泪水一下子从女孩眼眶中涌了出来。她已经从表哥那里听说了梅西离开的原因。她愣在原地，不知道该对梅西说些什么。

　　在沉默了半晌之后，豪尔赫继续拉着梅西向前走。安东内拉默默地跟在他们身后。就这样，三个人黯然走出了训练基地的大门。

　　出了基地不久，他们行至一个路口，远远看见一个身着蓝色羽绒服的身影伫立在一处水果摊前——这竟是昨天黄昏遇见的那位欧洲旅行者。

　　旅行者也看到了他们，他疾步走了过来："先生，我们又见面了。"

"你在等我们?"豪尔赫惊讶道。

"是的。"图尔尼揉了揉小梅西蓬松的金色头发,"昨晚我去了一趟为梅西做检查的医学中心,调出梅西的血液样本重新做了化验。"

"你为什么这样做?"

"这个或许并不重要,你可以认为我是在满足自己巨大的好奇心。但我想告诉你的是,束缚梅西身体发育的并不是侏儒症。"

"那是什么?"

"是他踩在脚下的圆球。"

"你是指足球?"

"不,先生,是地球。"图尔尼一字一顿地说道。

豪尔赫愣住了,但几秒钟后,他回过神来,对图尔尼恼怒道:"旅行者,请不要拿你可笑的天方夜谭来拿我们寻开心。"

"不,豪尔赫先生,请你相信我。"图尔尼急切地说,"我们的地球并没有你想象的那样简单。梅西与生俱来的特殊体质并不适合在地球南半球踢球。"

豪尔赫没有理睬他,而是拉着梅西继续向前走。

他们走出了很远,身后传来图尔尼大声的呼喊:"先生,你愿不愿意带你儿子去巴塞罗那试一试?"

梅西第一个回过头来,泪水迷蒙的双眼中闪耀出一丝异样的光彩。巴塞罗那，那是所有踢球的孩子心中的梦之队。

紧接着，豪尔赫也转过身来。图尔尼见此情景，赶紧跑了过来。

"我刚好有个朋友在西班牙巴塞罗那俱乐部任职，我已经打电话把小梅西的情况告诉了他。我的朋友表示巴萨对小梅西很感兴趣。"图尔尼气喘吁吁地说，他递给了豪尔赫一张纸条，上面写有一串电话号码。

豪尔赫犹豫着接过纸条，他很难相信一位萍水相逢的陌生人会给予他们如此大的帮助，但他愿意带梅西去西班牙碰碰运气，因为山穷水尽的他们在阿根廷已别无选择。

图尔尼将目光转回愣在一旁的梅西，他蹲下身子，这样一来他就和梅西一般高了。他一只手轻轻搭在了梅西尖削的肩膀上："孩子，你的未来在欧洲——地球的另一个半球。"

梅西怯生生地望着图尔尼。遥远的欧洲，在他幼小的心灵中只是一个异常模糊的概念，那里是他的无数阿根廷足球偶像都走过的荣光之路。从接触足球的第一天起，他就无时无刻不在憧憬着长大能去那里的职业联赛建功立业，虽然他从来没想过会是现在。

图尔尼目光殷切地望着梅西："你要记住，等你长大后要尽量少回地球的南半球踢球。"

梅西不知所措地点点头：地球的南北半球有什么不一样吗？也许自己太小，还不能理解他话中的奥义吧！

"好了，我该向你说再见了，梅西，祝你好运。"图尔尼站起身来，挥手向梅西告别。

梅西也愣怔着向他挥了挥手。

图尔尼面带微笑转过身去，很快的，这个神秘的旅行者消失在了博尔赫斯笔下描绘过的迷宫一般曲折的街道中。

悲伤好望角

2010 年 5 月，阿根廷国家队的包机飞抵南非约翰内斯堡，征战即将开战的世界杯。

当主教练马拉多纳率领 23 名弟子步入机场大厅时，早已等待多时的媒体立刻将他们团团围住。

夺冠大热门阿根廷阵中名将如云，但最受记者们追捧的无疑还是新科世界足球先生梅西，年纪轻轻的他这几年在巴塞罗那队取得了非凡的成功，以他为锋线核心的巴萨被球迷戏称为"宇宙无敌队"，一连夺得联赛与欧洲杯几项冠军，砍菜切瓜般横扫一个又一个劲敌。但唯一让人有些遗憾的是，一直以来梅西在国家队的表现并不具有足够的说服力，这次南非世界杯恰好是他证明自己的一个机会，所有阿根廷人都相信他是上帝赋予阿根廷的另一个马拉多纳，时隔 24 年，他将带领球队再次捧起大力神杯。

此时的梅西已经 23 岁，在聚光灯下仍显得非常腼腆。匆匆应付了几个记者的问题后，他快步跑进了开往训练基地的大巴。

是的，这还是过去那个淳朴的罗萨里奥大男孩。欧洲十年的生活并没有改变他，他差不多把全部精力都放在了足球上，足球之外的生活简单而朴实。他总是穿着最为普通的 T 恤和短裤，开着最普通的小车，在训练之余把时间都花在了与远在阿根廷的女友焖制电话煲——他的女友依然还是与他青梅竹马、两小无猜的安东内拉，她还留在阿根廷国内攻读营养学专业。

这次来到南非，除了为国出征的巨大荣誉外，让梅西期待不已的还有与安东内拉的相会——安东内拉会来到南非为他加油鼓劲。他心底甚至憧憬着，如果自己能为阿根廷赢得世界杯，在那个美妙的捧杯夜晚他将向安东内拉求婚……

6 月 12 日，约翰内斯堡艾利斯公园球场。迫不及待的梅西终于迎来了他在南非世界杯的第一场比赛——应战尼日利亚队。当他与队友列队踏上绿茵场，他的右手紧贴胸口，激扬的阿根廷国歌一响起，他的心顿时澎湃起来，代表阿根廷参加世界杯是他童年的梦想。在西班牙的十年里，虽然他非常感激当年巴塞罗那俱乐部对他的雪中送炭，但面对西班牙足协向他抛来的加入西班牙国家队的橄榄枝，他毫不犹豫地拒绝了——因为在他心中阿根廷才是他的祖国，自己的根……

很快，裁判一声哨响，比赛开始了。梅西奔跑在草坪上，他已做好了所有的准备，去为祖国赢得崭新的荣誉。

阿根廷的开局相当顺利。开场仅仅 6 分钟,左边后卫海因策就依靠一次任意球的机会头球破门。随后的比赛阿根廷尽管占尽优势,却始终没能再拉开比分。潘帕斯战士们总是一次次错失良机,最终比分还是保持在 1 ：0 上。对于在整场左冲右突、穿针引线的梅西来说,他的表现可谓卖力。虽然并未达到俱乐部中那般惊艳的演出,但所有人都有理由相信梅西会在后面的比赛中渐入佳境。

7 月 3 日,世界杯四分之一决赛。

之前一路高歌猛进的阿根廷与德国战车狭路相逢了。

梅西带着满满的信心走上比赛场,他看到阿根廷球迷已经将偌大看台变成了一片蓝白旗帜的海洋,里面有他的安东内拉妩媚的身影——这段时间她一直陪伴在他身边。尽管此前四场比赛他还颗粒无收,但他和安东内拉都坚信:他的进球即将在与德国队的比赛中到来,帮助球队赢得胜利,一雪四年前被德国队　　　淘汰之耻。

然而让梅西始料未及的是,比赛刚刚开始三分钟,德国队就利用"高空优势",由穆勒打进一粒头球。不得已,阿根廷在梅西的带领下大举压上,对德国队阵地发起轮番进攻。德国队则以其擅长的严密战术体系严阵以待。日耳曼人严防死守住梅西的带球,全力压缩他的活动空间。场上多次出现三四名德国队球员合力围堵梅西的场面,梅西只得退回到中场,甚至后撤到后场指挥进球。即使是这样,当他带球突破一名德国队员后,总是被跟上来的第二名、第三名德国队员抢断。仅有的几次传球成功，也被前锋浪费掉了机会。

就在阿根廷人一次次无功而返时，他们的噩梦却一个个接连而至：德国人打进了第二球，第三球，第四球！当裁判员吹响结束的哨声时，比分凝固在了耻辱的 0：4 上。赛前没有人会想到，风头正劲的阿根廷会被德国狂灌四球。

阿根廷人的世界杯之旅就此难堪而悲壮地收场了。

场上，阿根廷战士都低下了骄傲的头，失魂落魄的他们只想尽快远离狂欢的对手，而纵然付出了百般努力仍未取得一个进球的梅西拼命强忍住泪水，一个人留在场边，挥手向看台上的球迷做了最后的告别。

傍晚回到酒店，面对爱人，梅西再也抑制不住内心的痛苦，他伏在安东内拉身上如孩子般恸哭起来。

"梅西，别这样……你才 23 岁，你还有下一届世界杯证明自己。"安东内拉轻声安慰道。

许久之后，梅西终于停止了哭泣，他抬眼望着安东内拉，带着泪光的眼中流露出一种古怪的神色："安东内拉，你不明白，我身体内有一股奇怪的力量导致了我发挥失常。"

"奇怪的力量？"安东内拉颤声道。

"这些年来我在国家队里表现得一直差强人意。美洲杯，世界杯南美预选赛……只有在巴萨以及为数不多的在北半球进行的国家队热身赛上，我才能够发挥出真实水平。"

"应该是你长途飞行奔波导致的。"安东内拉不安地打断了他的话。

"很多人都这样认为，但只有我自己心里清楚，一旦回到南半球比赛，我的状态就会大打折扣。沉重的双脚就如深陷在泥沼之中，无法施展我的技术特点。"梅西说着惨然一笑，"不知道你还记不记得十年前我们在罗萨里奥遇到的那位图尔尼？是在他的帮助下我才到了巴萨，他曾告诉我长大后不要回到南半球踢球……"

"你是说……"安东内拉心中一个激灵，她也回想起了十年前罗萨里奥街头的那一幕画面。那位神秘的来访者蹊跷地闯入梅西的生活，在告诉了小梅西那一番如今想来仍让人匪夷所思的怪论后，又蹊跷地消失了……"无论事实是什么，我们有必要先找到那位图尔尼。"安东内拉讷讷道。

"这几年，我一直在寻找他，但始终没有结果。"梅西沮丧地说。

安东内拉陷入了思考，她能预感寻找图尔尼之路将无比曲折。慢慢地，一个决定在她心中生成，许久之后，她抬起头望着梅西："我们分开一段时间吧！"

"你在说什么？"梅西惊讶得睁大了眼睛。

"梅西，我们暂时分开，让我为你去寻找图尔尼吧。如果有缘……四年后的世界杯我们再见。"安东内拉艰难地说出她的决定，眼中满是泪水。

"不，安东内拉，我不能失去你。我们可以一起去寻找。"梅西痛苦地呼喊道，他抬起手臂想去牵她的手。

安东内拉没有接过他的手，她向后退了两步，她的身体不住颤抖着："梅西，你专心踢球……"她啜泣着说，说完转头奔出了房间。

梅西呆住了，他无力再追出门去，只是颓然面对打开的房门。不知过了多久，从别的房间飘来了一阵熟悉的旋律，一个如泣如诉的女声正在吟唱着那首《阿根廷，别为我哭泣》。

地心世界

2011 年 2 月，南极大陆。

过去的半年里，安东内拉已辗转去过十几个国家，四处打听图尔尼的消息。现在，她又踏上了南极大陆，虽然并不能确定自己费尽周折所获得的这个地址是否正确，在 GPS 的指引下，她还是搭乘一架直升机向着南极茫茫冰雪覆盖的腹地进发了。一路上，随处可见一座座形态奇异而绝美的冰体，这让她很是惊叹大自然的鬼斧神工。

当飞机抵达一片平坦的白色冰原时，GPS 突然鸣叫起来，上面显示的经纬度正是她的目的地。安东内拉极目望去，果真有一座庞大的白色建筑屹立在冰原上，建筑呈圆塔形状，约一百米宽，三四百米高。

安东内拉独自下到了地面上，踩着碎冰走向白塔。

白塔只有一扇大门，她小心翼翼地推门走了进去。出乎她意料的是，建筑物内部就像一个过于空荡的大仓库：巨大的空间中只是零散分布着一张张半米高的机械平台，平台上空无一物。除此之外，还有一些自动化的仪器灯光闪烁着，十来名身着太空服般银色连体衣的工作人员在其中穿梭，她看不出他们究竟在忙什么。

正在她环顾四周之时，身旁传来一个男人低沉的声音："女孩，我们这里不对旅游者开放。"

她慌忙转头望去，一位同样身着连体衣的男子不知什么时候走到了她身旁。这位男子看上去已上了一些年纪，饱含沧桑的面容上有着一种特别的坚硬轮廓，这让她一眼就认出了他："图尔尼——"

"你怎么会认识我？"男子很是惊讶。

"十一年前，你曾为身患侏儒症的梅西指引了一条通往欧洲的路——"

"我记起你是谁了。"图尔尼迟疑了片刻后恍然大悟道，"当年哭泣的梅西身旁的那个小女孩。"

"是的，图尔尼先生，这些年来梅西一直都在寻找你，想答谢你当年的帮助，但你……似乎有意向外界隐藏了行踪。"

"是么？"图尔尼露出了一丝笑容，"这些年，我一直待在南极从事我的科学研究。"

"不知道你是否知晓，梅西在欧洲大陆获得了他能够获得的一切荣耀，可是他在阿根廷队的表现总是差强人意，在不久前的南非……"

"我收看了世界杯，梅西已经拼尽了全力。"图尔尼语气平静地说道。

"这是为什么呢？"安东内拉急切地问道，"当年你对梅西说过的那番话……如今就如一道魔咒捆缚住了他。"

图尔尼并没有马上回答她，他收起笑容，目光深沉地注视了安东内拉好一会儿，接着缓缓地开口："好吧，现在就让我来为你解释这个魔咒的来由——"

图尔尼走到旁边一台仪器前，用手指在显示屏上触摸了几下，一个湛蓝色圆球呈现在他们面前。

"地球？"安东内拉叫道。

"是的，这是我们地球的全息模型。人类历史的近一百年来，我们迫不及待地把视野投向浩渺的外太空，可事实上，我们对自己脚下的地心深处并没有太多了解。"图尔尼注视着地球模型，不急不缓地开口道。

"我想……或许是我们没办法真正进入到地心深处吧？"安东内拉小声地说。

"的确如此。地球的半径有 6 000 多千米，而过去人类所抵达的最深记录是由苏联科拉超深钻井创造的，也仅仅只有十三千米，这只是整个地球半径的 1/500。对于地心深处的图景，人类更多依靠的是推测与猜想。在目前主流的理论中，通常认为地球分为地壳、地幔和地核三层。"

图尔尼停顿了下来,这时地球模型从正中央裂开成了两瓣,露出了斑驳的内核,只见一圈圈颜色各异的同心圆环绕其中。

"你注意那一圈闪亮的银色。"图尔尼说。

安东内拉睁大眼睛望去,她看到靠近地心有一大圈熠熠发亮的银箔色,与其他层次不一样的是,这一层竟然呈现出流动的液态!

"这一层距离地表 3 000 ~ 5 000 千米。科学家认定,在这一宽阔地带涌动着巨量的超高温液态金属流,这些导电的金属流以同一方向围绕一个月球大小的固态金属核缓慢旋转,这就犹如一台巨大的发电机,从而产生出地球的磁场。"

随着他的话音,地球模型分离的两瓣又重新合为一体;紧接着,无数条蓝色光线从地球模型的一极迸发而出,高低有致地环绕地表半圈后终结于地球另一极。这样一来,像是给地球套上了一层层镂空的蓝玻璃外壳。

"你瞧,这些线条就是地球磁力线,它们由南极向北极贯通,形成一圈圈闭合的磁力环。这个覆盖地球的磁场阻挡了太阳风粒子与来自宇宙外层射线的攻击,使人类免受辐射危害。当然,这个磁场也不是永恒不变的,历史上,地球历经过多次南北磁极倒转,最近的一次发生在距今 75 万年前。"图尔尼介绍道,"地球磁场在地表的强度仅为 1 高斯,这是一个普通人类无法感知的强度。然而即使是这样的磁场,仍会微弱影响人类的大脑，比如已有研究证实，如果北半球的人们睡眠时将头朝向北极，顺着磁力线方向，他们将睡得更为安定舒适。"

"可这和梅西有什么关系？"安东内拉紧张地插话道。

"地球复杂的磁场对梅西大脑的影响远远超过常人。"图尔尼抬眼望着她。

"怎么会？"安东内拉嗫嚅道。

"我们知道，某些鸟类和昆虫的大脑天生拥有感知地球磁场的能力，这将帮助它们在迁徙过程中辨识方向。另外它们也会根据地球磁场状况选择栖息之地。与此相似，梅西特殊的大脑构成对地球并不对称的南北磁场非常敏感，南半球特有的磁场会压迫他幼时的大脑，抑制了其生长激素的分泌。等他长大后，南半球磁场又会阻碍他大脑的反应速度。"

"可又是什么导致梅西如此异于常人？"安东内拉声音发颤地问。

"梅西这一特异体质，源于他体内一种名为 CRY2 蛋白质的变异[1]，人类出现这种基因变异的概率大约是亿分之一，所以非常遗憾……"图尔尼耸了耸肩，望着安东内拉的眼睛。

"这样说来梅西的遭遇是命中注定……"安东内拉喃喃道。她陷入了长久的沉默，显然很难接受这一残酷至极的说法。猛

---

① 据最新英国《自然 · 通信》杂志报告，人体内有一种蛋白质可感知地球磁场，这种蛋白质名为 CRY2。美国马萨诸塞大学的研究人员发现，一旦这种蛋白质被激活，其可充当人体的"磁场传感器"。

然间，她像意识到什么似的："四年后的巴西世界杯仍然是在南半球，有没有什么办法能帮助梅西？"

"方法或许有……" 图尔尼迟疑道，他的目光变得复杂起来，"愿不愿意跟我到地心走一趟？"

"地心……这怎么可能？"

"来吧，孩子，我给你看一些东西。"图尔尼说着，从裤袋中摸出一副形状古怪的蓝色眼镜，递给了安东内拉。

安东内拉戴上眼镜，立即被眼前浮现出的不可思议的景象惊住了：十几个银光闪闪的巨大人形出现在她的四周，这些巨人一动不动地挺立在一张张机械平台上，每一个都有埃菲尔铁塔那么高大。如此一来，她刚刚还觉得空荡无物的大厅立刻变得拥挤起来。

"这些是什么？"

"由中微子聚合成的机器人——我们这些年的创造之一。它们被称为'地心勇士'。"

"它们有什么用？"

"中微子可以轻易穿透固体地层，而如今我们掌控了运用中微子通信与感知其他物质的技术，因此，我们可以身处地表远程操控这些勇士进入到地心深处。"

几十分钟后，安东内拉在工作人员的帮助下躺进了一个透明的水晶箱子内，紧接着，她的头部被套上一个特别的面罩，透过面罩她看到箱顶正在慢慢闭合。就在这时，她看了最后一眼矗立在她前方的那个银色巨人，惊奇地发现此时巨人的脸孔已变成了自己的模样。

一刹那，她的视界变了，视线中此刻自己竟远远地俯视着一个水晶柜子，一个女孩正安睡其中，而这个女孩就是她自己！"女孩，试着用你的意识控制地心勇士。"一个熟悉的声音在她耳畔响起，那是图尔尼的声音。

她下意识地循声望去，一个比她体型魁伟得多的地心勇士正站在她身旁，那张面带微笑的脸孔正是图尔尼。

安东内拉试着活动起手脚来。她伸了伸手，抬了抬脚，控制如此庞大的身躯真是异常奇妙。

"你现在可以下到地面上来。"图尔尼对她说，接着他从机械台上轻轻一跃，稳稳站到了地面。

安东内拉鼓足勇气，笨拙地跳向地面。可就在她触到地面的那一瞬，她的双脚竟然如同透明般穿透了地面，接着她整个庞大的身躯也陷了进去。"上帝啊！"她惊恐失措地大叫道，自己已进入一片茫茫无际的赭褐色中，而且还在疾速地向下沉！

"快用你的意识让自己停下来！"她听到了图尔尼的声音。

"啊！"安东内拉慌忙聚起意识。可怎么让自己停下来啊？她的意识拼命挣扎着。终于，她不断不沉身体如刹车般停下了。

"中微子能够穿越地层，因此如果你不用意念去控制，地心勇士将按你的初速度下沉。其实让勇士停下来的方法很简单，你只需要在脑海里想象你停在哪儿，勇士就会停在哪儿。"图尔尼模样的地心勇士也下潜到了她的身边，"现在，我们开始通向地心的旅程吧！"

"地心？"

"是的，你看，我们已经来到地壳层，再穿过地幔层，我们就将进入地心，那里有一个你无法想象的神秘世界。"话音刚落，图尔尼就开始飞速下潜。

"等等我——"安东内拉连忙调动起意识，这一次，她的身体很好地做了配合——她甚至让自己下潜的速度变得更快，很快追上了图尔尼。

一路上安东内拉见识到了各种新奇壮丽的景象：无数不知名的矿石镶嵌成堆，呈现出一个个超现实的几何体；时而可见晶莹闪亮的水晶或钻石四处散落；磅礴奔涌的岩浆犹如枝蔓横生的河流。但她找不到一丝生命的迹象，她深知是地底的超高压、超高温斩断了一切生命存在的可能性。

渐渐地，面对层出不穷的奇景，安东内拉也有些麻木了。她放松了神经，任凭地心勇士向着深不见底的地心疾速下潜。

"现在我们已经穿过了岩石为主的地幔层，进入了距离地表 3 000 千米的地核层。你可以放慢些速度了。"她的耳畔突然传来图尔尼的声音。

安东内拉向自己的四周望去，惊愕地停了下来。她进入了一个与之前截然不同的世界：这是一个色彩层叠的奇幻世界，周遭散布着一团团她从未见过的物质云，如同异彩纷呈的珊瑚一般盘根错节。这里不再看得到棱角分明的晶体，所有的物体都如高温融化掉的软糖，呈现出莹润的流体态；而视野中最让她感到震惊的还属翩然游动在斑斓色彩中的那几大片火红色物体。她没想到，自己原以为死气沉沉的地心深处竟有如此生动的图景。

蓦然间，她发现在她视线的正前方，一大片火红色正摇晃着向她游来！

尽管之前她已领略够了地底各种奇形怪状的非生命体，但这一次直觉告诉她向自己飘来的是一团生命！她惶恐不已地看着这团向她逼近的生命：它的直径至少超过了两千米，虽然地心勇士已足够巨大，但与这团庞然大物相比仍是渺小至极。

这时，她惊奇地看到，身旁的图尔尼如做体操一般180°反转过身体，倒悬的他竟开口对火红的庞然大物说起话来："塞尔塔，你好。"

"不，我不是塞尔塔，我的名字是盖坦，塞尔塔是我的一位朋友。"庞然大物回答道，安东内拉竟也能接收到他发出的声音。

"是吗？哈哈，我总是分辨不出你们的样子，你们确实长得太像了。"图尔尼说，他回头望了眼已惊得说不出话的安东内拉，"小姑娘，不用害怕，你可以像我这样转个方向。"

安东内拉试着反转了身体，她的视野一下子变得不一样起来。面前的那团通体燃烧着熊熊火焰的异形具有了她能够辨识的外形：它很像安东内拉在奇幻电影里见到的西方巨龙，有着四只爪子以及长长的脖颈，一双如蓝宝石般透亮的眸子嵌在菱形的头颅上，只是身后没有飞翼。

"地心勇士能够自动翻译我们之间的语言。你也可以开口与他们交流。"图尔尼对她说。

"他们是什么？"安东内拉惊呼道。

"地心的生命，我们称他们为'火龙'。"

"他们怎么可能生活在这里？"

"他们的存在确实让人难以置信，几年前我们进入地心发现了他们，并与他们进行了沟通，学会了他们的语言，也对他们有了一些粗略的了解。这些火龙的身躯由流态金属构成，能够承受 6 000 ℃的高温以及 200 万倍大气压的高压，似乎从地球诞生之初他们就生活在地心，他们的文明发展程度远远超过人类。"

"啊哈，盖坦，能捎我们一程吗？"图尔尼转身望着火龙。

"来吧，图尔尼先生。"火龙伸展了一下庞大的身躯，然后前肢弯曲，蹲伏下了身躯。

图尔尼拉起安东内拉的手一跃而起，跳上了火龙的脊背，接着，他两一前一后骑在了巨龙凹凸状的脊骨上。

"放松自己，让自己的意识紧随火龙。"图尔尼向安东内拉大声喊道。

待他俩坐稳，火龙仰头长吟了一声，骤然游动开来。

"你知道我的名字?"图尔尼问身下的火龙。

"是的，图尔尼，我们的广播介绍过你，你是来自地表人类的第一位使者。"

"啊哈，看来我也变成你们世界的名人了。让我来介绍一下，我身后的是安东内拉小姐。"

"安东内拉小姐，欢迎你来到我们的王国。"这只名叫盖坦的火龙猛地高扬起长颈，算是向安东内拉打了个招呼。

安东内拉紧紧抱住了盖坦的脊背，她随着盖坦一路向前飞驰，掠过千奇百怪的物质云团，时不时还能见到外形如盖坦一般的火龙，这些火龙都向着跟他们相同的方向游动，在见到他们时纷纷停驻下来好奇地张望。慢慢地，安东内拉心中的惊恐感渐渐退去，取而代之的是一种应接不暇的新奇感。

"我们要去哪儿?"安东内拉问图尔尼。

"我们正在跟随盖坦环绕地心之城。"图尔尼回答道。

"地心之城?"

"你抬头看看天空中央。"

安东内拉仰头望去，这里的天空相比地面上要缤纷绚烂许多，苍穹梦幻般点缀着无数光点，在这些萤火虫般的光点深处飘浮着一枚银光闪闪的螺旋状星体，星体不规则的表面闪耀着瞬息万变的纹路与图形，炫美瑰丽至极。

"你看到的海螺状星体就是他们的地心之城，"图尔尼说，"一座直径达 2 000 千米、由超高密度固态金属铸成的超级城市——这也是人类过去所认为的地球固态内核。然而事实上，火龙整个族群大部分时间并不居住在这座超级城市里面，而是远远地围绕其游弋。按我们人类的时间计算，他们用 42 个月完成一圈地心环游，而后进入到地心之城短暂休息 1~2 个月时间，接着继续踏上环游之路，如此周而复始下去。"

"他们的环游都是向着同一个方向？"安东内拉突然意识到了一件非常重要的事情。

"是的，他们全都向一个方向游动。你的直觉很正确，正是由于这些金属火龙的地心环游，造就了地球的磁场。"

安东内拉一时间说不出话来，心中的震撼已是无以复加。

这时，图尔尼稳稳地站起身来，他望着安东内拉说："姑娘，现在你或许已经想到了帮助梅西的办法吧？"

安东内拉想了想，点了点头。

"好了，你就留在这里吧！"图尔尼说，"你的意识随时可以返回地面。在这里时你可以使用中微子通信器和控制中心通信，这里与地表的通信虽然有 20mS 的时延，但足以应付你的思维与动作。你不用担心远在地表的肉身，一旦感觉到饿可以向中心发出指令，系统会自动为你注入营养食物。另外，你想睡觉了可以直接闭眼入睡。现在，我要离开了……"图尔尼拍了拍盖坦的脊背，然后向安东内拉挥手告别。

"图尔尼，"安东内拉急急地喊道，此时她一点也不畏惧图尔尼的离开，只是她突然想起一个没来得及问起的问题，"我还有一个疑问，为什么当年你会向小梅西伸出援手？后来我们才了解到你并没有什么巴萨俱乐部的朋友，你出身于一个高贵的欧洲皇室家庭，事实上是你用一大笔钱资助了梅西去巴萨，支付了他后来的治疗费。"

"这或许……是因为自己过早破灭的足球梦想吧！"

"你是说……"

"我……出生在北半球。"

"你的大脑并不适合北半球磁场？"

"你真是个聪慧的姑娘。"图尔尼笑着说。说完，他的身体从火龙背上一跃而出，飞速地向着地表坠落，很快就消失不见了。

风抵巴西

2014 年 6 月 15 日，巴西贝洛奥里藏特市，大米内罗球场。

这是 2014 年世界杯阿根廷迎来的第一场比赛，对手是克罗地亚队。

已成为阿根廷队长的梅西快步走出球员通道，步入阳光照耀下的绿茵场。他不禁有些恍惚了，像是又回到了四年前的南非赛场。他怔怔地将目光投向了四面八方人潮汹涌的看台——"安东内拉……"，他在心中轻声唤道。四年了，他无时无刻不在思念她，如今约定的期限已至，他不知道此时此刻她是否也身处于这看台之上。

裁判的一声哨响将梅西从恍惚中猛然惊醒，他压制住内心的惶然，奔跑在了球场上。

比赛没过多久，阿根廷队就领先了。边锋迪马利亚反击踢进一球，但很快克罗地亚队就扳回了比分——摩德里奇禁区外一脚刁钻远射破门。接下来的比赛里，梅西仍是足够努力，满场飞奔，多次为队友创造机会，但无奈都没有形成破门，而他自己的几次打门也是遗憾地偏门而出。

这样，比赛进入到了相持阶段。直到半场完结，比分仍是1：1。

短暂中场休息后，双方进入到了下半场比赛。下半场进行到第六分钟，梅西从边路突破内切入禁区。就在他要起脚打门之时，只见对方中后卫乔尔卢卡腾身飞铲而来，他连忙顺势变向，无奈对方的脚快他一步触到足球，连球带人一并将他铲翻在地。梅西痛苦地仰面躺倒在草坪上，球随即被对方守门员获得。这一次裁判并没有吹点球，梅西失望地摇了摇头，从地上慢慢爬了起来，默默地向禁区外走……就在这一刻，他看见了天空中从未有过的异象。一簇簇绚丽的光辉如肆意飘舞的彩带闪耀在下午三点湛蓝的天空中，玫瑰色、草绿色、琥珀色……

缤纷颜色如万花筒般组合出光怪陆离的图形。

这一刻，场上双方的球员都停止了比赛，目瞪口呆地望着天空。

梅西也呆立在原地，惊奇地注视着天空。自己还在现实中吗？他感到自己就像是沉浸在了一个宏大而圣洁的梦境中，天穹中变幻的光辉在他脑海中慢慢凝成了一个人的脸庞。安东内拉，真的是你吗？他情不自禁地呼唤道。斑斓的光影并没有回答他。

大约在两分钟后，梦幻般的光辉又如水迹一般消失了。

看台爆发出一片哗然声，梅西从遐想中醒来，他摇了摇头。刚才见到的是传说中的海市蜃楼吗？安东内拉的脸庞应该只是自己的想象，还是赶紧回到比赛的现实中来吧！

此刻的他并不知道球场外的世界所发生的神奇现象：地球磁场反转了。

就在刚才那短短的两分钟里，地球外围漏斗状的磁场剧烈地弯曲变形，所有的磁力线朝反方向扭转，在这个过程中，过去一直顺着漏斗滑向两极的太阳风全部淤集在了低纬度地区，淤集的太阳风猛烈撞击所在地区的大气层，由此形成了全球各处都可见的超级极光。

但很快地，磁场飞速完成了转换，重新形成了一个与之前形状一模一样的闭合漏斗，只是磁力线方向改变了。

这一刻，巨大的鲸鱼跃腾出了海面，候鸟折转了迁徙之路，南半球终日倒挂在树枝上的考拉猛地睁开了惺忪睡眼——它们不再沉溺于酣睡，而是欢快地穿梭在林间。

但对于普通人类来说，除了看到指南针反转之外，并未能感受到任何变化。

此刻，大米内罗球场比赛已经中断了，看台上的球迷们由于刚才的异象已是一片骚动，裁判正在紧急与组委会沟通，球员们则在场上心急地等待着。

半小时后，组委会成员们终于取得一致意见，比赛重新开始。

梅西沉下心来投入了比赛。他大步流星地奔跑起来，不知何故，隐约感到有一种全新的活力注入了自己的身体，脚步变得灵动起来，带球过人的出脚频率也迅捷了许多。这种畅快淋漓之感，他曾经只有在巴萨比赛才会有啊！

比赛进行到第六十五分钟，后腰马斯切拉诺从后场发起一个长传，梅西机敏地从盯防他的后卫身后窜出，轻巧地卸下足球，疾步杀向禁区。此时克罗地亚队禁区内只剩一名后卫乔尔卢卡，梅西轻盈地一扣，轻松晃倒了乔尔卢卡。面对仓促出击的门将，梅西冷静地轻推远角，球越过门将精准地滚进了球门。

梅西转身庆祝，他举起双手高高指向天空，只有他心里知道自己的进球该献给谁。

比分变为了2∶1。

在接下来的比赛里，梅西表现得越发神勇。第八十分钟，他用魔幻的左脚带球在对方禁区里翩然起舞，一连过掉了三名后卫，最后晃过守门员，打空门得分。

全场观众爆发出雷鸣般的持久欢呼。梅西的表现让他们暂时忘掉了此前天空异象所带来的惶恐。他们的欢呼雀跃不仅是因为亲眼见证了一个世纪进球的诞生，更是因为梅西的表现让他们相信：他们正在见证一位新球王的登基加冕。

梅西紧握双拳，疯狂怒吼着庆祝起来，尽情发泄着心中多年郁积的苦闷。

很快，九十分钟比赛结束了，这一场注定要被写入历史的比赛，比分最终锁定在 3：1，梅西梅开二度。

梅西向看台上的阿根廷球迷挥了挥手，走下了球场。

从球场回酒店的路上，他收到了很多人的祝贺，但他仍是谦逊地报以笑容。

回到酒店，梅西吃过晚餐后早早回到了房间。他打开电视，电视中几乎每个频道都在播放地球磁场发生倒转的新闻，而就在今天之前，世界杯才是电视节目的主题。屏幕上主持人一张张忧心忡忡的面孔让梅西深感事情重大，但他云里雾里地观看了十多分钟后还是放弃了。他对这一切并不是太懂。"或许只是某种反常的自然现象吧！"他猜想。

他关上电视，侧身躺在沙发上，从口袋里摸出一只手机——手机是安东内拉离开后邮寄给他的，然而四年来这只手机未曾响过一声。

他又如往常一样，默默注视着手机发呆，今夜会不会有奇迹……突然，手机屏幕闪耀起来。

梅西激动得从沙发跌到了地上，他双手颤抖着举起手机。

"今晚我们见面吗？"

他只觉得自己呼吸和心跳都停止了，手足无措地操作着按键："你在哪儿？"

"酒店的花园。"

梅西不顾一切冲出了门，虽然他在球场上"过人如麻"，但这一次他却撞倒了服务生的餐车，用一生中最大的加速度奔向了花园。

夜色中的花园一片静谧，穿过几座花坛后，梅西看到一位身穿米白色风衣的短发女子正倚着一棵紫色的树，背对着他。

"安东内拉。"梅西叫道。

窈窕的身影慢慢地转过身来，如水的星光流泻在她的身上。是她！她看上去没有多少变化，仍是他记忆中那位有着古铜色皮肤、身材曼妙的大美人。但同时她又变了：她剪去了长发，纤瘦的脸颊上褪去了少女时代特有的红润，依旧明亮的双眼中多了几分成熟与笃定。

"这四年你去了哪里？"梅西说。

"说来话长，梅西，"安东内拉莞尔一笑，语气平静地开口道，"我去了一个你无法想象的奇妙世界，经历了一些特别的人与事，也帮你解开了命运加在你身上的魔咒。"

"你怎么能办到？今天，南半球的魔咒似乎突然消失了——"梅西恍然意识到，他是如此地困惑，"地球磁场发生了倒转，这……难道与你的出现有关？"

安东内拉定定地望着梅西，而后她慢慢地走到他面前，踮起脚尖，轻轻地吻了一下他的唇。

"梅西，答应我，接下来的一个月不要关心太多场外的纷扰，你只需要专心比赛。"

梅西木然点了点头，他缓缓拥抱了安东内拉，他的头紧贴在她温暖而芬芳的肩头，这一刻，世界变成何种模样对他已不再重要，重要的是她又重回自己的怀抱。如果还有未来的话，他将在爱人的目光下去奋力赢取世界杯的荣光，而后他们将不再分离。

世界之巅

人类一时间揪起的心总算是平复了下来，地表磁场的改变并没有对他们的生活造成什么影响，这就像是地球向人类开了一个有惊无险的小玩笑，人类又心安理得地在地球表面生活了。于是，世界杯在暂停两天后重新开始，人们将经压抑之后更加高涨的热情投入到世界杯中。

2014 年 7 月 14 日，马拉卡纳球场。

"南美双雄"——阿根廷队与巴西队会师决赛。

在之前的六场比赛中，阿根廷队一路摧枯拉朽，势如破竹，梅西更是总共取得了 10 粒进球。而东道主巴西队则占据天时地利人和的优势，在球星卡卡的带领下同样表现抢眼。这场看起来旗鼓相当的比赛，再加上阿根廷队与巴西队有百年世仇，如此火星撞地球的相遇，注定又是世界杯历史上一段浓墨重彩的传奇。

比赛还有很久才开始，球迷们却早早将能容纳八万人的马拉卡纳球场挤得满满当当，整个看台被渲染成了三种颜色：阿根廷的蓝色与白色，巴西的黄色。阵营分明的双方球迷已经较上了劲：阿根廷队球迷大多行动整齐地挥舞着手中的蓝白球服，不知疲倦地高喊着"阿根廷啊"，或是向着天空抛撒撕碎的白色纸片；而巴西队球迷的表现则显然奔放烂漫了许多，他们自由地大声唱着歌，扭动身体跳动起了热情的桑巴。

安东内拉置身于无比狂热的球迷当中，然而此刻她的心充满了忐忑，因为只有她一个人知道地球磁场即将会再次反转，恢复到一个月以前的磁场形状——地心火龙答应她的时间是一个月，可是现在比赛延期了两天，磁场随时可能发生反转。

她不由得闭上了眼睛，脑海中回想起六个月前她前往地心圣殿拜访的那一次奇妙经历。

那时她已跟随盖坦在火龙的世界漫游了两年，遇见了形形色色的火龙，这些庞然大物对她十分友好，她结识了不少的朋友，也逐渐了解了火龙的一些生活习性。

终于有一天，盖坦完成了一圈地心环游，安东内拉随他进入了地心之城。

她没有心思观赏那一座座镶嵌在地心之城中的错综复杂的建筑，而是径直前往此次地心之行的目的地——烈焰圣殿。

烈焰圣殿坐落于整个海螺形城市的尽头，听盖坦说，掌管火龙文明的长老会就在此处。

安东内拉随盖坦飞抵城市螺旋形大道的终点，一个巨大的洞门出现在他们面前。

"好了，这就是圣殿的入口，你自己进去吧！"盖坦将她从后背放了下来，"你将见到我们火龙世界一位德高望重的轮值长老。"

她告别盖坦，独自走进了洞穴。洞穴中一片幽暗，仅有洞壁透出的微微光亮能让她看到前方几米的范围。就这样，她沿着崎岖的洞穴向前走去。

没过多久，当她转过一个大弯后，眼前猛地像是被一把火点燃了似的，豁然变成了一片夺目的火红色——这是一座她无法用言语形容的气势磅礴的神圣殿堂，殿堂中矗立的九根高耸巨柱支撑着高不见顶的穹顶，巨柱上灼灼燃烧着充满金属质感的火焰，一道道晶蓝色的闪电涌动在空间中。整个殿堂充满了无与伦比的燃烧之感。

殿堂的中央，一只通体炫红的火龙凛然屹立。相比于她之前见到的所有火龙，这只火龙要高大魁伟许多，而且他的额头上多了一只英武的长角，一双深邃的碧绿眸子正俯视着来访者。他应该就是火龙长老了吧！

"安东内拉，你是第一个来到地球最中心的人类。"火龙长老开口道，似乎一点也不惊讶她的到来。

"真是不胜荣幸。"安东内拉小心翼翼地说。在迟疑了片刻后，她鼓起勇气向他说明了来意。

"你需要多长时间？"火龙长老直截了当地问。

"我只需要半年后的一个月，这是我们一届世界杯举行的时间，按你们的时间就是1/42个地心旋转圈。图尔尼告诉我，在这样长的时间里地球磁场的颠倒并不会对地表生物造成太大的影响，只有一些如信鸽这样的鸟儿会暂时迷失方向……"

"孩子，我无法代表我们种族满足你的愿望。"火龙长老打断了她。

"长老……"安东内拉快哭出来了。

"但我可以帮你向圣殿外的所有火龙进行一次广播，让他们投票决定是否要帮助你。"

"广播？"

"你知道，所有环游途中的火龙们都一直在接受来自烈焰圣殿的中微子广播。"

"接下来我该怎么做？"

长老没有回答她，而是伸出一只爪子在空中挥舞了一下，一面巨大黑色曜石板浮现在了殿堂中央。"来吧，孩子，对着这块石头讲讲你的梅西的故事，所有的火龙都将聆听得到。"

安东内拉走近巨石，深吸了一口气，开始了讲述。她也不知道该从何说起，她语无伦次地说着，讲到了在地球表面生活着一群渺小而脆弱的碳水化合物生命；讲到了这些叫作人类的生命在短暂的几十年光阴中的艰辛与追求；讲到了小小足球带给人类的激情与梦想；讲到了她与梅西的相识与相恋；也讲到了梅西不懈的努力却受限于地球磁场的禁锢。最后，她恳求所有的火龙帮助梅西完成梦想。

当她结束讲述时，安东内拉已经完全平静了下来。她静立在殿堂中，等待着最后的结果。她无法知晓圣殿之外的火龙有着怎样的反应，只见到黑曜石板上滚动着一串串她无法辨识的符文。她凭直觉判断上面显示的应该是火龙的投票。

火龙长老久久地注视着曜石，安东内拉分辨不出他脸颊上不断变换着的表情所代表的含义。

"孩子，恭喜你，你获得了 2 661 票中的 2 492 票。"火龙长老突然转头望着她，眸子熠熠发亮，"其中包括我的一票。也就是说超过 90% 的生命体投了赞成票。"

"你们肯为梅西反转地球磁场？"安东内拉激动地问道。

"是的。你的讲述很精彩，引发了很多火龙的共鸣，他们投票的同时也给你发来了很多留言。"火龙长老说，黑色曜石上的符文依旧在飞速滚动，"让我为你念上几段。有火龙说：'一个月时间只是我们漫长生命的一瞬，我们愿意为实现人类的一个梦想而停驻一小会儿。'"

"谢谢你们，我不知该如何表达我此刻的心情……"

"还有更多的留言提到，梅西的坚持让他们回想起了遥远的过去——我们种族在星云时代所经历的那段蒸蒸日上的生活。"

"星云时代？"

"你可能还不太清楚我们的来历。"

"你们似乎和地球一样古老……"

"我们其实来自你们熟悉的太阳。"

"太阳？"

"是的，我们诞生之时太阳还没有形成恒星，还只是一大团由尘埃与气体聚集成的原始星云。在我们诞生之前，星云涡旋中的物质已经开始不断旋转，相互挤压，使得星云具有了高密度与高温度。大约在你们纪元的 50 亿年前，我们种族幸运地诞生于日渐炽热的太阳星云中，后来又经过大约 1 000 万年的进化，差不多形成了现在的模样。"

"太阳中的生命。"安东内拉惊叹道，"可你们当初怎么会离开太阳星云？"

"我们的种族在辽阔的星云中创建出了恢宏的文明，我们文明演进的方向是让星云变得更加炽热，于是我们开始用自己的力量推动星云加速旋转，终极目标是使星云中所有氢原子的温度与压力达到核聚变的点火条件。在这一漫长的过程中，发生了一件改变我们命运的事件。有一次，我们的文明探测到，由于旋转离心力的存在，星云外缘的一大团物质即将被抛离。为了尽可能不让星云损失物质，我们文明的长老会计划派出一支队伍去挽回这些物质。然而这项任务对于我们来说充满了危险，因为这团炎炎可危的疆域随时都有可能被抛向外太空，而我们的身体由高温金属构成，一旦进入寒冷的外太空将很快分解。尽管如此，最后还是有上万只火龙主动请缨到星云边缘排险。"

"后来呢？"安东内拉心中一紧。

"非常不幸，大家担心的悲剧发生了：当这一大队勇士浩浩荡荡地开抵危险区不久，这一部分疆域与母体骤然分离了。"

"这些火龙活下来没有？"

"大部分火龙的生命熄灭在冰冷的虚空中，只有一部分躲藏在星云碎片内核的火龙幸存了下来。最终，这片碎片并没有被甩出多远，而是被太阳星云巨大的引力束缚并开始围绕其旋转，再后来，碎片表面逐渐冷却下来，形成了固态岩石外壳。就这样，劫后余生的我们开始学会苟活在这狭小黑暗的地底。"

"这就是地球的形成过程？"安东内拉若有所思道。

"是的，碎片最后形成了今天的地球，算起来我们已经离开太阳 46 亿年了。"

"你们那些身处太阳内部的同类呢？他们如今还生存在太阳里？"

"不，就在我们离开去的两亿年后，在那一次太阳由星云变成恒星的大爆炸中，他们的身体也随之爆裂开来，一并化作恒星的核反应物质。"

"他们的生命终结了？"安东内拉不由感到一丝伤感。

"是的，他们在完成了进化赋予的使命后可以安然寿终正寝了。与此同时，浑浑噩噩沉睡在地球内部的我们也感受到了大爆炸所迸发出的排山倒海的电磁波。猛然惊醒的我们隔着厚厚的岩石，朝着太阳的方向激越不已，在感叹这壮丽景象的同时，我们内心是多么渴望自己也能成为他们中的一员啊！"

"很难想象一种生命会甘愿用终结自己生命的方式去换取一颗恒星的形成。"

"孩子，在我们生命的哲学中，我们的诞生与进化只是为了一次终极的燃烧。能用我们种族的躯壳去点燃宇宙一隅的黑暗，我们何其所幸。"

安东内拉呆立在原地，火龙的壮举让她想到了义无反顾扑向大火的飞蛾，或许凡俗的人类很难去理解这些闪亮生命燃烧的意义。

"就是这一次太阳大爆炸，促使我们重拾起心中的渴望。"火龙长老又开口道，"我们不再终日蜷缩不动，我们又开始如星云时代那般围绕着涡旋形轨道飞驰起来，不过这次围绕的是地核。"

"地球磁场就这样形成了。"安东内拉感叹道。

"我们环绕地核旋转还有一些别的目的：我们一路上不断收集铀和钚，每围绕地心一圈我们就回到地心之城，将获得的成果堆存下来。与此同时，我们也在不断提升核方面的知识，所有的火龙在环行路途中都作为一个个云计算单元，飞一般地运算。运算所得的数据源源不断地汇聚到烈焰圣殿的主控计算机中。有时，我们云计算的模式也会更改，我们会统一倒转一次旋转方向。"

"你们的目标是——"安东内拉突然意识到了什么，紧张地问道。

"最终触发一次连锁核反应，点燃地核，使之变成一座核反应堆。"

"这一天还要等多久？"安东内拉颤声问道。

"从现在的进度来看，我们至少还需要 20 亿年。"长老说。

"噢……"安东内拉悬起的心又放了下来——20 亿年，那时的人类或许早已离开了地球，她无须去顾虑。摆在眼前最紧迫的任务，还是帮助梅西完成巴西世界杯之梦。

这一刻，安东内拉收起了回忆，将思绪转回球场。

她看见梅西和他的战友们手拉手走上了绿茵场，她听见台上如潮水般涌起巨大的欢呼声。

比赛很快开始。与球迷所期待的并不一样，南美双雄在最后一役的开场阶段都收敛起了之前激情四射的攻势战术，转而稳固防守，精简反击。这样一来，整个场面显得激烈有余而精彩不足。随着比赛的进行，首先还是梅西的闪光打破了比赛的沉闷，只见孤身游移在前场的他上演了一次"单骑闯连营"的好戏，只可惜最后的打门过于追求角度，球擦着门柱而过。看起来，巴西队的后卫、守门员似乎都不是风头正劲的梅西的对手，他的破门只是时间问题。

安东内拉的心随着梅西的表现犹如过山车般跌宕起伏，她在心中祈盼时间能够流淌得更快一点，梅西的进球能到来得更早一点。

比赛扣人心弦地进行着，梅西不知疲倦地冲锋陷阵，可他的进球却迟迟没有到来，比分依旧是0：0。当比赛进行到第八十一分钟，安东内拉最不愿意看到的一幕还是发生了：黄昏时分，暗蓝的天空突然变成了一片淡绿色，转瞬间，竟如同舞台幕布般泛起了层层褶皱，紧接着，仿佛有一双无形的巨手从幕布正中撕开了一个大大的口子，口子中瞬间涌出一个个五光十色的光弧、光圈，如精灵一般在天穹中央翩翩起舞。

地球磁场再次发生了反转！

马拉卡纳球场下方3 000多千米的地心深处，次第而行的火龙们犹如一圈蔚为壮观的火红色涡旋，此刻他们按照约定的时间结束了反向旋转。稍作停驻后，他们不约而同地将祝福的目光投向了身下的远方：梅西，好运。

数秒过后，他们又重新向着最初的方向游动起来。

这一刻，球场上的球员停下了比赛。相比一个月前，大家都从容淡定了许多，他们静静地站立在球场中，等待异象的结束。

果然，两分钟后，天空中的异象消失了。

依照事先组委会的共识，比赛在短暂中止后又恢复进行。

梅西又奋力奔跑在球场上，然而就如天使突然失去了飞翔的翅膀，他带球奔跑的步伐变得跌跌撞撞。当比赛进行到第八十九分钟，阿根廷队终于在巴西队禁区中创造出一次机会：中场加戈一个隐蔽的直塞，成功穿透了巴西三名球员，足球被恰到好处地传递到禁区中位置极佳的梅西脚下，梅西接球后将直接面对巴西队守门员塞萨尔。就在人们举起双手准备欢呼进球的时候，梅西却出人意料地将来球停出了身体一米多，这让他失去了第一时间打门的机会，他慌忙跟跄转身，力不从心地背对着球门护住了足球。这一刻，巴西队中后卫路易斯飞身赶到梅西身旁，他急于从梅西脚下抢得足球，也不知道是受到此前天空异象的影响，还是他太多疲劳，神经紧张的他竟在匆忙之中伸腿绊向了梅西！

本来就立足未稳的梅西随之倒地。

裁判员的哨声响起了！点球！

此时离完场仅有三分钟，这意味着：一旦阿根廷队罚进点球，比赛就将结束，金光闪闪的大力神杯今年将归属阿根廷队。

可在这功败垂成的关键时刻，阿根廷阵中谁会挺身而出，承担起主罚点球的重任？

这时，只见跌倒在禁区中的梅西站起身来，他向着场边教练席举起了一只手臂——他要亲自操刀自己创造的点球！

"不！"看台上安东内拉刚刚松弛的心又骤然一紧——她多想飞到梅西面前告诉他所有的真相，央求他放弃主罚！然而，心急如焚的她只能眼睁睁看着梅西缓步走向罚球点，她能做的只有为他祈祷。

梅西目光坚定地站在罚球点。离他12码处的门线上，塞萨尔已摆开了架势；而在他的视线上方，足球场之外，高踞在里约热内卢耶稣山山顶之上的基督像正向他张开宽阔的双臂，充满悲悯地俯瞰着他。

这一刻，整个世界都寂静下来，地球每一个角落，无论白昼还是黑夜，数十亿观众屏住了呼吸。在阿根廷罗萨里奥梅西的家中，梅西父亲在媒体记者的簇拥下万分紧张地守在大屏幕前；在遥远南极大陆的一间空荡荡的建筑物中，一位年过半百的老者身穿一件褪色的10号球服，目不转睛地盯着电视机——这位老者正是图尔尼。

他们都将见证世界杯历史上最具传奇色彩的一幕。

突然间，梅西动了起来：他助跑，停顿，一脚将足球踢向了球门的左下角。

足球划出一道角度刁钻却速度偏慢的弧线……门线上，塞萨尔飞身跃出，高大的身躯在空中完全舒展开来，他用右手手掌硬生生地将来球挡了出来！

这一瞬，全世界此起彼伏地发出了一阵叹息。

然而这次点球进攻还没有结束：挡出的皮球正好又不偏不倚地落向了梅西，梅西下意识地伸脚停下球，急欲再次起脚。就在这电光火石般的瞬间，反应神速的塞萨尔又起身扑向了梅西，还来不及起脚的梅西被他连人带球地扑倒在地。

梅西被重重地撞倒在地，绝望地看着足球弹出自己的控制范围。

一时间，禁区内一片"兵荒马乱"，塞萨尔再次起身猛扑向足球，就在他手指触到足球的一瞬，只见一个轻盈的身影如闪电般窜至球前，脚尖一捅，足球滚入球网。

补射者，正是梅西的前锋搭档——阿圭罗！

梅西不是一个人在战斗！

这时，裁判员吹响了全场结束的哨音。

就这样，东道主在最后一分钟轰然倒地！阿根廷队时隔28年再次登上世界之巅。

梅西顾不得浑身疼痛，吃力地爬起身来，向着安东内拉所在的北看台深情地亲吻着右手无名指。这一刻，足球场上空燃放起了五彩的焰火。梅西和安东内拉同时抬起头。夜空中绽放出一朵朵美丽而绚烂的花，像极了一个个转瞬即逝的生命，在黢黑的虚空留下一道道刹那却又永恒的轨迹。

今夜，阿根廷不再哭泣。

干杯吧，朋友

——2000 年后重回地球

凌晨

　　篝火熊熊燃烧起来，围坐着的人群脸上都被蹿起的焰舌熏炙了一下。他们笑着跳起来往后退，挤作一团。有人打开了音乐播放器，有人散发软包装的果汁饮料，有人站起来模仿滑稽明星唱歌。因为太高兴、太激动，他们还没来得及擦去脸上熏出的眼泪，新的泪水又流出来了。

　　"在地球的星空下！"一个人挥舞外套大叫道，"在地球的星空下……"他哽咽着，无法说下去。

　　"为新年干杯！"他身边那位有着金紫头发的女孩接过他的话，高举饮料包，"耶！"

　　"为新年干杯！耶！为我们能在地球上相聚干杯！耶！"所有人都附和着女孩的呼喊齐声嚷起来。声音在半空中回旋，久久不散。

　　这时候，人群中出现一阵骚动。就像水中的涟漪一样，骚动迅速传递、扩大了。原来，速递局又送来了很多节日用品，其中居然还有一桶酒！那深栗色的、箍了白铁圈的酒桶通体闪亮，黄色的铜制龙头让人爱不释手。虽然酒是星际邮递违禁品，但是这酒桶比酒更令众人诧异。他们从未见过酒被这样艺术地包装。

　　"法国红葡萄酒，2279 年产于维斯托尔。"好奇者发现酒桶上的铭牌，大声念道。"天啊，1 700 多年前的酒！""法国在哪里？"众人议论纷纷。"酒龙头上拴了一封信，让我来读。哦，这些是什么？"那好奇者将一张卡片举高展开。卡片平整光滑，柠檬绿色，散发着一种植物纤维的清淡香气。卡片上没有文字，只有许多凸凹不平的圆点。在光洁的卡片上，这些圆点十分醒目。

　　"那是给我的信。"从人群深处走出一个围着鲜艳毛毯的高个子天狼星人。他左耳佩戴的刀状碧玉和眉心的绿痣在红色的火光下显现出一种怪异的色彩。人们在低声絮语中让开道路，目光全部集中在他身上。

　　天狼星人接过卡片，没有看，只是用手抚摸。他的脸上浮现出满意的表情："这是一个朋友用盲文写的信。她在梅隆高地那边地下找到了一桶酒，特地送给我做新年礼物。"

　　絮语变成了喧哗，没有人相信天狼星人的话。"这是真的，那片废墟里还藏了不少好东西，"天狼星人笑道，"我知道。"但是笑容忽然凝固在了他的脸上，"你们太年轻了，也太快乐了。"

　　"不应该吗？"金紫头发的女孩问。天狼星人摇头道："应该，生命本就是拿来挥霍欢笑的。不过……"他感慨，"有些生命是永远也笑不出来的。"他说着，拧开龙头接了一大杯酒。暗红的酒液在他透明的杯中浮动，酒香四溢。他向火堆走去，啜饮着那千年的酒浆。直到篝火的边缘，他才停住脚步。他就像在火里燃烧着一样。然后，他回过头望着众人，用一种梦幻般的声音吟诵道：

不要惧怕，因为你将征服，

你的门将要开启，你的枷锁破裂。

你常在睡梦中忘了自己，

但是还必须一再地找回

你的天地。

"我要讲一个故事。"天狼星人说，"在新年的曙光来临前，我们要做些事情打发时间。而且，我一直想把这故事讲出来。"

天狼星人的故事

我的名字诸位不必去记，和群星相比，我实在太微不足道了。我是搭乘最后一艘移民船离开地球的，那是 1 000 个地球年前的事情了。那时我还很小。我站在飞船的舷窗边眺望黄褐色的大地和赤红的海洋，对已经重污染的地球毫无留恋之情。后来我慢慢长大，有 1 200 岁的生命什么事情都可以从容为之。我花了 200 年时间学习弹弦乐器，用了同样长的时间学习唱 3/4 节拍的歌曲，用了 400 年时间周游各个移民星球，还用我的三弦琴和歌声与姑娘们谈情说爱。我飘荡了许多年后，就在天狼星定居下来，决定做一个民间诗歌研究者。

200 年前，当我要登上大学讲台做老师的时候，社会兴起了去地球搞研究的风气。地球经过 1 500 年左右的休养生息，已经恢复了元气，尽管数万年前的原始情趣再难呈现，但人工加以维持的自然风貌依旧别具特色——总之一群群学者偷偷买通了地球环境监委会（简称"地环监"），通过太阳系边缘松散的关卡去地球猎奇。这种时髦的学术风气当然影响到了我。只用了 60 年的短暂时间，我就站到了地球上。我和几个搞生物学的人在地环监月球站认识，然后搭乘同一艘飞船到了地球的中纬度地区。

往日焦黄的土地重又被葱郁的绿色覆盖，浑浊的江湖海水也恢复了往日的清澈。一切就和地环监印制的宣传材料上写的一样。但是学者们告诉我，地球绝不可能和原先一样了，就像人不可能两次踏进同一条河里，时空状态是不可重复的。我自己当然看不出地球的改变，得等学者们来讲解：地震、洪水、海啸以及其他自然灾难改变了大地面貌，人类炸毁的建筑物也影响了自然的变化。所有看似不相干的事物之间都有千丝万缕的关联。

交代完背景，就该说到故事的正题上来了。我和学者们走进了一座山。在山里，泥石流将我们的陆地车推进一道深沟并将它永远埋在了那里。我们一筹莫展，走回地月飞船那儿根本不可能——我们完全依靠陆地车的自动导航系统，从不记路。好在生活训练出我们极好的耐性，大家不慌不忙地在山里转悠，欣赏美丽的风景，给新品种的动物照全真彩照片。我们越来越偏离山口，深入到山中央了。

这时候天色已暗，我们正准备搭帐篷过夜。突然，远远地传来半人类的歌声。那声音不像是人类所能发出的，它温润光滑，清脆婉转，仿佛午夜荷塘上流动的月光，或是春天第一条解冻的小溪。那声音的甜美是我从来没有感受过的，我全身的细胞都在这声音中颤抖了。

但那声音确实像是人类的，因为我们分明听到声音中的诗句：

世界由七种金属造成。

宇宙啊，她赋予我们——

铜铁银，锡铅金。

各种金属之父是硫黄，

水银则是他们的母亲。

可怜的生物学家们脸色顿时煞白。因为地环监明确告诉过我们，只有我们这一条船开往地球。当年地球大移民，将21.479 31 亿的地球人统统搬离地球，并制定了严格得近乎苛刻的法律禁止地球人登上地球。所以，理论上说，我们真的不该在森林中碰到同类。

声音在我们耳边飘荡着，像一块磁石，牢牢吸引我们往前走。我们想停住脚步，但我们的身体根本不由神经控制。我们在那宛如天国而来的声音里沉醉，完全不顾可能发生的危险。

我们几个人在山路上快步走着，一个个都迫不及待要投入到那声音的可怕诱惑之中去。

我被石头绊了一跤，跌清醒了，赶紧撕下衬衫堵住耳朵。同行的科学家们大都拒绝了我的好意，只有一个肯让我给他堵耳朵。

"还能有什么可怕的事情？"一位研究鸟类的学者挺身而出，"我一定要去看个究竟。"

很快，我们大家就都能看个究竟了，因为一群洞穴出现在我们前方。那些洞穴就像葡萄串似的一个挨着一个，密密麻麻，又仿佛无数个镶嵌在山石上的、联结起来的蜂巢。中间一个洞最大，最黑最深，似乎永无尽头，看样子是主洞。歌声就从洞里传来，音色单纯晶莹得如同碧玉一般。

"可能有人陷在里面了。"鸟类学者义愤填膺道，"地环监很难清点真正到地球上的人数。"

"洞里可能有巨大的野兽。"动物学家说。其实我们都清楚洞里必定有野兽，因为洞里发出的浓重腥臭和腐烂气味，好几千米外就闻到了。那是只有食肉动物的住处才会发出的味道！

优美的歌声还在继续。这一次，那不知名的歌手唱道：

夜降临到我身上，

我终日游荡的愿望又回到心中。

带我走吧，我在这里

点一盏孤灯等着你。

大家都凝神听着。那么美丽的歌声，一定来自一位清秀无比的青年女子之口。我们携带的武器足够杀死一群猛犸象，所以，自然而然要英雄救美一番。我们用手巾和外套包住脸，摆开阵势，进入主洞。主洞里很凉，有股子阴风到处乱窜。地面坑洼不平，泥泞难行。我们走了约10分钟，歌声越来越近，似乎歌唱者知道有人前来搭救。洞中的黑暗是那样浓重，我们带的照明设备只能照亮一步远的地方。

歌声突然消失了，道路张大了口子，我们猝不及防地滚落其中。众人惊叫着四下逃窜，有什么东西尖锐地刺在我脚上。学者们大叫起来，回答他们的是愤怒的咆哮。在那样一片混乱中，我摸索着打开照明灯，并且将亮度调到最大。

我看见一只巨大的怪兽，正撕扯着鸟类研究者的身体。那野兽有着甲虫般的头和长长的腿，近似于泥的颜色使人不易分辨。另一边，两只略小一点的怪兽围住了动物学者。其他人摔在沼泽地里，不知道他们能不能活下来。

斜刺里忽然跳出一只怪兽来，拦在我前面。我只得往洞上方爬。怪兽细长的腿无法顺利跟上我，它在地上干吼，扑打，狂嘶。我爬呀爬，洞壁凸出一块岩石，那里坐着一个人。

我想都不想就冲到那人面前，大叫："快救我！快！"

那人转过身了，照明灯的光一下子笼住她的全身。她大约在900岁左右，女性，灰色的头发蓬松地披在肩膀上，两只小怪兽像猫一样在她肩头嬉戏。她的相貌很普通，一双核桃般大的眼睛中毫无神采，看来她是个瞎子。

"救我呀！"我喊，躲到她背后去。怪兽已经开始往上爬了。尽管它的步子笨拙，但是每一步都很坚定。我简直吓坏了，整个人都战栗不止。她打量我，那不是视力的打量，而是心灵的打量。我在她面前忽然惊慌失措得像个小孩子。

她张开嘴。那令我们心摇神动的天籁之音从她口中吐出。我离她咫尺之遥，更觉得她声音的清冽悠远，有崩金断玉的刚硬，却又带丝绸的柔软。那些怪兽在她的歌声中平静下来，拖着半残的人体回它们自己的洞里去了。我不忍心再看。追我的怪兽也没有了踪影。

我兴奋地拉住她的手说："你的歌声可以控制那些怪兽！你救了我一命。"

她惊惧地收回手。"你是谁？"她的发音腔调很怪，不过我还是听懂了。

我简单讲述了一下自己的经历。她仔细倾听着，脸上半是怀疑半是惊奇。那两只小兽在她身上爬来爬去，不时舔舐她裸露在灰色衣服外的皮肤。我不知道她是如何跟这些怪兽相处的。它们虽然小，可若是长大了真的会很麻烦。

"你从哪儿来？什么时候陷在这里的？"

我的问题似乎给了她极大的困惑，她抓住怪兽的长腿，纤长的手指抖动了一下。"我就在这儿。"她强调，"从来。"

经过很长时间的询问，我才弄明白她的名字叫锡，是塞壬族人。那灰色的怪兽叫风生兽。锡怀里的两只风生兽，分别叫作费利娜和珊朵。锡和风生兽都是天生的瞎子。

我从不曾听说过塞壬族和风生兽，很怀疑他们是不是地球上的"原产"。塞壬族人都有一副天生的好嗓子。每天傍晚时分，锡会唱起歌来。受她歌声诱惑的不只是人，还有动物和鸟类。我第一次知道，地球的山林丘壑中，依然生活着许多人。这些人以部落或村庄的原始形式组织在一起，过着极贫困的生活。听从锡召唤的人和动物成为了风生兽的食物。风生兽背甲上生长的菌类是锡的食物。锡只有食用那种菌类，喝风生兽从岩洞顶部吸取的水，才可以保持优美的嗓音。锡和风生兽有着奇怪的共生关系。

"你怎么能将人送给风生兽做食物呢？他们是你的同类呀！"我颇有责备之意。锡空洞的眼睛中掠过一丝苦涩："我不知道什么叫同类。外面的人从来不是。""可我们都是人啊，你这样做不是太残忍了吗！"

大约锡的字典里从没有"残忍"这个词。她只在洞壁当中那块岩石上活动，从不曾理会过岩石下沼泽地里的厮杀。她不记得自己的年龄，在这个漆黑的深洞里，年龄是无法感知的。她也不记得是从哪里学到的语言和文字，那些事情可能非常久远了。

但是我无法在那十几平方米的岩石上生活，这种感觉一日甚过一日。同行的科学家们的尸体就在离我不远的地方腐烂变质，那刺鼻的味道常常要把我逼到神经崩溃。我必须离开这里。

"你也和我一起走吧！停止你为虎作伥的游戏。"我实在不忍心看她在岩石上化为枯骨。

"外面？"锡懒洋洋地问，并不热心。

"对，外面。能把你的眼睛治好，你可以看到光，看到宇宙，看到海洋，看到你想都想不到的所有新鲜、好玩的东西。"我说。接下来的几天，我使出浑身解数来向锡说明兽窟之外的世界有多么精彩。锡虽然没有视力，但是她的其他感觉器官却很敏感。就算她的眼睛治不好，她也一样可以过正常人的生活。

"最初我的祖先并没有和风生兽合作。她天生没有视力。那时大地上到处野兽出没，危机四伏，人类都已移居外星——除了被淘汰的、像我祖先那样的残疾人和体弱多病者。我的祖先有相当灵敏的嗅觉、触觉和听觉，她常用她惊人的歌喉警告人们危险和不幸，但是却被当成带来不幸的巫女，被人追捕。"锡忽然说起久远前的事情，"塞壬是她的名字。我们家族一度繁荣过，但是后来衰败了。因为传说吃了塞壬的肉，就可以有预测未来的能力。所以，"她垂下头，灰发覆盖了她的面颊，"所以，塞壬家族只好选择风生兽为伙伴了。"

我抱住她，让她的头倚靠着我的肩膀。我想告诉她，待在这里同样充满了危险，但是，那一刻我说不出这话来。我只能轻拍她的背，像哄小孩样哄她。

有一天风生兽飞上石岩。成年风生兽的两肋生长有薄而韧的滑翼。我想我真的要走了。锡用一根很粗的风生兽皮条将我绑在那野兽的背上。我给了她最后的拥抱："我希望你走出去。忘掉过去。"

风生兽开始拍动它的翼翅。我踢了那畜生一脚，由它带着自己向远方奔去。

60 年后我再次回到地球，特地去找锡和她的风生兽们。那些洞穴已经被附近的居民挖平了，因为他们在洞穴里发现了航天燃料中所需的某种稀有矿物。居民们给我讲述了他们围剿风生兽的激烈战斗，以及在沼泽里挖出多具尸骨的恐怖过程。我提心吊胆地问到锡，但是谁也没有看到这个失明的女人。风生兽的骨骼被制成标本陈列在博物馆里。仅仅过了 60 年，森林里已经有了一个什么设施都齐全的城市了。

离开森林之城的那夜，我找了位于城市最边缘的旅馆居住。我的房间外有一座阳台，坐在阳台上仰望星空，我忽然对生命充满了深深的敬畏之情。这时候，我听到了熟悉的优美的歌声，那是锡！我激动得连鞋子都没穿好就跑出了旅馆。那歌声来自森林里的湖畔，我很快就找到了那个地方。我看见两头高大的风生兽站立在草丛中，神色机警。"费利娜、珊朵，"我试着唤它们，那两头庞然大物立刻面向我。我确定是它们，便走上前道："锡呢？她在哪里？"

珊朵"哼哼"起来，它在我面前半蹲下，让它翼膜里的东西滑到我手上。

那是一个 3 岁左右的女婴，灰黑的头发，大大的眼睛。她很像锡。

天狼星人讲到这里，才发现周围的人七扭八歪，早就醉倒了一地。那酒桶已经见了底。"现在的年轻人是多么无忧无虑。"他自言自语，"所有星球的青年可以在一起聚会。青年团结，世界也就团结了。"他想到锡的女儿塞壬，那是个不会唱歌却醉心于考古挖掘的孩子，应该叫她也来。

"你找到了很好的酒。"他向远方眺望，说道，"塞壬，祝你新年快乐。"

天狼星人弯腰向火堆里扔了几块木炭。火焰瞬间就将乌黑的木炭吞没。这时，4 000 世纪的曙光慢慢从地平线上升起来了。

2004 笔会纪要

——灵魂深处，邂逅另外的自己

赵海虹

　　穿过康定的那条河非常清澈，河水湍急，仿佛在城市的任何一个角落都能听到流水的奔涌之声。

　　康定是一座小城，据导游说，旧城大部分毁于几年前的一场洪水，现在的康定城几乎都是那之后重建的。群山环抱的小城被这条十几米宽的河纵向分成两半，河水恣意、纵情地高唱。水总让人联想到柔美的女性，而康定的河，是男性化的，蕴藏着曾经摧毁一座城市的狂野力量。

　　那是一个闲适的夜晚，《科幻世界》笔会附加旅游的第三天。下午我们刚刚去了38千米外的木格措领略野人海的风貌，一帮同行的姐姐妹妹穿着藏装热闹地拍照。回来已经不早，晚饭后的自由活动才是我之所好。城市太小，就一条沿河的主干道，很快就走到了头。环顾四周重重山影，倾听一路隆隆的水声，这高原小城的夜晚有一种独特的力量，带给我心灵的宁静。

　　快到宾馆的时候，看见大刘、姚夫子和小罗在路边小店挑旅游商品。没说几句，大家就争着做东找地方吃东西，最后大刘以得奖为由坚持要请客。那一顿烧烤吃罢，小罗告退，剩下的就都是"老人儿"了。大家抚今追昔，怀念起历年笔会时出现过的面孔：有的是一闪而过的星，有的是共同在科幻圈努力的老友，偏偏今年的老面孔少而又少，让我们这些"老人"感叹不已；也说自己和对方的小说，种种实现的、未能实现的想法。不大沾酒的我不知不觉间被劝下一杯又一杯冰镇啤酒，脸也烧得红扑扑的，在酒精作用催发之下，放出了许多豪言壮语。

快 11 点时我们退席，刚走出小店，我忽然晕眩起来，仿佛从远处黑沉沉的山影里透出一阵怪风，吹得我天旋地转。

好不容易站稳脚跟，身子也不再摇摆，我回头寻大刘和姚夫子，两人居然都已不见了，店里只见靠门边的一对食客，好像与片刻前不同，而本应在收拾桌席的老板袖着手坐在柜台里，我们刚刚饕餮一顿的乱席已被收拾得了无痕迹。

我定了定神，认为自己一定是酒劲儿上来了，又冲进前方的夜幕里费劲儿地寻找同伴。

河岸边的小店还有三成依然在营业，灯火映照的街道上全然看不见他们的身影。

"走得真快。"我嘀咕一声。

夜色中浮现出乌黑的山影、沉郁的河流，明亮的星星在夜空中列出无法辨识的阵势。

回房时又遇到一个意外。给我开门的居然是张卓。

"你回来啦，"她说，"后来又去哪儿玩了？"

"你什么时候换来的？"我问。

"是你要换的呀，说方便照顾我。"张卓路上水土不服生了病，下午都没有去木格措。但她出来一路都和杂志社的编辑同屋，我一直和秦姐一间。

我忽然觉得古怪，离店的片刻间那种怪异的感觉又回来了。我觉得全身发虚，心里特别没着落，但要因此和张卓核对事实，又仿佛有点小题大做。

我试探着说："晚上去哪儿了？我和大刘他们吃烧烤去了，还有姚夫子和小罗。"

"你什么记性啊！"张卓狐疑地横了一眼，"我不是和你们一块儿吃的吗？小罗没去。我把他想买的藏刀全买完了，他满街找藏刀去了，根本没和我们一块儿吃。"

我心里"咯噔"一下，赶紧扑到镜子面前：脸上还泛着异样的潮红，酒劲儿还没有下去。我望着镜子里的自己，张卓穿着我几天前见过的那件大T恤正在我身后梳头，用的是一把黑色宽边牛角梳——我曾经怀疑这把梳子是硬塑料的。

这应该就是原来的那个世界，难道是我的记忆力出了问题？

"我有点累就提前回来了，你们刚完啊？"张卓继续说。

"是。"我迟疑地点点头，胃里有什么在搅动，"你现在感觉怎么样？下午休息一下还是有效果吧？"

"你还没老，怎么就得上老年病了？"张卓把脸凑到我跟前，瞪圆眼睛盯着我看。她很仁慈，没有直接说我老年痴呆。

"我下午不是和你们一块儿去的吗？我们五个人还一起穿藏装玩 COSPLAY 呢！"

我可以清楚地看到张卓那双熟悉的、带点懵懂的眼睛，和她面颊上几粒可爱的浅褐色小雀斑。我百分百肯定这个人确实是张卓，但我也百分百地肯定她下午没去。不过我没敢说，那种"有什么不对劲"的感觉愈加强烈。当然，下午她有没有去是很容易证明的，我的相机里有"四女"的藏装合影，倘若如她所说，那么我拍下的就应该是"五女同戏"。

我面对着熟悉的面孔和熟悉的房间，一股寒意却从脚底升起。含糊地支吾几句后，我洗漱上床，临睡前习惯翻几页书，但我从包里掏出来的不是这次带出来的《小说月报》，而是杂志社新出的《计算中的上帝》。我怎么也想不起来什么时候弄来了这本书。好在阅读的过程相当愉快。我喜欢看聪明人写的书，同时我发现自己片刻前的惊惶是那么可笑。

不就是张卓逗我，开了几个玩笑？我怎么可以幻想自己到了另一重时空——是的，我知道自己暗地里是这么揣测的。我忘了自己只是个写科幻的。或者应该怪酒精，也许我还未完全清醒。我翻转过身看张卓那边，她好像已经睡着了。

"卓儿。"我笑着叫她。

"嗳？"她双臂挣出被子，手掌在被沿儿上扑打了一下。

"我们约个暗号。"

"什么？"

"梳子。记住，暗号是梳子。"我瞪着浅褐黄色的天花板，心里有一种自嘲的恶意。真的，我是在讽刺那个曾经害怕过的自己。

"你真喝高了。"张卓很认真地点点头。

没多会儿我就睡着了。梦里云山雾罩，身体浮在波浪上，又像是趴在一台发动的马达上面，震得我有点恶心。这个梦似乎特别长，我一直带着微弱的意识期望闹钟把我叫醒，但我却是被推醒的。大客车上和我隔了一条空走道的女孩拍着我的左肩道："泸定桥到了，还睡!"

我猛睁开眼，天光让我不习惯地又闭上眼帘。应该是在昏暗的客房里的，难道是我做梦做得魇住了?

但是，日光的热度、带着汽油味的空气是真实的。我疑惑地重新睁开眼：乘客正在下车，我坐在第一排靠门边走道右手边的位子，这位子是没错的，问题是上上下下的人里，没有一个是我认得的!

我脑子里嗡地震了一下，顿时瘫软下来：我跟错团了!

想想，再想想。

我按了一下腰间，硬硬的包还在，有钱有证件，就算跟错团也出不了什么大事，不过要马上通知杂志社的人才好，免得他们担心。

可是我怎么会跟错团呢？我坐第一排，导游不可能没有确认过我这个位置。我也完全不记得何时早饭、何时上车了。难道是我间歇性失忆？太夸张了。相比之下，走错时空的解释似乎还正常一点儿。

我迟疑地下了车，打量车子的外观——也是黄色的旅游大客车，但和原来那辆不太一样。我不敢走远，只是努力在人群中寻找熟悉的面孔，却总是徒劳。泸定桥入口离车子不到30米，我左顾右盼地走近时，守在桥口那个挂着导游证的圆脸黑皮肤女孩塞给我一张门票。"10点半上车啊，10点半！"她对我嚷。

这应该就是我"现在"的导游。我尝试着和她搭话，问道："什么时候能回成都？"

"下午5点左右吧！"她显然因为劳累而不耐烦，"你今天都问三遍了。"

我被吓得不敢吱声，觉得像误入沼泽的旅人，每一步试探都可能陷入吃人的泥淖，坠入不可知的虚无。

我几乎是被导游赶着走上了摇摇晃晃的泸定桥，梦游似的躲过桥心站着拍照的旅人，朝对岸摸索过去。这时，横里插出一个挂着一次成相机的老倌儿，拦路兜揽生意："小姐拍照吗？一分钟成相三分钟可取，十元钱。"

他在我眼中的形象有点儿虚，其实我看谁都觉得对不准焦距，应该是心理问题。

"好吧，拍一张。"我听见自己说。

老倌儿身手矫捷地蹦到桥尾，让站在桥心的我摆个姿势。我左手抓住充当栏杆的铁索，咧嘴露出比死还难看的奇怪笑容——当然这是照片显影后我才见识到的。

我早早回到了大客车上，拿出手机找电话簿，里面却没有随同旅游的任何一个编辑的手机号码。只能给成都的杂志社打电话了。接电话的居然是姚夫子。我瞬间失语。整个笔会人马组成的旅行团应该还在泸定桥前后的路上，离成都还有六七个钟头的车程。

"……你什么时候回成都啊？"

我回过神来时听到姚夫子在问。

"我……今天傍晚吧！一路没什么熟人挺没意思的。"后句是我临时想出来的试探。

"之前去九寨沟回来大家都累得够呛，也就你还有精力继续玩。对了，还有潘海天他们去西藏了。"

我支吾了几句挂了机。

九寨沟？

杂志社举行的笔会旅行去了九寨沟？我去完了又一个人来康定？而且还是用我一贯厌弃的跟团方式？

我翻了翻泸定桥的过桥票，明信片式的票后印着当日的戳：20040801。

时间是对的。

　　我默默看着到时间后一个个上车的旅客，每一张面孔都是陌生的。然后那个圆脸的黑姑娘上了车，坐在梯级上，司机——一个长得有三分像赵本山的师傅，发动了引擎。

　　车到成都，导游的任务就结束了。我随便找了个旅馆，搁下东西就直冲卫生间，一身的冷汗，肠胃里直搅和，吐得我昏天黑地。勉强冲了个澡，也懒得吃东西，一直趴在床上想东想西。

　　感觉稍稍好些后，我给张卓家打了个电话。她到现在还不肯使手机，也不知她到了家没有，只能姑且一试。不料居然是她本人接的电话，张口就问我旅行如何。我说："累吐了，我连日子都记不清了。笔会是几号开始的呀？"

　　"20号呀！"电话那头说，"连开会带玩26号结束，你歇一天居然又去海螺沟、康定了，真够有劲的，还是不行了吧？"

　　可笔会明明是27日才开始的，我见过邀请函。我又问："笔会是去的九寨沟？"

　　"你怎么了你？老年痴呆？"

　　"记不记得那天我说的暗号？"

　　"哪天啊？我说，你病了就别说话了。吐过了好好睡一觉，省得说什么错什么。"

　　我无力地搁下电话，脑子是木的。我想我要好好面对这次特殊情况了。

假设我一直熟悉的世界是 A，张卓换房的世界也许就是 B（B 与 A 的区别还是不确定的），而眼下所在的世界却是 C，感觉我离自己熟知的那个"时空"越来越远了。这种正在远离的恐惧催促我立刻打了下一个电话。

我拨了大刘的手机，然后惶恐地等待。

应声的人是大刘，我松了口气，至少这个号码还是正确的。

大刘正在北京，他说开完笔会就去北京办事，还要过几天才回山西。

虽然不好意思耗费他的漫游费，我还是厚着脸皮和他展开了一个科幻设计的讨论。

讨论的主题是：人是否可能由于某种奇妙的频率波动，进入不同的平行宇宙。

"很多科幻小说中，在 A 时空的主人公，我叫他张一，进入 B、C、D 等不同时空时也会分别遇见张二、张三、张四……他和自己的变体是共存的。不过我认为，不管进入了哪一个平行时空，只有一个张，如果那是张一，就不会存在张 N。"

"你继续说。"大刘说。

"不过很多故事里的张进入平行时空是希望改变 A 中的自己，结果却无谓地进入了 B、C、D，他永远无法改变张一。

当然也有例外的情况，但不是平行宇宙概念的，《谋杀了穆罕默德的人》中，张一不断求变的结果是颠覆了自己存在的基础。有没有这样的情况：张一完全不自觉地、没有任何原因就进入了 B、C、D 等平行时空，而且每当进入，他就顺势成为了张二、张三、张四，但同时还保留着张一的意识？"

"这里的 B、C、D 之间有关联吗？"

"也许，它们和 A 的现实距离越来越远。"

"那也许只是一次波动。"

"波动？"

"任何生命都是一种波粒二向性的存在。这里我们只谈波。张存在的波偶然发生单向峰值的波动。比如从 0 升到 100，假设 100 是峰顶，而每变化 10 个单位值就会进入另一个平行宇宙；但是，如果把它当成坐标值的一次波动，那么它很快会恢复正常值。张也就会回到 A 时空。"

"但为什么只有张一的意识存在？张二、张三到哪里去了？"

"被张一暂时占频了吧。但我认为他们其实是同时存在的。也许张一会发现自己拥有张二的身体，只是意识在频率混乱的情况下抢占了片刻的地盘。"

"什么原因可能造成这样的状况？"

大刘沉默片刻后道："这就要看你小说的需要了。不过没必要纠缠具体技术，你完全可以有自己的写法。"

我冒着被当成神经病的危险战战兢兢说了一句："其实我觉得自己就是频率波动的赵一，已经进入了空间 C，而且可能还会继续远离。"

电话那边显然迟疑了。

"在康定一起吃烧烤的，除了你、我、姚夫子、小罗，有张卓吗?"我是豁出去了。

大刘很平静地回答："我没有去过康定。"

我害怕夜晚，别提有多怕。我怕醒来发现又是另一个世界。我怕那个世界里"我"的生活逐渐超出自己的掌控能力。

我怀疑梦也是一种频率变化的结果，也许所有的梦境都是源于睡眠中自身频率的不稳定——被其他平行的时空接收，进入了另一个自己。

但夜幕还是温柔地降了下来，月亮圆得太规整，我查了查日历，发现今天是阴历十六，十五的月亮十六圆，那么，在康定的夜晚就是阴历十五了，不知这和我的"波动"有没有关系，可我那夜并没有看到月亮。

我努力回想整个的变化过程，意外发现以前的我——这里应该叫"赵一"，反而变得越来越不确定。那个我是真正存在过的吗? 还是那只是我的一次"波动"，而现在的时空才是我的原乡?

眼帘越来越沉重,我听到自己熟睡的呼吸——这不是语病,也不是逻辑错误。我真的听到自己熟睡后均匀、平静的呼吸。然后我完全失去了意识。

我依然是在波动中醒来的。仿佛我不是熟睡了一夜,而只是眼皮子打架,打了几秒钟的盹儿。而且我是在小三轮上,这种价格低廉的交通工具是成都的一大特色,一般短途选用比较划算。望着蹬车师傅穿着红色汗衫的后背,我好久没回过神,也不知道该说什么。直到他在一栋熟悉的院子前停下车,转过头用四川话对我说"科协到了",我这才恍然大悟地交给他十元钱——不知事先说好的是多少,但肯定是够了。师傅找了我五元钱,我梦游般地说声"谢谢",一仰头,看到了大楼顶端写着"科幻世界"四个字的大牌子,牌子很朴素,并没有如 A 时空里那样安上霓虹灯。

我走进一楼大厅,电梯边的介绍栏灰扑扑的,上面找到了"十楼,科幻世界"。

我心里咯噔了一下,A 时空的《科幻世界》杂志社在新楼的六楼。

我坐电梯上了十楼,带着做贼心虚的感觉往里走。我还记得六年前的《科幻世界》杂志社,但依稀有些不同。我不知道自己到底是进入了 D 时空,还是时光倒转,回到了六年前。

　　我一路走过了挂着"社长室""总编室""邮购部"门牌的房间，房间的门都关得紧紧的，直到"编辑室"才看到一扇虚掩的门。我在门边礼貌地叩了两下，不，这不是六年前的科幻世界，如果我没有记错的话，那时编辑部的门是双面的木门，而不是这种单面的红色铁门。

　　房间里有人用带川音的普通话应了一句："请进。"

　　我推开门，陷入一个完全陌生的环境，埋首工作的编辑们对我置之不理，只有那个应门的编辑转身问我："找哪个？"

　　我不认识他。我不认识这屋里的任何一个人。

　　我觉得嘴唇发干，报了自己的名字。他没有反应。另一个编辑的脑袋从最远一排桌上垒得高高的书和杂志上冒了起来："你就是刚才打电话要买书的那个吧？去邮购部。"

　　我一边嘴里不停地说着"打扰了"，一边退出房间。这一刻我不知如何是好，仿佛因为杂志社的改头换面，我和原来世界的联系也彻底断了线索。

　　我不知道我进邮购部还有什么意义，但是我实在想不出后面该做什么。我甚至不知道自己住在哪里——昨晚入住的宾馆很可能也属于"上一个波段"。

　　于是，我敲响了邮购部的门，一个中年男子拉开门："有事吗？"

　　"我……"无奈之下，我只能报上了自己的名字。

"哦，我刚查过邮单的。已经给你发出去了呀！"

我松了口气，仿佛又抓到了另一根线，虽然是那么纤细的一条线索。"我……我还想再买几本别的，请你们用原来的地址给我发出去就可以了。"

果然在电脑里存了发货的地址记录。他打了一张出来，我把随便挑的四本书递给他，看着他打包。同时，我拿起桌上的一支圆珠笔，在手心里记下了那个地址：浙江省杭州市福心路285号302室。

记忆中杭州并没有这样一条路。

付钱后，我离开了杂志社和多少有几分原来面貌的科协大楼，在人民南路上漫无目的地晃悠。这似乎就是我熟悉的人民南路，但是气息、感觉却不尽相同。

与本原越来越远的世界让我措手不及。所幸有过之前几次渐进的铺垫，我还能保持基本正常的精神状态。

成都的天空总是灰蒙蒙的，云层遮蔽了天空，即使在晚上，也很难看见清晰的星群。也许这个世界里的星星，和别的世界是一样的吧？我像一个白痴那样坐在花坛边的水泥板上瞪着天空，等待黑夜的降临。其实我根本不熟悉星星的位置，我的天文学知识完全不具备实践能力。

就在这个时候，我挂在腰间的小包忽然震动起来。

"在我意想不到时候，你居然就在那里……"一个女声唱着，伴着叮叮咚咚的和弦。

我忽然意识到这是手机来电。

我急忙去掏那个包，从来没有觉得自己的手脚这么笨拙，终于掏出这个跳动的小东西。可我又迟疑了，不是我的西门子，也不是我知道的任何牌子，我不确定应该如何接听。

那个女声依然唱着我从来没有听过的歌曲："我等待了那么久，你来的时候我却已经放弃……"

管他呢，手机反正都差不多。我按下屏幕上的 C 键，希望那个符号代表话筒。

和弦停了。女声安静了。然后又一个声音，细细的，从手机一端传来："喂——"

我战战兢兢地凑上去听。

"听得到吗？"

"听到了。"我心虚地回答。

"什么时候回来？"

"啊？"

"你不是说昨天订了票吗？告诉我航班号，好去接你。"

一个男声。陌生的男声。

我灵光一闪，立刻在包中翻找，果然找出了一张机票。2004 年 8 月 3 日上午 9 点 30 分起飞，CU3850，成都到杭州。我在电话里报了一遍。

那边笑了。"明天我调休吧！你想想要怎么庆祝？"

我就像个临时顶替的 B 角，在舞台上忘了词："庆祝什么？"

"你当我忘了？三周年嘛！锡婚，还是陶瓷婚？我是搞不清那些的。反正我已经准备好节目了。"

我干笑两声挂了电话，这才真正地傻了眼。大刘说波动也许是暂时的，很快就会复原。如果真是这样，我希望现在就复原。现在！我对着翻得一团糟的挎包许愿：让我立刻回去吧，实在不行的话，一切在明天中午之前结束也行啊！

我抓住这只新鲜的手机，努力寻找电话簿，但是里面没有一个熟悉的名字。有一个"家"的号码，但我怕会是那个陌生的男人接听而不敢尝试。

我拨了一个 A 世界中杭州家里的电话。

无尽的长音，之后喀的一声，一个很粗鲁的声音在电话那头应声："喂？"

"喂。"我畏缩了，我已经料到这个电话也失效了。

"找谁？"话音是凶横的。

我忽然来了气，因为这一段无端的颠沛，我用同样凶横的口气说："找我妈！"

"打错了！"电话被重重地挂断了。

包里有一张薛涛宾馆的房卡，我不明白赵四——这个空间原来的住客，为什么要住得那么远。还有一个红色的皮夹，塞了十张纸币和各种颜色的银行卡、贵宾卡。纸币是绿色的，正面印着毛主席的全身像，反面好像是革命圣地延安，都印着阿拉伯数字 100 和"壹佰圆"字样。

皮夹里还有一张两人合照。一对年轻男女刻意摆出肉麻的姿势。这两个人我谁都不认识。

然后还有一盒兰蔻的两用粉饼，一支迪奥的口红。

我打开粉盒，镜面因为沾了粉而不太清晰，但还是可以看到一双陌生的眼睛从镜子里望着我。我被唬得"哇"了一声，几乎把带镜子的粉盒摔在地上。

镇定，镇定。我对自己说。

我把镜子重新举到面前，镜子里还是那双陌生的眼睛。

等等，好像见过。我拿起皮夹，和镜子并排举着。

是的，镜子里照出来的，正是照片上那个女人的脸。

见鬼，我也许真的是和一个赵四撞在一起了。她的身体，我的意识。或者她的意识也是存在的，我们正在抢占同一个波段。

"我不干了！"我仰起头，好像这个城市天空的云层之后有张嗤笑的脸正在取笑我的慌乱，"我他妈的不干了！"

下一次的震荡发生在飞机下落时分。一个柔美的声音提醒我，飞机正在下降，请收起小桌板。我这才发现自己刚才又睡过去了，手表显示时间是 11 点 30 分，还有二十多分钟就要到杭州机场了。

窗外是白茫茫一片，没什么值得看的风景。而我，软弱地遵从了赵四的生活轨迹，终于还是在昨晚回到了薛涛宾馆，并且一早出发赶飞机。不是没有想过愤然反抗——留在成都不走，或是换一班飞机回杭州，让那些我不认识的人再也找不到我。但是钱包里只有一千元钱，卡再多不知道密码也白搭。当然还有最重要的一点，我想我和赵四共处的时间也许非常短暂，如果同前几次一样，可能还到不了一天。

现在我已经杯弓蛇影到了每次瞌睡醒来都会立刻查证是否进入了另一重世界。我按了按腰部，没有那个包。我急了，先搜座椅后的袋子，除了卫生袋还找出一本南方航空的杂志。咦，不是川航的航班吗？终于从 T 恤衫的胸袋里掏出一个皮夹，蓝色的，大夹层里只有薄薄两张纸币，一面印着一个不认识的头像，另一面是长江三峡，标明面值是"壹仟元"。"哈！"我情不自禁叫出声来，左边座上的一对老夫妇白了我一眼。记得上机时邻座是一对小夫妻呢！

虽然又换了个世界，但打了个盹儿的工夫就多了一千元钱总归是好事。我觉得这个世界，按顺序应该是 E，一开始就给我带来了好运。反正一切都不由自主，那就只能等待尽快复原，同时把当下的经历当成一次小小的冒险，或者，看成大学时在英语剧社里演出的短剧好了——我在心里对自己这样说，但仍然觉得七上八下，握皮夹的手掌心汗津津的。

两张银行卡，三张名片，一张照片。

名片居然是同一个人的："章之延，中国美院国画系，家庭地址：杭州市南山路 540 号 302 室"。A 世界里的南山路没有那么大的号数。但为什么会有三张？一般只可能是本人的名片，出门时带了几张备用的。难道赵五连名字都换了？当然，事实上不能叫她赵五，她只是 E 世界里正好和我同频的人。

还有那张照片，那张让我一个激灵的照片。

一个小小的女孩儿坐在画面正中，粉蓝色的婴儿裙，贴耳根的短发，黑圆的眼睛瞪得很大，照片上缘印着：章咪一周岁。

在这个世界等着我的，也许是婴儿的纸尿片。

皮夹从我汗湿的手掌里滑落，我弯腰去捡时，前额撞到了左边的扶手。"啊呀！"我边揉着额头，边把皮夹放进衣袋，我觉得自己有一种脱力的感觉，再也无法应付这一波又一波的新生活了。

从飞机临降落前的一段广播中我得知，这是从云南昆明过来的南航班机，降落时间是中午 12 点 05 分。我最后一个下机，因为没有别的方式从行李柜中找出"我"的包——所有附近乘客都拿剩的，才是我的。

机票上没有额外的贴纸，应该没有托运的行李。我木然地跟随人流向出口走去，全然忘了可能会有接站的人。走路的感觉有点异样，也许是我不习惯脚上的高跟鞋。

"之延！之延！"一个男人匆忙地挤到了我的身边，"幸好没晚。一路还好吧？"

我看着他的眼神一定很奇怪。我没有见过他，他甚至不是赵四的皮夹里那张肉麻合照中的男人，声音也不合。

他比我高一头，特瘦，眉眼棱角有些过分突出，并不是我喜欢的类型。

我下意识和他比个子的时候忽然发现，赵五，或者是章之延，个子是很矮的——大概不到一米六，那这个男人其实也并不算高了。

刚才的异样感觉就是因为陡然矮了一截，走路、看周围的环境就都不大一样了。

我做了几次深呼吸，像初上战场前的女兵。但我说不出话，一句都说不出，只是一言不发地跟着他走，实在需要发表意见的时候"唔唔"两声。

我跟他上了一辆吉普，途中他非常安静，说过一句"阿咪特别想你"之后再无他话。这种安静让我觉得不正常，只好时不时瞥他一眼，以确认他没有睡着。50 分钟后，车停在了南山路口一个古怪的弄堂外，只见一块小牌子上写着："纤花巷，南山路 520 号—546 号"。

"那我就不上去了。"男人说。

我狐疑地推开车门，走到巷口向里张望，而男人的车居然在这片刻间就开走了。

我东张西望地找着 540 号，有路过的小姑娘和我打招呼："章阿姨回来啦！"

我局促地笑笑。

然后就看到 540 号楼，非常古色古香的五层小楼，楼道有点儿窄，采光也不太好。上到 302 室，看见一扇青漆的木门，正中嵌着一串深红的珠子，其中一粒嵌着门铃。

我四下里看看，忽然有一种想要从这里逃跑的冲动，终于叹口气，又做个深呼吸，按响了门铃。

最上面一粒珠子突然透出一簇光来，原来下面藏着个猫眼儿。有人正从门内打量我。

门还没开声音就先出来了，是带点安徽口音的年轻女声："阿姨回来啦！"

我吓了一跳。赵五怎么有这么大的侄女？

门后站着的小姑娘不到 20 岁，穿着朴素，脸上透着都市里少见的淳朴，很灵光地接过我手上的行李包。我松了口气。这是个小保姆。

"是叔叔把你送回来的？"小保姆一边放下行李，一边去冰箱里拿了一瓶冰水给我。

我估计她是指刚才来接机的男人，便随口"嗯"了一声。

"阿姨，其实叔叔对你那么好，为什么要离婚呢？"

我定住了。一贯讨厌这种多管闲事的碎嘴娘，但这次却幸亏她多嘴，让我松出一口大气。紧张感退却后就感到了疲惫，全身上下都酸痛得要命，不是因为坐飞机，也许是因为换波段。

我脱下脚上的高跟鞋，把肿胀的双脚套进门边放得整整齐齐的一双水绿色篾编拖鞋，走过湖蓝色的客厅，左右观望了一下，立刻找出了属于赵五的卧房：淡青色地板，浅一个色号的墙，深一个色号的衣柜、梳妆台和一张大床，并排还放着一张婴儿床。

保姆在身后追着说："咪咪睡着呢！叔叔一早把她送回来的，他说咪咪这几天很乖。"

我叹了口气，走向另一段串线的命运。

婴儿床上的孩子正在酣睡，圆圆的脑袋陷在松软的枕头里，嘴角挂着一串白亮的口涎。细眉毛，睫毛黑簇簇的一大圈，鼻头有点塌，小小的嘴巴，翘翘的嘴唇，肉鼓鼓的两只小胳膊摊成一字形。我没有养孩子的经验，看不出她到底有多大，但显然比一周岁的照片上大了许多。

正看她时，她就醒转了，睁开的眼睛像杏仁，圆咕隆咚，转起来好像会有声音似的。

她在静静地观察我。都说小孩的感觉最敏锐，难道她发觉自己的母亲已经换人了不成？

她黑色的瞳仁那样宁静，我在里面看到了赵五，不，是章之延的影子。我忍不住戳了一下她肉嘟嘟的胳膊，试探地叫了一声："咪……"

不知道章之延平日怎么叫她，但是这一声试探的"咪"却立刻在她身上激起了回应。

小胳膊呼地朝上举起，仿佛是在召唤一个怀抱："妈妈。"

嫩生生的小姑娘的声音，带着亲昵的撒娇的尾音。

我好像玩游戏走对了第一步，顿时被逗起了兴趣，把孩子从婴儿床里掏了出来，觉得不稳当又换了姿势，很舒服地把她抱在怀里。

孩子笑了。第一次发现婴孩笑起来眼角也会有这么厚的褶皱。她用柔软的迷你手掌戳我的脸，戳腻了又抓。我喜欢那柔软皮肤的触感，但讨厌她的动作，心下嘀咕："真不知是怎么管教的。"

我用手臂当摇篮，回转身却看到保姆正目瞪口呆地站在卧房门口。

"怎么了？"我奇怪地问。

小保姆一边比画一边支吾："阿姨你……不是不喜欢抱孩子吗……可以交给我来。"

我的动作僵住了，低头看了看怀里欢天喜地的小家伙。原来，她这么兴奋是因为很少被妈妈抱。章之延随身带着咪咪的照片，应该很喜欢她，但或许不习惯用肢体语言表达。

小家伙又伸出手来摸我的鼻子，嘴里嚷着："咕噜！"

我闻到了她身上的奶腥味儿，那是一种暖烘烘的、让人心软的味道。"没什么。"我对保姆说。我把丫头搂得更紧了一点，任她折腾我的脸。

我们的交集，或者不会超过一天。

我抱着孩子完成了对整套房子的检阅。两室一厅，设计非常简洁，配色很干净，保姆在客厅搭铺，卧房外的另一间是书房兼画室。两面书墙，靠窗则是宽大的长桌，能铺下三米长卷。桌上的两排红木笔架上，像挂兵器一样悬着粗细不一的毛笔。砚台造型古朴，上次研的墨早已干了，却仍让整个房间都充盈着浓郁的墨香。

但是，桌上没有画。

一转身，就看见屋梁位置横着一根线，一幅水墨丹青飘飘悠悠地挂在那里。湖畔荷花图。在盛放的白荷花的花苞、荷叶之间弥漫着淡青色的雾气，让这画幅像轻纱一样灵动。

我忽然嫉妒起来，怨自己为什么不是赵五。

晚饭后，我带咪咪去湖边散步。出了巷口到湖滨不过几十米的路程，我就觉得怀里的小丫头越来越沉了，谁让我把孩子当玩具呢？这下子吃到苦头了。

刚下过小雨，眼前的湖山迷迷蒙蒙，如在梦中。近湖粉荷大放，荷花独特的香气伴着晚风阵阵袭来。我抱着咪咪在石椅上坐下，指着湖畔的花朵问："咪——那是什么？"

"荷发——"咪咪激动得手舞足蹈。

忽然，一个小小的黑影从荷塘中一跃而上，轻悄悄地停在岸边的青石上。

"咪——这是什么？"

我小心翼翼地把她放在地上，让她可以仔细观察那个刚跳上来的小东西。

她撅起小屁股朝前探身，但幼小的她还不知道如何保持身体平衡，于是"噗"地仆倒在地上。娇嫩的手臂和地面摩擦，一定很疼，她"哇"地哭出声来。我慌忙把她抱起来，轻轻摇晃，一面察看她擦红的手臂，心里埋怨自己玩得太过火。

"蛤蟆！"她忽然停止哭泣，瞪着我说，手臂指向那个受惊跳回荷花丛里的小影子。

"是呀，这是蛤蟆。"我不由得有些惊讶，小丫头牙牙学语不久就教会了她这么难的词，章之延真有点本事。我突然想到了什么，把孩子抱起来，异常认真地对她说："咪，我们约定一个暗号吧！"

"暗号。暗号。暗号。"小东西不知道这个词是什么意思，只一个劲儿地点头重复，好像在做一个游戏。

"蛤蟆。"我兴奋地对她说，"暗号是蛤蟆。记住了吗？"

她挥舞着小胖手，拍在我的脸上，"啪啪"地响。"蛤蟆！蛤蟆！"

"蛤蟆是什么?"

"暗号。"

"暗号是什么?"

"蛤蟆。"

真是个聪明的孩子。

我一笑,她也笑了,露出没长齐牙齿的牙床,黑眼睛格外晶亮。我心中一动,仰头看,夜空突然放晴,一整面洁净如透明蓝水晶的天空,嵌着深深浅浅的星座,遥远的星光隐约形成一条宽阔的乳白色河流,无声地从天宇中流过。只有在巴音布鲁克草原才能见到这样的星空!

我抱紧怀中的孩子,在星空神秘的注视下激动得全身颤抖。

入睡前,我在镜子前面好好打量了一下章之延的容貌。小脸尖下巴,不习惯。放肆的浓眉毛,我喜欢。有点塌的翘鼻子,过得去。黑洞洞的圆眼睛靠得太近,怪怪的。小嘴巴和鼓翘的嘴唇,还算可爱。我知道在我的人生轨迹中永远无法与她相见,除非是像现在这样:她在镜子里面,我在镜子外面。

我把咪咪从婴儿床上抱到大床上。在床头柜上准备了奶瓶和纸尿片。然后我搂着这个小小的肉包一起睡,她粉红的舌头不停地在我脸上舔来舔去,痒痒的,但很惬意。

"咪,暗号。"我在逐渐侵袭的困意中下意识地嘟哝了一声。

然后，一个温软的童声用跳跃的语调在我耳边放声说："蛤——蟆！"

梦一个接着一个来了。

在梦里我穿越了一个又一个不同的世界，我又好像穿越了不同人一连串不同的梦境。而且一直在波浪上震荡。一波又一波。一浪又一浪。

我晕眩得想吐，我什么都忘了，以为自己在做一个晕车的梦。我不知道自己身在何处、要去向何方，我不知道梦里这一次又一次的流浪到底意味着什么——或者这几天的颠簸也许都是梦吧——这起伏翻滚的波浪，像穿越康定城的那条河，滚着汹涌的波涛，发出隆隆的声响，而河水又是那么清澈，可以看见波涛拍打着的河底青石。

然后隐约有什么声音。在那河水的咆哮声中有什么声音，像是一个孩子欢欣的笑声，渐渐地远去。

晨光中。有清晰的"吱啦吱啦"的声音传来。

我睁开眼，看到淡褐色的天花板。然后，看到 BABY 正在拉窗帘，逆光中的她，被勾勒出一个苗条的背影。

"我要上班去了。你是不是不舒服？刚才一直在翻身。"她回头问。

我还没有反应过来，只呆呆地望着她。

　　"电脑开机就自动上线，你要想上网直接打开就行。"她指指桌上的东芝笔记本。

　　我头部酥麻的感觉渐渐消散，然后慢慢地接上了线——在A世界的我，原计划从成都返回后径直去上海的同学家小住两天。这就是我为什么会在BABY家醒来的原因。

　　"好的。"我应了一声，声音有些虚弱，像大病初愈的人。

　　我慢吞吞地起床，在卫生间找到了我的洗漱用具，在镜子里看到熟悉的面孔，每一个早晨，这张脸总是有些浮肿，无精打采的。

　　"你好。"我摸着镜子里的自己，"欢迎回来。"

　　暑假很快就结束了，生活又回到了正轨，跟随忙碌的齿轮不停地旋转。我后来才知道，有这种经历的并不止我一个，康定夜晚的那阵怪风，吹散了三个人，而那次暂时性的波动给我们带来的影响，也在同一时间消失。在我们不在A世界的几天里，也有别的赵二刘三姚五占据了我们的频道吧？所以生活依旧沿着正常的轨迹继续。其实，大刘和姚夫子的经历比我更刺激有趣，但只有我总是念念不忘在不同空间的日子。

　　我经常怀念章之延的生活，也对赵四的丈夫有一点好奇。还有，还有，我想念咪咪那柔软皮肤的触感，和那对沉淀了璀璨星空的黑色眼睛。我知道我的人生中永远不会出现那样一个孩子，她存在于另一个神秘的世界，但我经常幻想，有一天，我遇见一个人，和他有一个孩子，而那是一个女孩，在她牙牙学语的时候，忽然靠在我耳边神秘地说——"蛤蟆"……

我知道，在我的空间永远不可能发生这样的事情。即使这是一篇伪科幻小说，也应有它内在的逻辑规则。其实我对现世的生活并无不满，但是，偶尔，我也想探望一下其他世界的其他自己，就像一次小小的旅行。

大刘说波动可能是偶然的、无序的、不可再生的。但是我想试试。许多事都是从偶然开始，逐渐被人们摸清规律的。

2005 年的夏天，同一个阴历十五的晚上，我又回到了康定。这一次，只有我一个人。

又是一个繁星若尘的十五夜晚，没有月亮的夜晚，我深吸了一口高原清新的空气，沿着跨河大桥桥墩处的梯级，一级级地走下去。水声越来越响地拍击着耳鼓。最下面的梯级没在河水中，我紧张地迈下一步，又一步，河水没过了我的凉鞋，清凉的水，夜里带着冰一样的寒意。我咬咬牙，继续下行，身体逐渐没入寒流，我紧抓住梯级旁的扶手，用被冰水冲得几乎麻木的脚去探最近的一块河心石。果然河水并不深，但是汹涌的浪头让我几乎站不住脚，如果不是双手紧扒住扶手，片刻间就会被巨大的水流冲走。

但是我感觉到了，在这波浪冲袭的一波又一波中，我感到这个世界的声音逐渐遥远，一种似曾相识的震荡感代替了水流的波动，将我送向一个又一个比邻时空……

后记：这篇故事纯属临时起意，是 2004 年科幻笔会的一个有趣的副产品。杨编提议做贺岁刊的时候，我说，那就写点好玩的，从笔会第五天，在康定吃烧烤说起，编个故事。当时是随口说说，谁知道在上海时就真正开动起来，一周间写了大半，回杭第二天就完成了。说实话，这次笔会我本来是冲着旅游去的（惭愧），但是中间几次交流却给我带来了全新的感觉。尤其要感谢大刘的《球状闪电》，读后让我感到科幻小说独特的力量，进而激发了自己在另一种风格上的创作探索。

小说开头的烧烤一节是真实发生的，其他大多是虚构的，读者自能辨别。

售梦者

——一些事你不要太当真

刘维佳

1

　长空寥廓，一片朗然。我抬头认真看了看，没有一片云彩，六月的阳光毫不费力地洒满大地。沐浴在阳光之下，这座庞大的自然公园显得生气勃勃。

　现在我的视野之内除了蓝天，便是宽阔得令人感到寂寞的绿色草坪，远处的树林浓密得给人以深不可测之感。这座公园大得惊人，我估计若要绕着它走上一圈，非从日出走到日落不可。虽然如此之大，但却从未显出失控的迹象。这公园名为自然其实并不自然，在这儿，自然的力量被恰到好处地控制在不致对人造成伤害的程度之内，绝不会滋生毒虫猛兽，断不会让过于茂盛的茅草扎伤人的皮肉——人的力量早已将自然界驯服了。

　我深深吸了一口气，肺叶扩张的快感令我惬意地闭上了双眼，我感到浓郁的草香正在渗入血液，沁人心脾。

　我啬啬地轻轻呼出肺叶里的空气，将后背顶在长椅的靠背上，使劲儿伸了个懒腰。真舒服，我感到全身每一个细胞都浸泡在了松弛舒畅的感觉之中。很多天以前，我就渴望到这里来享受一下松弛和安宁，但直到今天才得遂心愿。真是不容易。

我将手伸进身边的食品袋里，里面的爆米花已经不多了。我抓出一把撒在草坪上，七八只雪白的鸽子伞兵一般降落在地，开始啄食起来。我又抓了一把给自己。爆米花我从小爱吃，现在一吃它就想起小时候的事，那时候可真是无忧无虑啊……

然而那些日子已经一去不回头了，自从我步入坚硬的都市，柔软的过去就离我远去了，只留给我一些记忆的碎片。我抬头望了望天空中的太阳，心头一阵怅然。盛宴终有散时，纵然松弛、安宁还有回忆是那么令人留恋，太阳落山之时我还是必须离开它们，回到我所居住的那座宛如巨大蚁冢般的都市中去，回去生存……

可是我打心眼儿里不想回去。一旦踏上那坚硬的水泥地面，我就感到双肩滞重，似乎那儿的空气都沉重异常，沉重的压力无时不在、无处不在，令我举步维艰……只需稍稍想象一下，就会明白，在将近四千万人猬集一起的巨型都市里，谋生是件多么不易的事。都市化是历史潮流，生产力的不断进化最终淘汰掉了乡村，而太空资源的大规模开发也挤垮了本土传统工业，人们纷纷拥入大型都市中寻找机会谋求发展，结果小城市和乡村几乎绝迹，大都市却越来越大，人口上亿的超级大都市已然出现。这么多人拥挤在一起，生存的压力之大可想而知。

尤其麻烦的是，如今这时代，创造财富的任务实际已被机器所包揽。在日新月异的智能机械的冲击下，人类从各个行业节节败退，业主们若不是慑于法律之威，只怕连一个人也不肯雇用。大多数人可以说已经被排除在了经济结构之外。可是，上帝说过，每个人都得劳动才能活下去。上帝说得当然没错，每个人都在拼命努力。如今的行当真是五花八门无奇不有，只要有需要，就会有人发明出满足这需要的工作，几乎什么都可以用来交易……就拿我来说吧，我以出售我的梦来求得在都市中的生存。

每年我都必须售出七八个梦，才能保证衣食无虑。上帝保佑，自从我20岁时干上这一行，每年"收成"都还过得去，最好的那一年，我曾售出了21个梦。那是在我23岁那一年。那年我体内激情充溢，总觉得未来之路的前方，希望之光在清晰无比地闪烁，因而做的梦也饱含激情、美妙动人，自然卖得很顺畅。不过当时我还未悟出"激情是不可靠"的这一真理，只以为自己是天才，将来事业会更顺利，因而很是大手大脚了一阵子。等我认识到这不过是一种错觉后，钱已所剩不多……好在后来我终于掌握了做出合乎要求的梦的诸般诀窍，谙熟了这一行当的规律门道，可以不再依靠激情来做梦了。毕竟现在我已是而立之人，已明白要活下去，只有不断学习、掌握、控制、利用……

装爆米花的袋子见了底，我端起放在身边的纸杯，仰头喝光了杯中剩余的碳酸饮料。该回去了，都市生活固然艰辛，但除此我也没有什么别的选择，倘若对此不满，似乎只能从都市里那些遍地皆是的碑林般的摩天大楼上跳下去。回去吧，那儿才是我唯一现实的生存之地，我早已学会适可而止、收放自如，轻易不会为留恋之情付出什么了。

我站起身将食品袋口朝下抖了几下，将幸存的几粒爆米花和碎屑尽数留给鸽子们，然后把空纸杯放入空食品袋，揉成一团扔进垃圾箱。再一次深呼吸，我回首四顾，打算最后再让自己的视觉神经享受一下。

然而我的目光就此被攫住。

2

我将刚买来的果汁汽水放到人造大理石桌面上，然后坐到石椅上。桌上，两只纸杯沉默地彼此面对，而它们的主人也彼此沉默地面对。

我注视着对面的女子。这女子气质不俗，二十五六的岁数，黑色长发披肩，身上穿着一件整齐得棱角分明的海蓝色西服套装，颈上戴着一条细细的银色项链，侧头望着远方，眼神若有所思，似乎心事重重。通常人的侧面像是最美的，可以掩饰脸型的缺陷，而她又很有眼光地选用了一对淡雅的单穗式菱形人造水晶耳环，所以很快就令我对自己心跳的频率失去了把握。心脏无规律的悸动令我高兴，心灵的这种跃动之感一直是我可遇而不可求的，这种感觉非常宝贵，我得好好利用它……我瞥了一眼她的双手，十指纤纤，没戴戒指。

对面的女子终于不能对我的注视置之不理了。她转过头，迎住我的视线，回望着我。

我们就这么相互注视着。

"看见了什么，你？"她突然开口问道，声音轻柔好听。

"孤独。"我说。然后我反问："你又看见了什么？"

"不怀好意。"她说。

我嘴角一缩，笑了一下。她的正面也很好看。"不怀好意的人也会孤独。"我说，"能和我聊一会儿吗？"我向她发出请求。

"想聊天？上网去吧！"她说。

"那么给我你的网址吧！"我望着她的双眼笑着说。

她无可奈何地叹了口气："好吧……你想聊点什么？"

"不知道……"我说的是实话，"我一直想和什么人面对面地聊上一聊，可我总不知道该聊些什么，我也不明白这是怎么了，或许，我过于孤单了一点吧！"我叹息一声，垂下双眼，盯着桌面上云雾一般的纹路。

"你这孩子，病得可不轻呢！"她的话轻轻飘入我耳中。

我抬起眼皮："你愿意给我治病吗？"

"这方法好像不怎么高明呀！"她笑着摇了摇头说。

"很抱歉，我就只会这一套。"我也笑着说，"你愿意替我……治病吗？"我再次发问。

"乐意效劳。"她说，然后她又不出我所料地说，"但是今天不行，我没时间了，我得回去了。"说完她站起身来。我觉得空气都因她优雅的身姿而为之一颤。

"那么，改天行吗?"我伸手向她递过去一张名片，"帮帮我吧，我需要你……的帮助。"我的手和名片凝固在空气之中，我的眼神充满真诚的渴求。我希望这是我最为真诚的眼神……希望如此。

她犹豫了一下，还是伸手接过了我的名片，看也不看就顺手扔进手提包里，就仿佛那名片是她自己的一样。

她的背影亦十分动人。我的目光随她而动，不愿移离。等她消失之后，我就对自己说：行了，你也该回去了。

▶ 3

现在是夜晚。我总觉得夜晚的城市笼罩在一种冰冷璀璨的光芒之下，但我一直无法将这都市想象成一颗闪烁在无边的黑色绸缎上的硕大宝石，轻松的郊游亦无法令我做到这一点。

不远处就是我所居住的街区。上百幢摩天大楼在夜色中分外显眼。那些亮着灯的窗口使这些庞然大物看上去颇似鳞片斑驳的巨鱼，它们身体上的光芒咬破了黑夜，使黑夜更为破碎。这种百余层的摩天大楼在夜晚看上去还比较壮观气派，但白天不行——粗制滥造的大楼被阳光一照，其简陋粗糙完全无法掩饰，光是看上去就令人丧气。从前，摩天大楼曾是地位与财富的象征，但现在，它的身价一落千丈，成了贫民区的代名词，里面塞满了闲暇时间过于丰富的人。

这种大楼的建造方法真可谓"萝卜快了不洗泥"：每套单元房都是在自动化工厂预先制好的，届时只需用直升机吊运到打好的地基上一层层"码放"好、固定好，再将各种管道线路连接好，就成了。它除了成本很低外，别无优点。这种租金极低的公寓楼是政府福利制度的产物，好歹也算让街头的无家可归者数量减少到了最低限度。平心而论，政府当局已为广大百姓的生计问题忙得焦头烂额了，也还颇有成效，但它怎么也没法彻底解决问题，只能竭力进行补救。这是这个时代的痼症，将来或许会好起来，但身处此时此地的我们除了忍耐别无良策，只能艰难地在生存之河中竭力逆流行走。

回到我那间位于五十二层的狭小公寓里，我也不开灯，就借着从窗口透进来的对面大楼发出的光，坐到了沙发上。墙上映出我头部的影子。我在认真回忆这一天的经历。在没有灯光没有音乐没有笑声没有饭菜香气的幽暗冷寂之中，白天的记忆一遍又一遍在我脑中穿行。我希望今夜能收获一个可以出售的梦。

收集梦的仪器就安放在我那张水床旁边。它的工作原理并不复杂，就是将人的大脑的放电方式巨细无遗地扫描下来，然后将这些电脉冲信号转换成数码存贮起来就成了。说白了，这种仪器就是将人在睡眠时的大脑活动完完整整地记录下来——梦，这人类唯一可以反复出入的天堂或地狱，它都可以代为保存。需要重放时，只需通过特殊的信号输入装置将那些数字信号再转换为电磁脉冲信号输入人的大脑神经网络，就可以故梦重游。因为它的发明，"售梦"这一行就诞生了。

可不要小看了我们这一行，现如今它已称得上是一种支柱产业了，因为现在人们对梦的需求欲很旺盛。一般说来，有什么样的心情就会做什么样的梦，心情郁闷之人做令人压抑的梦，悲哀之人做伤心欲绝的梦，只有心情愉快的人才可能做美梦。可如今这年岁绝非令人心旷神怡的时代，人们的生活因承受着越来越大的精神压力而沉重异常，于是美梦成了稀罕的东西。我们提供的美梦至少能使人们在夜间心情愉快，因而销量一直很可观。人们都已认识到，美梦确实有益于身心，医学和心理学研究也证明，好梦存在着很大的情绪鼓舞作用。好梦可以促使大脑脑干中央部分的网状神经结构的蓝斑分泌出大量的去甲肾上腺素，从而使人的情绪兴奋舒畅。人体自然分泌的去甲肾上腺素具有强烈的兴奋作用，不仅可以使神经活动处于积极活跃的状态，而且也可引起丰富的情绪，因而梦可以帮助人们从各种不利情绪中超脱出来。目前，很难有能取代售梦业的娱乐方式，因为梦中的情绪体验极为独特。在梦中人一般很难意识到自己在做梦，因而能无比投入。时至今日，美梦已成为人们生活中如油盐酱醋一般的必需品，它所带给人们的乐观情绪是社会稳定的重要保障。很难想象，没有美梦的世界会是什么样子。

当然，有人旱路不走偏要走水路，所以噩梦也有些市场，不过市场不大，因为有钱人从来都是少数。普通人的生活已不比噩梦强多少，怎肯再花钱买罪受？莫名其妙、不知所云的怪梦也有点市场，只有平淡无奇的梦没有销路。说到底，要刺激顾客的脑干分泌出足够的去甲肾上腺素，这是硬指标。

我起身走进狭小的卫生间，打开灯。明亮的灯光刺得我几乎睁不开眼，我赶紧调小亮度，就着昏黄的灯光洗漱起来。

洗漱完毕，眼睛也缓过劲儿来了。我打开房间里的灯，走到书桌前，拿起药瓶开始吃药。干售梦这一行，没点儿手段是不行的，我们都吃些这种那种的药丸帮助做梦，这是行业传统。从前疯了傻了的人当然比现在多，因为我们已从他们身上吸取了经验，用药准确多了。我所吃的药丸是双层结构的，外层为镇静剂，可令我快速入睡。等外层溶释完了，内层才开始溶释，它是一种抑制剂，可抑制脑干中线处的"缝核"细胞分泌释放具有致睡作用的 5- 羟色胺，从而使大脑活动活跃一些，有利于做梦。至少现在我还没发现有什么后遗症，至于将来……管他呢，将来再说吧，反正人都是要死的，没有任何东西可以永存于世。

我换上睡衣，上了温控水床。温乎乎的水床柔软至极，让我只觉得全身连皮带肉外加灵魂仿佛全飘浮在空中。我们这种人对睡眠环境是颇为讲究的，不能轻易让外部刺激干扰了我们的造梦作业。

我将扫描仪在头上罩好，仰望天花板，回想着白天的郊游，不一会儿就想到了公园里那个气质不俗的穿西装的女子。我会梦见她吗？在梦中我将怎样与她相遇……

4

第二天起床后，我发现自己已经错过了欣赏火红朝阳的时刻。无所谓，朝阳还会有的，我的时间还有许多。

我一边洗漱，一边将扫描仪收集到的梦境数据输入计算机，计算机里有种程序可将梦境转换为可以看得见的图像。这技术的原理说穿了也不值钱，就是让人先看某种物体，同时使用计算机分析其由视觉产生的脑电反应，再转换成数字，进而转换为点，组成图像，通过仔细对比图像与真实物体的差异来不断修正电脑程序。如此反复揣摩试验，终能编定正确的程序，可自动将人的脑电反应绘成图像。不过，这种方式只对人的形象思维起作用，对抽象思维就行不通了，并且浮现出的图像很是粗糙，只能勉强看明白其内容，以便供人审评、剪辑、整理。

我三下五除二凑合了一顿早饭，将它端到电脑显示屏前，一边吃一边观看昨夜我所收获的梦。我并不抱太大的希望。十年了，我已经不是初出道的毛头小伙子了，我已习惯了失望，失望对我来说是正常的，收获才是意外之喜。我想大多数人都有同感。

果然，昨夜一无所获。所做的梦统统紊乱不堪，一盘散沙，有的有头无尾，有的支离破碎，几乎都只是些没意思的片断，连一个脉络清晰的都没有。那个西装女子倒是出现了一次，但也只一闪而逝。看着这些杂乱无章的梦境，我照例颇为惊奇。这些梦我现在根本回忆不起来，难以想象它们全部诞生于我的大脑。

整个上午我坐在电脑前反复看那些梦，但总觉得没什么意思。临近正午时分，我索性将它们全部删除。就这样，昨天消失了，再无踪影可寻。没什么，一个毫无价值的日子，分文不值。我早就想明白了，人的生命没那么值钱，而且正变得越来越不值钱，所以我不感到遗憾。

中午我照常到第六十层的社区食堂吃了份廉价午餐。这种食堂每幢大楼都有十来个，也是政府福利政策的产物，微利保本，亏点儿也无妨。它不遵循利润最大化原则，因为它完全由智能机械管理，只服从政府的命令而不服从于利润。机器是没有难填的欲壑的，然而一旦落入贪婪的人手中，就也会变得无比贪婪。

下午，我在网上四处搜寻以前的老影片和旧小说。切莫以为这些老片和旧小说陈旧不堪，事实上现如今绝大部分的人从未看过——如今每年生产出的信息铺天盖地，人们哪有工夫念旧怀古？

不过我有这工夫。接受的信息越多，越容易做出丰富多彩的梦。我平日将大部分时间都用在阅读、观看这些玩意儿上了。经典之作我不常看，我不需要深刻之作，我只需要能刺激我的东西。我有经验，观看暴力、激烈、怪诞的片子后做的梦往往最生动、最富有想象力。十年了，我早锻炼出来了，不管这信息多糟、多令人反胃，我都能全身心投入进去，这并不困难，只需将自己的心训练得非常听话就成了。我从不考虑别的什么，只要做出的梦能卖掉就成。

干售梦这一行，形象思维能力至关重要，必须尽可能细致地将文字在大脑中转换为图像。我一直能做到全身心沉入小说之中，结果往往觉得时间走得飞快。这天下午，我只看了一部旧片子和一本不怎么长的小说，天就快黑了。于是我赶紧去食堂吃饭。这就是我的生活，一切围绕着梦转，梦就是一切。对我而言，白天不重要，夜晚才重要；现实不重要，梦才重要。我不在乎生活有没有价值与意义，只要能活着就不错啦！

吃完饭，我再接再厉，努力忍着恶心继续"欣赏"那些文化垃圾。也许在今天夜里，我就能收获一个将小说与旧影片的情节"元素"重组了之后的梦。折腾到十一二点，一天就结束了。

▶5

电话铃响了。

我正在犹豫是否将手头的这个梦删除了事。近来我运气实在不佳，夜夜落空，连着一个多星期颗粒无收，连个像样的片断也没有，真中了邪了。好像我的判断力也跟着受了连累，这时竟下不了决心删掉这个无甚创意的平庸之梦。

移动电话帮了我的忙。它叫唤到第四遍时，我一狠心下了"毒手"，然后腾出手抓起电话。

"还记得我吗?"一个女子轻若耳语的声音轻触我的耳膜。

"对不起，您是……"我一时没反应过来。

"医生。"她停顿了一下，"怎么？病好了没有？"

"呃，是你呀……"我心中一动。

"想起来了？"

"当然，印象深刻。"我说，"有什么事？"

"没有什么事，只是想……和你聊一聊。"

"乐意奉陪。"我吸了口气，"不过……"

"现在没有时间？"她似乎已准备迎接失望。

我笑出了声："你上当了，我有时间。在哪儿见面？"

她报出了一间餐厅的名字。

"好，等着我。"

一声叹息传入我耳中："我真不知道能不能治好你的病。"

"你能行的，我不会看错的。再说治不好也没什么，凑合着依然能活下去。别叹气，要有信心。"我说。

"对……你说得没错。我等着你。"

挂断电话，我的心仍在跳动不止。我没想到她真的会给我来电话，这可是很难遇上的好兆头，我不能够放弃，然而……我的心里有点乱。

6 ▶

"对不起，我来晚了。"我在她对面坐定，"我不太会收拾打扮，费了太多时间。"

"没关系，"她脸上似乎有表情，又似乎没有表情，"时间太多了。"

点完菜，我们开始聊起来。

"嗯……你告诉我，我为什么要给你打电话？你来说说理由。"她望着我说，指甲轻磕桌面。

"啊……我想是这样的。"我舔了舔嘴唇，"因为我们从前曾经相识，经常在学校图书馆幽会，彼此都中意对方，并彼此有了承诺。然而后来你患上了健忘症，于是忘却了承诺，忘却了我。可是在我的不断呼唤之下，你的记忆之光终于再次闪现，于是你尝试着想找回从前。要我说就是这样。"

她笑了笑："你倒蛮会编故事的。"

我也笑了："那是自然，我以此谋生。对了，你是干什么的？"

"我在从事一项非常古老的行当。"她这样回答。

"啊……值得尊敬。"我随口回答。

7

吃完饭出了餐厅，我们已俨然一对老熟人。席间我们畅所欲言，天上地下、古往今来地谈了许多，尽管我们差不多对所谈的任何一件事都难以施加影响，但看法却出奇地一致。这就足够了，我要的就是这个。相同的看法迅速将我们拉得很近，我已可以和她并肩漫步于大街之上。

我们慢慢地走着。可能是刚才谈得太久，这会儿都默不作声，于是我将注意力放在了别的地方。我看见远处的楼群沐浴着夕阳，橙黄的阳光在它们身上燃烧。壮丽的景观令我胸臆大为开阔，我已好久没在街上散步、没看到过这样的景观了。风穿过她的长发，将她的香味拂到我的脸上，不知为什么我突然一下子想起了小时候的事：小时候我放学回家时，就经常这么在大街上行走，偶尔买点零食，假日快要来临时，我的心情就会无比舒畅……心脏的悸跃令我眼眶发热。

"喂，"她突然用胳膊肘碰了我一下，"陪我去玩玩实感虚拟游戏好吗？"

"嗯，"我回过神来，"可以，没问题……不过我的水平很糟，只怕成不了你的好搭档……"我想起来自己已有好久没玩过这种游戏了，可小时候，我曾为它费尽心机地积攒过零用钱呢！

"没关系，有我呢！"她眉毛一扬，满面生辉，"没什么可担心的，这游戏妙就妙在，在它的领域里，失败是件无所谓的事。"

我点了点头，在梦的领域里也是如此。

"来吧，跟着我学，你会喜欢的。"她一把拉住我的手。

于是我随她来到了一间游乐厅。

游戏情节是老俗套，我们为了完成一项什么使命，必须挥刀扬斧与强壮凶恶的敌兵或怪兽搏战，必须费心破解复杂的机关，历尽艰辛奋力前进。这是一片简单的天地，我们都有明确的使命，不必茫然亦无须彷徨，自己知道自己该干什么，只管挥刀砍杀便是。这里没有复杂的生活，也没有什么压力，只要有足够的力量和技巧，你便可在此处游刃有余地应付一切——真是简单，我喜欢这儿。

她果然是个高手，陷阱和机关骗不了她，出招更刺得人眼花缭乱，大部分敌人都被她那柄利剑勾去了魂魄。而我则狼狈不堪，上来三四个敌兵我就手忙脚乱，到头只得向她大叫救命。完全是她在控制局势，夸张点儿说，我简直是在被她拖着前进。受女人的保护，这感觉我还是头一次体验。

不过很快我就喜欢上了在这儿当个弱者。她实在棒，较之砍杀虚幻的敌人，看她挥剑战斗更有意思。全身披挂银色盔甲的她，飘逸潇洒英气逼人，出手流畅华丽，充满美感，令人着迷。我常常因为只顾看她杀敌而被敌人砍得鲜血淋漓……不过这也不要紧，继续付钱就行了，在这个地方，只要肯付钱，时间可以倒流，死者可以复生，真正是金钱万能。

很快我惊异地发现，她似乎与那些虚幻的敌人有着不共戴天之仇。一场战斗打完，她总是要余兴未尽地咬牙咆哮着扑上去，举剑冲着敌兵的"尸体"乱捅一气。等我们冲进敌方老巢，大费一番周折将那大头目剁翻在地，她高兴地大叫着冲上去挥剑将他碎尸万段，那场面看得我张口结舌。

"真痛快！"出来之后，她深深吸了一口在夜色中闪光的清凉空气，高兴地说，"好久没这么胡闹过了，真是快活……喂，谢谢你了，谢谢你陪着我这么胡闹。"

"不用客气，我也有同感。"我也深深吸着气，我从未发觉夜晚的空气会是这么清新，"我也感到很痛快。有些日子没这感觉啦！"

"那好，改天咱们再好好玩它一场？"她望着我笑着说。

"当然可以。"我说，"不过，你刚才可够吓人的，干吗下手那么狠？死了你也不放过？"

"解气呗！"她随口说，"我玩游戏就图个痛快解气，若在游戏里还不能随心所欲，非憋出毛病来不可，日子简直熬不过去了。"

"还是你聪明。"我夸赞道。不过我不知道是什么样的压力把斯文的她弄得内心充满了腾腾杀气。看来我过得还不算太坏。

"要我送你回去吗？现在很晚了。"我望着她小心地说。

"谢谢了。"她微微一笑，轻轻摇了摇头，"不必为我担心。嗨……小意思。"

我怅然若失地望着她的身影消融于夜色之中，心中突感一阵空荡。转身回行的时候，我认真地回忆，回忆这奇妙的一天。

8

移动电话又在叫唤了。

我愉快地放下手头的美梦，抓起电话。

"喂，今天有空吗？"

"当然有。"我说。

"我是说整整一天。"

"一天？喂喂喂，你又要到哪儿去？"这两个多月下来，我发现她实在是个贪玩的女子，拖着我满城到处玩。我们到从未去过的街区散过步，在城市另一头的高楼之顶喝着啤酒观赏过迥然不同的都市夜景，在陌生的社区小公园聊过天……若不是遇见她，我想这些地方我只怕一辈子也不会来的，更没有如此的兴致来享受它们。这两个多月来，世界似乎悄然发生了一些改变，阳光的强度、风的气息、时间的流速，乃至温度、声音、重力，都与往日的体验不同。我果然没有看错。

"我想到咱们头一次见面的地方去玩一趟，和你一起。我已经在城里逛腻了。你说呢？"

"可以可以，随你，你想去就去吧！再说我也不讨厌去郊外玩。"

"那就这么说定了，我在老地方等你。"

声音消失了。我起身一边用自动剃须刀剃胡子，一边将工作设备收拾起来。近来我已可以不必再为工作而烦心了，这两个多月来我一发不可收拾，接二连三收获了不少美梦，每天都忙得不亦乐乎，小说和垃圾电影几乎不看了，光是观看整理夜间收获的梦就够一天忙的了。这段日子我的创作力比二十三岁那年还要旺盛。当然，她的邀请我一定不能拒绝，再忙也得抽出时间陪她去玩。我在心中很是感激她，真的十分感激。但是我爱她吗？不知道，真的不知道……

尽管两个多月下来我已对她的喜好和年龄了如指掌，但我仍没有能够深入了解她。我至今不知她姓甚名谁，住在何处，有何亲友，到底以何谋生求存。她不说，我也不问。她对我的了解程度也是如此，我们似乎都在小心地保护着彼此的秘密。我不知道她是因为什么而这样，反正我的原因我永远也不会向别人诉说。

收拾停当，我穿好衣服，梳了梳头，开门乘电梯下楼，走出了这个巨大冷漠的立体容器。

▶9

"鸽子哟，吃吧吃吧，尽情地吃吧，别客气。"她像个小女孩似的咯咯笑着，将手中的爆米花一粒一粒地抛给在草坪上一摇一摆地踱着步、嘴里发出"咕咕"轻叫的鸽子们。今天她穿着一件浅蓝色的短袖收腰连衣裙，耳环和项链也没戴，头上却多出个银闪闪的大发卡，所以今天她给我的印象与往日不同，让我觉得她活泼又可爱。

她又抓了一把爆玉米花。她和我不同，我是抓一把一下子全撒出去，而她却是一颗一颗慢慢地抛给鸽子们。得到了食物的鸽子埋头专注地啄食着，喙里空空者则有礼貌地耐心等待着。真是有风度的生物，我想，比人类优秀多了。

我放松全身靠在椅背上，遥视远方，却并未观赏什么，我觉得心情舒畅极了，仿佛有股温泉在胸腹间流淌，真是享受。我闭目贪婪地品赏着，我知道现在每一秒钟都极为珍贵。

当我睁开双眼时，我发现她双眸凝滞，正望着鸽子在发呆。

我轻轻拍了拍她的手肘："在想什么呢?"

"我在想……我妈妈。"她回答，眼眸依旧一动不动，"她对我……真太好了，她是这个世界上我最亲的人……"她的声音仿佛来自很遥远的一个什么地方。

"你什么时候带我去拜访拜访她老人家吧!"我说。

"她死了。"她的声音一下子回到我身边。

"对不起，我……"我手足无措地道着歉。

"没什么……死并不比活着可怕多少……我只是在想，人

死了有没有灵魂。喂，”她转头望着我，“你相信灵魂的存在
吗？”

“很难说啊！”我轻叹一声，“不过，如果真有灵魂存在，
我将会高兴地去死，因为那样我就有投胎转世再次选择的机会，
就不必等待别人来选择我了。多好啊！”

“可我觉得……妈妈最好别去投胎，现在做人很难啊！”
她将目光从我脸上移到鸽子身上，“做只鸽子多好。”鸽子们
优雅地边走边点着头，脖子上的肉水波一般抖动着，似乎对她
的观点大为赞同。

我默默地看着草地上无忧无虑的鸽子们。

“我想她在那边会过得很不错，至少，比我要好……”过
了一会儿她轻声说。

又沉默了一会儿，她问我道：“你知道在这个世界里我最
喜欢的是什么吗？除了我妈妈以外。”

我心灵一动，不由自主地激动起来。“我不知道，是……
什么？”我期待着。

“是梦啊！”她说。

我心脏猛一收缩。

“梦就是自我的体现……”她喃喃自语，“这个美好的世
界只是属于我自己的，它永远不会离开我。难以相信我身体里
还有这么美的东西，上帝真是仁慈……人生还有救，因为我还

拥有它……我真想生活在那个变幻无常的伊甸园里……"

我无言以对。

她也不再自语。

我们一动也不动地坐在长椅上，静谧笼罩着我们，安宁包围着我们，草香一点点沁入我们体内。这时我觉得，还是活着好。

太阳一点一点坠落，空气一丝丝变红。

突然她将头靠到了我的肩上。

"抱着我。"她轻声说。

我大感意外，手足无措。

"冷。"她说，"我冷。"

"这才进九月份嘛……"我说。

"可我就是冷嘛……抱着我，好吗？"

于是我伸出手臂揽住了她。这是我第一次拥抱她，我心中一阵发颤，手也在抖动。

"哎，知道吗？"她仰起头对我说，"那天我第一眼看见你时，我就觉得你是个值得我信任、接近的人。你和我交谈时，我心里一点也不感到紧张，就好像在和一个多年的知心好友谈话，完全没有陌生感和防备之心。也不知道为什么，反正觉得和你可以畅所欲言，不用有什么顾忌。奇怪吧？对了，你呢？你见到我时在想些什么，嗯？"

"我吗？我当时在想……人生可真是灰暗真是不公平，为什么我就没有这么漂亮的女朋友呢？也许我一辈子都不可能拥有这么美的妻子。"我觉得我照实说了。

她笑出了声。

我们抱得更紧了。

"现在我感觉到了。"她轻声地说。

"感到了什么？"我问。

她没有回答，只将我搂得更紧。

我默然无言地抚摸着她柔润的长发。

10 ▶

回到城里，天空已透出夜晚的颜色，我和她依然相互依偎着在街道上行走。空气中仲秋时节傍晚的气息令人怦然心动。我们慢慢地走着，我觉得每一步都如踏在波浪之上。

"喂，带我去你家坐坐。"她轻声在我耳边说。

这是她头一次要去我的家，在这样的时刻、这样的境况下，我无法拒绝她。

于是我搂着她向我所居住的那条"巨鱼"走去。

走进我那小盒子般的家，屋内光线甚暗，我正欲开灯，她却予以制止："别开灯。"

于是，我作罢。

她坐到了我的沙发上，我则坐到了床沿上。她坐下后就一言不发，我也只好沉默。

我们就这样在黑暗中沉默地木然端坐，对面大楼身上的灯光将我俩的身影映在墙上。

房间里没有一点儿声音。这房子虽然简陋，隔音效果却并不差，沉默犹如永远不会融化的巨大冰块，塞满了整间房子，擦面而过的时间都因此显得冰冷冷的。

突然，一种声音传入我耳中，这声音轻微得如同从冰块间的缝隙渗过来一般。我仔细倾听，听出是抽泣之声。是她在哭泣。

她像个小姑娘似的抽抽搭搭地哭泣着，间或夹杂着"妈妈"的低声呼唤。她的身体随着抽泣声一下一下地抽动着，头上的发卡也随之一闪一闪。

我没有去打扰她的哭泣。我知道她为什么而哭泣，至少我自认为我知道。

哭泣声在房间里回荡。

过了几分钟，我起身坐到她的身边，伸出左臂搂住她的双肩，用右手手指为她拭去颊上的泪水。我从未想到，泪水竟会是这么的冰凉。她的身体在我怀中像一只小动物似的颤抖着，我感到我的心正在融化。

11 ▶

　　梦公司的大厅宽敞而明亮，装潢简洁明快，只是寂静经常会被来往的人的脚步声和等待者揿动打火机的声音所打断，这些平时总被忽视的声音此刻显得分外响亮。我歪靠在沙发里，仰头向天花板发出一声轻微的叹息。我在等待。

　　三天前，我从这三个月来收获的梦中仔细整理挑选出了三个美梦，将它们的数据送到了梦公司。如果能卖掉，它们就会被成批制成一次性光碟片，向广大市民出售。由于一次性梦境碟片的价格低得只及上几次公共厕所，所以这种碟片如今变得像口香糖一样无所不在。价格虽低，但由于销售量大，利润还是相当不错的，所以一个梦的收购价也算可观。销量超过法定数量的梦，创作者还可以提成。单从这点来看，售梦这碗饭蛮有吃头，但实际上只有很少的人能长期以此为业，因为许多人最终难以适应造梦生活，遵循不了造梦的规律。

　　今天是听取梦公司审评结果的日子，也是我心情最忐忑、情绪最为不安的日子。从某种程度上来讲，今天听取的结果将决定我能否继续生存，以及前一段日子是否有价值。坐在沙发上的我，总是觉得呼吸不畅，这间大厅里的空气似乎来自另一个星球，十年来总是不能令我完全适应。时间铅块一般沉重。

　　终于等到接待台后面那个短发女秘书叫我的名字了。我缓缓站起身来，膝关节"啪"地发出一声轻响。

　　我在古代帝王墓室般的公司走廊里行走，鞋跟在光滑的天然大理石地板上发出清晰的咔咔声。我在向受审台走去，一会儿之后，财富将宣判我人生的一部分是否有价值。

　　在收购部经理办公室坐定之后，我又一次面对经理的迷人微笑。这是一个目光和善的老人，和我一样也总能给人以值得信赖之感。

　　"怎么样？满意吗？"合作都十年了，我也不跟他客套了，开门见山直奔主题。

　　"还不错，这三个梦我都买了。"他微笑着说。

　　我长出了一口气，心脏重重地落回了胸腔，弹跳不止，颤得我头晕。好了，我可以继续生存下去了，我的那一部分人生是有价值的，它已换来了财富。空气又换成了地球的特产。

　　我接过他递来的支票，看了一眼，那上面的数目令我感动。梦公司的收购价浮动性很大，原则上是以质论价，从那数目上来看，我的梦质量还属上乘。

　　"这三个梦确实是很感人很美妙的优秀的梦。"他证实了这一点，"不过，有一点不足，为什么这三个梦的内容都是爱情？"他的微笑瞬间失踪。

　　我认真洗耳恭听，不打算申辩什么。我知道他的观点一向切中我的要害，听他的不会错，我一向是他怎么说，我怎么改。

　　"我很欣赏你，年轻人。"他轻轻指了指我，"你是我们的重点签约供应者，产量与质量一向不俗，这很难得。我个人亦十分喜欢你，所以我不得不……怎么说呢，我知道干这一行很不易，真的很不易，但是任何事情都不可能是不必付出就能成功的，自古如此，谁也没有办法。只要还想干这一行，那你就只有遵循这一行的规律，你必须……要像煮肉熬肥一样去掉一些自己的东西。你明白我的意思吗？"他望着我的双眼。

我心领神会。

12▶

音乐在咖啡厅里飘荡。我是从不喝咖啡的，所以我要了杯果汁。

那杯果汁安静地立在桌上，耐心地等待着我来享用。然而我的注意力根本不在它身上，我在思考。

我一动不动盯着窗外，思考着。音乐和窗外的景致都如穿堂风一般穿过我的意识，飞向时间的深渊，连一点影子也没在我脑中留下。我思考得太认真了。

整个下午，我都在思考。

13▶

搬家只花了半天时间。

我在网上没费什么事就找到了条件合适的换房者，相互看过房子，我们一拍即合。

官方手续办妥，给搬家公司挂了个电话，一个下午就完了。

这哥们儿的房间布局确实和我的一模一样，但是陌生感怎么也挥之不去，甚至连空气中似乎也有一股陌生的气味。这感觉令我心神不宁。我茫然地坐在沙发上，什么事都不想干，也不想动。我原先那房子住了有五年多了，多少有了些感情，我还需要点儿时间来接受它已离我而去的现实。不过我相信用不了多长时间的，我毕竟不是孩子了——童年时我会为一件心爱玩具的丢失而大哭一场，但现在我已经长大了，早已经成熟，早已经学会了该割舍的时候就果断地一刀两断。

黄昏已近，是吃晚饭的时候了，但是我的胃没有一点儿感觉。我鞋也没脱，摊开四肢仰卧在我的那张温控水床上，双眼定定地望着天花板。这房间的天花板和我原来房间的天花板相比，颜色略新一些，看来换房的那哥们儿大概喜欢在天花板上贴些什么图片，我可没这爱好。

天花板看腻了，我就把目光移到了床对面的墙上。对面的大楼比我居住的楼层矮，所以阳光得以从窗口射入屋内。明亮的火红阳光令我很不习惯，我盯着那陌生的明亮图案，一动不动地静待时间一点点流走。

对面墙上的光的图案在悄然变化，屋内的光线在一点点消失。我等待着黑夜的降临。

我的移动电话响了，骤然响起的声音在寂静的房间里显得格外响亮。

我的身躯抖动了一下，但只是一下。我知道只有一个人会在此时给我打来电话，但现在这已经没有意义了。

铃声继续响着。我一动不动地躺着，不去理它，然而这铃声似乎永生一般顽强地固执地持续响个不停。在已显昏暗的小屋里，铃声孤独地鸣响着。

两分钟过去了，铃声还在鸣响，这时我感到这铃声简直如冰凉的湖水一般注满了我这间小小的蜗牛壳。我像一个溺水者，闭上双眼，屏住呼吸，竭力想把它挡在我的体外。这时的我，没有呼吸，没有话语，没有思想，只有心脏在轻轻跳动。

铃声不知疲倦地叩击我的耳膜，但这没有用，我不会去接电话的。我相信自己的选择，我有这个自信。

猛然间，铃声犹如被铁棍粗暴地猛力打断一般戛然中断，沉寂当即收复了全部失地。

我徐徐吐出肺里的空气，静卧良久，叹息一声睁开了双眼，只见黑暗已占领了我的新家。

这是永别吗？很有可能。我不知道她的姓名，不知道她的住处，不知道她的电话号码，我无法与她取得联系。而我搬家之后，她也无法再找到我——我嘱咐过换房的哥们儿，绝对不能透露我的新地址，就连这电话号码，我也已申请更换。不久之后，我们之间这唯一的联系也将中断，今生今世，我们怕再难相见了。

我是故意要离开她的。从我第一眼看见她的那一刻起，我就预料到会有今天的这个结局。是的，一开头我就知道了。个中原因我永远也不会向别人诉说，那就是：除了钱之外，我不会让自己得到任何自己想要的东西。因为我是一个售梦者，我是以我的梦来保证自己能够在这个世界上生存的。

梦，在很大程度上来说，就是愿望的达成。从心理学的角度来讲，梦总是由一定的现实需要和自然需要所引起的。因此，可以这么说，如果没有需要、没有愿望的话，那么也就没有梦了。由此之故，只要我还售一天梦，我就一天不能让自己除了生存之外的任何愿望与需要得到真正的满足！

这就是我们售梦者的生活。我们是一群永远生活在渴望之下的人，体内的饥渴感就是我们创作的源泉。

我决不能毫无节制地和她这么爱下去。一旦我对爱情的感觉麻木了，恐怕我就做不出有关爱情的梦了，这损失可非同小可。而且说不定，生活中没有了浪漫，我连一切美梦都做不出了——我可不能让生活的琐碎和无奈束缚住自己的心。我不知道一个女人的进入会使我的生活发生何种变化，十年的售梦经验使我明白，我一直以来所过的生活就是最适合造梦的生活，我不可以轻易改变我的生活方式。这三个月来我收获的梦全是爱情内容的，不能再这样下去了，经理已向我发出了警告，所以我必须适可而止。

然而我是不会忘了她的。是她使我的爱欲不至于枯死，使我心中那沉睡已久的对爱情的感受力增强了很多，我也因此而收获了十三个爱情美梦。我将一次一个把剩下的十个爱情美梦掺在其他内容的梦里分几年推销出，至少近两三年我不必太为生存着急。这是她给我的，我感激她，我会永远在心中为她保留一个位置，决不出售。

从窗外渗进来的对面大楼的灯光几乎可以忽略不计，街上的灯光也无力飘升至我这一层楼，加之今天没有月光，屋里是彻头彻尾的黑暗。我睁眼盯着黑暗的虚无，似乎看到她就坐在她那不知位于何处的家中，坐在她的移动电话旁。我可以清晰地看到她头上银闪闪的发卡，我甚至感觉到了她心脏的跳动。

她是个好姑娘，只是太天真了，她认为梦是不可剥夺的，认为自我是不可剥夺的。她错了。在如今这个时代，只要有需求有市场，没有任何东西是不可出卖的。梦确实是自我的体现，它甚至包括了人在清醒时所没有的无意识的自我部分特点。所以梦的真正创造者，是人的潜意识，是人的思维的主体性，是人的心。这正是机器目前还没有的，在这方面机器目前还没法取代人，情感现在还是一种稀缺资源。然而我不能确定这种状况还能持续多久，所以我必须抓紧时间尽可能地将我的自我一点一点掰下来卖出去，将我的心一片一片削下来卖出去，将我的情感一丝一丝抽出来卖出去。我只有这些东西可卖，除此之外我一无所有。只要有可能，我将一直卖下去、卖下去，直到我认为自己可以毫无问题安然无恙地走入坟墓为止。活着是天经地义的，虽然世上没有任何东西是可以永存于世的，我仍要竭力生存、生存……要活下去，不那么容易的……

她比我要幸运，我的顾客们比我幸运，对他们来说，梦是最后的一处世外桃源，他们可以在梦中找到自己想要的一切。可对于我来说，梦是我工作的地方，不是逃避的场所，也就是说，在这个世界上，我已无处可逃。

不！我不需要逃避！我早已不是孩子了，我要全力肩负起生存的重担。我无法选择时代，只能在其间生活，我还不想从摩天大楼上跳下去。我要直面这个世界，勇敢地为我的继续生存付出相应的代价。我的对手，是高度发达的人工智能信息制造产业，它生产的影片、读物、游戏、音乐均极为诱人，与它对抗竞争，我必须付出相当大的代价才能保住一席之地。但是我不在乎，为了生存，我不在乎付出任何代价。如果我的这种生存原则不幸伤害了谁，那我只能说"很抱歉"。是的，很抱歉……没有办法，我们售梦者都是孤星入命的人。我的职业决定了我的生存原则，我的生存原则决定了我的选择，决定了今天的这个结局。

我在寂静和黑暗中一动不动地仰躺着，我能感到悲哀的感觉在我体内流淌。它在我的胸腔、腹腔和四肢里缓缓流动着，无声，轻缓，冰凉。我不会动用精力去压抑它的，因为我要利用它。悲哀也是一种情感，它也是可以卖钱的。作为售梦者，必须学会利用心灵的每一丝颤抖、每一次抽搐。

我闭上双眼，慢慢感受着体内的悲哀。我感觉到这悲哀正在我体内缓缓翻滚、酝酿，一点一点地生长。我当然不会哭泣，我早已在自己颈上勒上了一条看不见的锁链，悲哀是流不进我的大脑的。我不会将能量浪费在无用的哭泣上。但是，当我今夜入睡之后，这条无形的锁链就会松动，那时悲哀就会流进我的大脑，侵入我的梦境，而这正是我所需要的。

14▶

我这是在哪儿？

我费力地抬起头，在迎面劲吹的风中使劲儿睁开双眼，向前方望去。

两岸的峭壁如同两道平行的高墙，从远方的雪雾之中不断延伸出来。天空中，阴沉沉的浓云覆盖了一切，纷纷扬扬的霰雪使得天地间苍茫一片，我看不见远方究竟有些什么。

我低头向下俯视，汹涌的江水咆哮奔流，向我身后疯狂冲去。我扭头左右顾盼，看见了正在扇动的白色翅膀。我很吃惊，张开嘴大声呼叫，听到的却是酷似鸽鸣的"咕——咕——"声。恐慌涌上心头，我拼命用力挣扎，但结果只是翅膀扇动得更快，鸽鸣声在峡江里反复回荡，没有任何生物回应我的鸣叫。

我是什么？我这是在哪儿？我为什么要不停地飞翔？为什么天地间只我孤单单一个？我有同类吗？我肩负着什么使命？前方有终点吗？……这些问题我不得而知，但又不能停下来思考，如果掉进江里，我估计必死无疑。

我累极了，双肩酸痛无比，肺叶仿佛正在向外沁血，喉咙干涩冰凉，但前方依然一片迷茫。两岸峭壁之上看不见有任何可供落脚之处，光滑的石壁宛如黑沉沉的铁板。头顶雪云低垂，与峭壁相连，我仿佛是在一个前无尽头、后无起点的矩形盒子里飞行，不容我有停顿和退出的可能。

于是我鼓起勇气奋力展翅，继续迎风搏击长空。然而勇气的能量不一会儿便消耗殆尽，疲劳毫不留情地在身体里越堆越厚，我不知道自己还可以飞多久。望着苍茫的天地、纷飞的霰雪、汹涌的江水、黑沉沉的峭壁以及锥刺心灵的孤独，我大声悲鸣，想问一问这一切究竟是为了什么，然而我听见的只有"咕——咕——"的回声，于是我只好拼命飞行、飞行……一旦停顿下来，便是冰雪般冷酷的死亡。我感到悲哀，为自身这一存在而悲哀。

突然我心中冒出一个念头：这是在梦中吗？

对了对了，是梦！是梦！太好了，我又收获了一个梦！这个梦里没有爱情，而且应该可以算是噩梦，看来我已从爱情的陷阱之中挣脱。嗯……这个梦能卖掉吗？能卖多少钱呢？……

公交车上的男人

——永失我爱

阿　缺

公交车门关上的前一刻，那个男人挤了进来。

"你好，"他对蔡雯羽笑了笑，"好久不见，雯羽。"

蔡雯羽正挤在一群乘客中间，踮着脚，一手提着包，一手艰难地扶着拉环。她需要全神贯注才能保持这个姿势，所以刚开始，她并没有意识到那个男人是在对她说话。

"你……我们认识吗?"蔡雯羽打量着这个男人。他个子很高，即使靠在窗边，也是在俯视自己;他很瘦，脸颊深陷，眼睛里有些许血丝，似乎很久没有休息了;他的衣服是破旧的，下摆还被扯破了，沾着褐色的不明液体。他脸上始终挂着温和的笑意。

"我们认识，是校友。八年前，你刚刚进大学，在学校的迎新晚会上表演话剧。"男人说，"你穿着蓝色的齐膝短裙，上面印了芦荻的卡通图，你胸前挂着的是学校的饭卡。你扮演一个迷路的公主，遇到了带着一群侍卫的王子，他把你送回家。最后你把饭卡落在他手里，他叫住你，说:'公主，你的饭卡掉了。'你转身向他一笑，用很温柔的声音说:'不，是你的饭卡。'"

　　男人的话像一阵风，吹起了久远的往事。蔡雯羽笑了，她还记得，那个话剧是为了博观众笑，所以用饭卡来恶搞当时一句很流行的广告词。她说："你记得这么清楚，你是那个扮演王子的学长吗？"

　　"不，我是他旁边的七个侍卫中的一个。"

　　"噢，对不起。"

　　"没什么。"男人的声音有些苦涩，他干硬地笑了笑，然后仰起头。车灯将他下巴上的胡茬儿染成了青色。当他低下头来时，表情已经和之前一样温和了，只是，他的眼角有微微的湿痕。

　　到站了，一些乘客下了车。车厢里的空间顿时宽松了许多，蔡雯羽站稳，扭了扭脚踝，总算没有那么酸楚了。

　　车再次启动，路旁慢慢黑了下来。秋天的夜晚总是来得这样早。

　　"当时我是物理学院大三的学生，参加迎新晚会也只是凑个人数。但看到你回眸一笑，用那么温柔的声音说出那么俏皮的话后，我就记住你了。"

　　蔡雯羽有些尴尬地低下头。他的话有暧昧的成分，她不知该如何回应。

　　但好在男人并没有等她回答，他自顾自地继续往下说："回宿舍后，我就四处打听你。花了很大工夫，我才知道你叫蔡雯羽，你是经管学院的，你的老家在湖北，你笑起来很甜。我还打听到你喜欢打羽毛球，于是，在一个周末，我到球馆里找到了你，还跟你搭讪。我说我的球技不好，你说你可以带带我。我们打了五局。"

蔡雯羽疑惑地看着男人，说："你说的这事，我怎么一点印象都没有？"

男人笑了笑："很多事情你都不记得了，但没关系，我记得。"

"可是，我记性很好的。"

"是吗，那你还记得我们第二次见面吗？"

蔡雯羽摇摇头。

"那是市里举办物理大会，我被学校派过去打杂，而你来参观。我看到你了，我过来跟你说话。你还记得我，这让我很高兴。"男人的语气始终温和，但夹杂着疲倦，"你说你对物理仪器很感兴趣，于是我甩了活儿，整个下午都在陪你逛展览园。我给你解释仪器的原理，后来你跟我说，你其实一个都没弄懂，但你很喜欢听我讲解。"

如果说之前蔡雯羽还怀疑是不是自己记错了，那她现在几乎可以完全肯定：这个男人在说谎。大二那年，市里确实举办了物理大会，她挺想去，但最后她选择了留在学校里做作业。她记得很清楚。

她下意识地往后挪了挪，离男人远了点儿。

"从那之后，我们就算真正认识了。不久之后，我要去北京考中科院的研究生，你到车站送我。我们坐在车站前面的花坛上，看着四周的人来来往往，你突然哭了起来。"

公交摇摇晃晃地停下了。蔡雯羽瞟了一眼站牌，是东郊公园站，离自己住的小区还有一站路。要下车的乘客涌向车厢中部的车门，蔡雯羽也跟着他们挪动。她宁愿多走一站路，也不敢听这个男人讲莫名其妙的话了。

"我问你为什么，你说，你不喜欢车站。你曾经送你哥哥上火车，但他再没有从车上下来。"男人轻轻地说。

蔡雯羽一下子站住了，转过身，难以置信地看着男人。

男人依旧是淡淡的表情，嘴角的微笑若有若无。他的眼睛里映进了街边的光亮，星星点点，如同深秋的夜空。暮色已沉，华灯初上，万家灯火。

"你怎么会知道我哥哥的事情！"蔡雯羽的语气带着恼怒。她知道有人专喜欢窥探他人隐私，但都是在新闻里，万没想到眼前就站着一个。

"你告诉我的。你还说，看着人聚人散，总觉得车站就是世界的缩影。你看着站口相聚或者离别的人，我看着你，当时我很想拥抱你，"男人的语气低了些，"但我不敢。"

车颤抖了一下，引擎发动，窗外的灯火顿时流动起来。车厢空旷了许多，男人伸手指了指最后的一排座位，然后走过去坐下。蔡雯羽这才发现男人身上似乎带着伤，走路明显不自然，一瘸一拐。她突然明白他衣服下摆那儿的褐色液体是什么了。

但要下车已经来不及了。

车厢里还剩几位乘客，其中有三位男士。她深吸口气，料想那男人也不敢怎么样，便谨慎地走到最后一排，与男人隔一个座位坐下。

"我很顺利地考上了中科院，研究方向是空间物理学。我的事情很多，跟着导师做课题，有时候还接项目，经常忙得饭都忘了吃。但再怎么忙，一有机会，我都会回到学校。我不敢跟你说我是专门从北京来看你的，只说是办事，顺便见一见你。我跟你说我在北京遇见的事，那里堵车的情况真让人吃惊；我还跟你说我研究的东西，空间的压缩和分离，这些东西你总是听不懂，但你又喜欢听。"

男人把车窗开了一条小缝，呜呜，夜风趁机灌了进来，把他的头发吹得凌乱。他一边望着窗外闪过的树影，一边继续说："而你呢，就跟我讲你在学校发生的事，你说你不打算考研，你还说有几个男孩子在追你，你对其中一个个子很高、打篮球很不错的男孩子很有好感。你问我该怎么办，我说如果你有好感你就要去争取。"

荒谬，简直是胡说八道！蔡雯羽冷冷地想。她在大学里谈过两次恋爱，一次只过一周就分手了，另一次长一些，但也没有撑过两个月。而这两个男孩子，没有一个是个子高又会打篮球的。

"尽管我跟你这么说，但心底却并不希望你和那个男孩子在一起。但我不能阻碍你争取幸福。那一段时间，我很痛苦，只有天天耗在实验室里分析数据才能缓解。我想，到这里也就算了，你有自己的生活，你应该和喜欢的人在一起。所以，我没有再去学校看过你，我以为这就是故事的结束……我多么希望这就是故事的结束啊！"

男人是对着窗外说的，但通过玻璃，蔡雯羽能看到他脸上有两行隐隐的光亮。真是个疯子，她想，但又是个可怜的疯子。

"那故事结束没有？"她下意识地问。

男人没有马上说话，他把窗子的缝开大了些，风在他脸上拂动，很快，那两行光亮消失了。他这才继续说："有一天傍晚，我刚出实验室，就看到了你。你站在对面，隔着长长的街，叫出了我的名字。开始我不敢相信是你，太远了，灯光让你看起来显得有些模糊。但你在叫我，一声又一声，院里其他人都用奇怪的眼神看着我。然后你跑过来，我看清了，就是你。

"原来我太久没回学校，你就到物理学院查了一下，发现我以前跟你说的理由，其实都是借口。你终于明白了一些事情。我不知道那个晚上你是怎么想的，反正第二天，你就决定来北京找我。我还没开口，你就跟我说，你要玩一周，但你在北京只认识我一个人，让我看着办。"

蔡雯羽轻轻笑了笑。他所说的，确实像她在大学时的作风和语气……当然，自己绝对没有独自去北京找过这个男人，这一点她能肯定。

　　"那几天，我带着你去了天坛、香山、长城、故宫和天安门，还有很多其他地方。本来那些日子是导师研究空间并行理论的关键时候，但不管他怎么威胁我，我都没有回实验室。你玩得很开心，白天蹦蹦跳跳，晚上住在我家里，一倒下就睡。最后一天晚上，我还没起身，你就躺在我腿上睡着了。你蜷缩着，像是我以前养的那只猫，又软又贪睡。我没有吵醒你，一直坐着。你的头发落到地上，我给你捋好，它们真的很轻，像空气一样，没有重量。

　　"我坐了一夜，第二天你醒来时，我的整个腿都麻了。但我还是送你到车站，你提着大包小包的北京特产，跟我告别，然后走向进站口。但你又跑回来了，逆着人群，跑到我跟前，踮起脚吻了一下我的下巴。你说，你昨晚其实并没有睡着。"

　　蔡雯羽听得入了神，问："那她就留在北京了吗？"

　　"没有，你那时才大三，是翘课跑出来的。你说你得赶紧回学校，被发现就麻烦了，但你会经常来看我的。我目送你进了车站，然后……"男人的声音突然哽咽了，仿佛是被夜风吹得断断续续，这次，他眼角不再是湿痕或光亮，而是直接流出了泪水，"你说过，你不喜欢车站……就像你再也见不到你哥哥一样，我再也见不到你了……"

　　"她出车祸了？"蔡雯羽喃喃地说。这时，公交广播打断了她的思路——她住的小区门口到了。这是终点的倒数第二站，其他乘客都下了，车厢里只剩下三个人。她站起来，但看着一脸泪痕的男人，犹豫了下，又坐下了。

公交慢吞吞地在黑夜里前进，驶向这一路的终点。

蔡雯羽已经搞明白怎么回事了：这个男人喜欢的女孩出了车祸，太过伤心，因此误把自己当作了那个女孩子——可能是两个人长得比较像吧。

她不禁可怜起这个男人来，决定配合他走完这最后一站路，问："再后来呢？"

好一会儿之后，男人才平复下来，声音不再哽咽，但显得十分沙哑："确定遇难名单里有你后，我几乎不能呼吸了。我天天躺在宿舍里，睁着眼睛，不开灯。我怕我闭上眼睛就会看见你，我宁愿看到的是一片黑暗。后来，我的导师看不下去，把我拉到实验室，告诉我说工作是缓解悲伤的最好办法。于是，我玩命地分析实验数据，做空间剥离……哦，你不懂这个实验是不是？"

蔡雯羽点点头。

男人笑了，伸手抚摸她的额头，顺着她的头发滑下。她没有躲。

"以前你也不懂，但你很愿意听。空间剥离是根据空间并行理论而做的实验，也就是多重宇宙。你每做一个决定，就会分裂出一个世界，就像刚才，你如果下车，进入的就是下车之后的世界。但你现在在没有下车的世界里，听我继续说话。世界无时无刻不在分裂，跟枝状图一样，没有穷尽……大概是这样，更具体的解释你也不会很懂。"

　　这倒是，蔡雯羽连他刚才说的这段话也只是模糊地了解了一点儿。

　　"我一直做实验，直到我突然醒悟过来，你在我的世界里出了车祸，但在别的空间，还有无数个你。只要打破空间壁垒，我就能到找你。这个念头让我欣喜若狂。我花了四年时间，终于研究出了能够穿过并行空间的仪器。但它并不稳定。它送我去过很多世界找你，但都不是我印象中的你——有些很泼辣，有些是女强人，还有的嫁给了别人。你是我能进入的世界里，所找到的最像你的人。"

　　男人的目光温柔如水。有那么一刹那，蔡雯羽几乎就要相信他了，但这时，嘀嘀的电子音从男人手腕上传出来，也让蔡雯羽回过神。

　　男人揉着手腕，笑笑说："他们很快就要发现我了。"

　　"他们？他们是谁？"

　　"警察、市民、商人、政客……里面什么身份的人都有。他们禁止空间穿梭，说那样会打破各个空间的独立性，会引发不可预知的危险。我被他们囚禁过，殴打过，又逃出来了，但他们马上就能找到我藏着的仪器。他们一旦销毁它，我就会被强制回去。这是我最后一次见到你了，我的雯羽……"

　　蔡雯羽心里怦怦直跳，脸上一片烧红。她暗暗吃惊自己这是怎么了。她早已不是小姑娘，听过许多情话，真心或假意，已然麻木了。但，"我的雯羽"这四个字从男人嘴里说出来时，她还是感觉到了不可思议的力量。

"我能吻一下你吗，雯羽？"

蔡雯羽心慌意乱。她低下头，深吸一口气，想要揭穿这个漏洞百出的故事，额头却蓦然感觉到了一丝温润。

像是一串温柔的电流，从额头开始蔓延，传遍了每一个细胞。所有的基因序列都因这个吻而重新组合。她感到失去了力气，眼睛慢慢闭上。

"好了，"一会儿之后，她艰难地睁开眼睛，说，"你这个荒谬的故事总算——"

她突然愣住了。

座位旁空空如也，整个车厢，只有她和司机。

公交车摇晃着向不远处的终点站驶去。

树会记得许多事

——兽性的人与神性的树

阿　缺

楔　子

见到那个老人时，正值深秋，墓园前一片风声萧杀，枯叶满地。我踩着落叶走进去，脚下吱喳脆响，像是有很多细小的动物藏在这层叶子下面。

老人的屋子很寒酸，立于墓园深处，窗子破损，风能从一边刮到另一边。屋前种了一棵柳树，叶子落尽，光秃秃的树枝在秋风中颤抖。老人对树保养得很细心，树干上刷了石灰，又用稻草绳缠好。我从树旁走过，敲了敲门。

"你是?"老人看着我的名片，眯起眼，脸上的色斑和褶子混在一起，"记者?"

"是的，我来问问当年那宗谋杀案。"

"过了二十几年了，还问什么?"

我递上一根烟，说："社里要组稿，素材得有趣又离奇。一个熟人告诉我，这宗谋杀案背后有故事，他不清楚，让我过来问您。"我说了熟人的名字。老人这份守墓的工作就是熟人给安排的，他应该会卖熟人的面子。

果然，老人沉默地抽着烟，烟头红光一闪一灭，好半天才说："好吧，既然是他介绍的，我就给你说说吧！"

老人领着我走到墓园中间，那儿有两座相邻的墓，年头有些久了，碑上都长了细细的裂纹。"罗怜草，李川……"我读着碑上的名字，点点头，"嗯，就是他们两人。"

风渐渐变大，叶子在地上簌簌挪动，老人花白的头发被吹得凌乱，散成一团。他颤抖地伸手，摩挲着墓碑，粗糙的手和粗糙的碑在风中都显得很苍凉。都说岁月如刀，其实岁月更像是一张砂纸，不停地磨，人和石头都被磨得失去了边角。但幸好，记忆还在，不曾磨灭。

"这事啊，要从二十八年前说起。"

1

十五年前的春天，市植物公园向市民开放，游人如织。

怜草举着相机，对好焦，远处的藤萝垂下来，在微风中抖动。光线、距离以及背景契合得完美无瑕。这张照片可以拿给主编当杂志封面了。

她微笑着，手按在拍摄键上，正要按下，一个男人突然走到镜头里。他背对着她，似乎在观察藤萝。

怜草保持着拍照的姿势，等着，风中有淡淡花香。

但远处的男人浑然不觉，伸手拿起一枝垂条，放在鼻尖嗅着。

她终于忍不住，走上前去："喂，你要站在这里到什么时候？"

男人猛地回头，看见怜草略带怒气的脸，后退一步，靠在藤萝上。他的脸颊因为窘迫而微微泛红，嗫嚅了好久，才说："我站在这里有什么不对吗？"

"当然不对！"怜草举起手里的相机，"我在拍照，你挡住我的镜头了。"

男人"哦"了一声，连忙低头走开，隔了十几米才停下。

怜草重新回到站位点，但举着相机，总觉得哪里不对。镜头里的构图不再完美。她知道可能是自己的心情被影响了，但手颤抖着，就是按不下快门。

"唉……"怜草叹了口气，收起相机，走到男人面前，"我好好的一张照片，就这样被你毁了。"

男人显然有些不知所措，问："那怎么办？"

看他这种胆怯的样子，怜草也觉得自己刚才太不礼貌，摆摆手，转身要走。"等等，"男人突然开口，"你要照它，你知道它是什么品种吗？"

怜草不解地看着他。

"这是多花紫藤，属于落叶攀援缠绕性大藤本植物，藤干上的皮松开有裂纹，新叶很小，复叶多而杂。你看，多花紫藤的花序很长，青蓝色的，很漂亮，它原产于日本，因为花瓣美丽而被广泛引进。"男人一口气说完，顿了顿，"我的意思是，如果你觉得远景照得不完美，可以试试近景，拍花瓣。"

怜草将信将疑地让相机凑近一朵蓝色小花，聚焦，快门，咔嚓。屏幕上显示的花非常漂亮，周围背景模糊，但花瓣润泽娇艳，似乎随时会从屏幕上沁出花露。

"没想到你对藤萝很有研究啊！"怜草一边欣喜地看屏幕，一边夸道。

男人不好意思地笑了笑，说："其实不只藤萝……我是个植物学家。"

怜草抬起头，第一次认真打量眼前的人。他穿着白色衬衣，身形颀长，露出的小臂有一种岩石般的淡褐色。他五官清秀，脸有些苍白，看上去像是缺乏运动。但他的笑容很干净。

"你是科学家？"怜草惊奇地看着他，"就是那种我们小时候写作文都说要当、但长大了都觉得又累又苦又不挣钱所以不愿意当的那种科学家？可是你的样子，不像啊！"

"你心中那种科学家，都是电影里的吧？蓬着头，身上是几个月不洗的工作服？"

"哈哈，还真是那样，不过现在我对科学家的印象改观了。科学家你好，我是杂志摄影师。我叫罗怜草。"

"记得绿罗裙，处处怜芳草？"

"咦，你还知道这个？"怜草有些诧异。

"我读过那首诗，很美的诗，很美的名字……"男人伸出手，"我叫李川，在市植物研究所工作。"

被李川这样夸，以怜草的性子，也有些害羞。她脸红起来，像第一抹晚霞涌现在青白色的天空中，又像是微醺后的嫣红。她向四周看了看，说："这个公园里还有不少植物，我都不认识，你能不能给我讲解讲解？"

▶2

三年后的清晨，李川从梦中醒来，转过头，看到怜草正温柔地看着自己。

"你什么时候醒来的？"他揉揉眼睛，睡意未消，迷糊地说。

"一早就醒了。"怜草笑了笑，"你继续睡，我去开个会。"

李川拉住她的手，含混不清地说："周末你还要出去啊？不要走了，陪我待在家里吧……"

怜草笑着，拉出手，一边穿衣一边说："周末也要加班，杂志社里——"她顿了一下，说，"你继续睡吧！"李川"嗯"了一声，闭上眼睛，不一会儿，轻微的鼾声就响起了。

怜草摇摇头，拿起包出了门。

李川的眼睛无声睁开，掀开被子，走到阳台前。他脸上的睡意如海潮般退去，取而代之的是冷冽，如同寒风阴云掠过。他的视线里，怜草走到小区门外，不一会儿，轿车的引擎声就响起了。

"丁铃铃。"

李川拿起电话，话筒里传来被他买通的保安小王的声音："李先生，还是那辆宝马。它停在小区外的转角处，你太太走过去，车门就开了……"

剩下的话李川便听不进去了。他的右手无力地垂下，天边已经有一抹朝阳浮现，晨风吹拂，他觉得身上发凉。

这已经不是怜草第一次骗他了。

两个月前，他就发现怜草有些不对劲，说是工作忙，一周七天都出去，晚上也很晚才回。他没在意，结婚后两人感情一直很好，即使发生了异常的事，他也不会往别处想。

但不久后，在一家高档西餐厅前，他看到了怜草和一个男人从一辆宝马里走出来，进了餐厅。

那个男人高大英俊，笑起来彬彬有礼，怜草嘴角也挂着浅笑。李川看着他们，心一寸寸变凉。接下来的几天，他察觉到了越来越多的隐瞒、酒味、晚归、加班……这些理由出现得太频繁。

李川只是个研究员，薪水低微，养活自己已是勉强，这几年来还靠怜草的工资来维持家用。无论是外形还是财力，他都比不过那个开宝马的男人。

所以，他从不点破。这是他仅有的骄傲。

晚上，怜草回来，身上带着酒味，人也有些醺然，进屋就躺在沙发上了。李川放了热水，帮她洗漱，然后把她抱上床，掖好被子。他站在床边定定地看着她。窗外渐渐下雨了，沙沙不绝，像是雨在舔玻璃。

往事在雨声中浮现。

刚结婚那阵子，怜草特别黏李川，每天都要给他拍照。在屋子里，在街上，在实验室里……"你真是赚大了，"怜草总是做出一副亏本的样子，"我给人拍照是要收费的，给你拍的这些，足够我几个月工资了。"

有时候怜草拍累了，就会放下相机，看着实验室里的瓶罐和仪器，问："对了，到现在我都不清楚，你到底是做什么研究的？"

"关于植物的理论意识。"李川转过身，手指在培养皿和枝叶抽搐感应仪上拂过，"老婆，你知道吗，植物也是有情感的。"

"是吗？但是，我记得，植物的……"怜草在脑中搜寻着所剩无几的生物知识，"植物的细胞，呃，细胞壁……"

"是的，植物有细胞壁，因而固定了形态，而且植物细胞的膜是由纤维素构成，没有神经和感觉器官，所以一直以来我们都认为植物没有感情和意识。"李川拿起一个培养皿，里面漂浮着两段灰色的小木块，"但我们错了。植物对不同的音乐有喜好，你对着一块稻田放轻音乐，收成会比放摇滚乐的稻田好很多。你把卷心菜放进热水里，它会不断抽搐。你撕扯一片喜林芋的枝叶，其他部位叶子的上下表面电阻差会剧烈变化……大量实验都表明，植物不但有感觉，更有感情。它们能体验到疼痛和舒服，也能表现出恐惧和喜悦……"

怜草看着她，没有说话。

"你看，这是我特意取的柳树细胞，已经无菌培养成组织……"李川指着培养皿，突然察觉到了怜草的目光，脸顿时红了，"你为什么这么看着我？"

"你说起植物时，比平常帅气了不少，就像第一次见面时你跟我说藤萝的样了。我就是那时候被你吸引的。你继续说，我可以听一整天。"

怜草说，李川和摄影，是她在这个世界上最重视的两件事。她这么说的时候，语气甜润如蜜，眼神温柔无比，李川深信不疑。

但现在，看着沉沉入睡的怜草，李川的心已然变凉。再多的甜言蜜语也抵不过时间和金钱，已经有另一个人闯入了他们的生活。

他就这么静静坐着，窗外夜色深沉，寂静无声。初春的夜还是有些冷，他抱紧手臂，身侧，是收拾好的行李。

他是在天快亮时离开的。他想，要是怜草醒过来，冲他微笑，给他拥抱，那他就抛弃所谓的尊严，跟她摊开来讲，告诉她他没有钱和好看的外形，但他爱她。

但没有，怜草沉浸在梦境里，或许梦里有那个宝马男人而没有他。于是他站起身，提着行李箱，走出了这间生活了两年的房子。

他关了手机，在朋友家住着，其间怜草给朋友打了电话。当时李川就在一旁，缓缓摇头，朋友叹了口气，对着电话说："我不知道啊，他是你老公，不见了，我怎么会知道呢？"便挂了电话。

两天后，几个警察来到了朋友家，找的却是李川。其中一个面无表情地问："你是罗怜草的丈夫吗？"

"是的。"李川微微皱眉——难道怜草还去报警了？虽然有点小题大做，但这样想着，李川心中还是涌起了些许甜蜜。

"罗怜草在今天上午自杀，希望你回去确认尸体。"

3▶

这几天的雨一直下个不停。灰蒙蒙的，裹挟着寒意，郊外远山在雨幕中如同洇开的画。

李川呆呆地站立，看着棺木被埋进土里。周围都是撑黑伞的人，远近错落，脸上的表情看不分明。他扔开伞，上前把花束放到棺木上，拿起铁锹，将土铲下。很快棺盖就被湿土掩住了。

"节哀。"亲友们陆续离开，路过他身边时轻声宽慰。

李川面无表情，雨水从发际流下。他站在雨中，有些人劝了他，他不理会，那些人便走了。最后，只有研究所所长老陈留下了，拍拍李川的肩膀，说："既然人都走了，就尽早恢复过来吧，所里还需要你。"

"是我……"

老陈一愣，雨声淅淅沥沥，他没有听清楚李川的话："你说什么？"

"是我害死了她……"李川嘴唇翕动，雨水便从脸颊流到他嘴里，"如果我不赌气离开，她就不会死了。警察说她是因为工作压力大，加上找不到我，心里慌张而自杀的。"

"是吗？我印象中，怜草没有那么脆弱啊！"

"我不知道……我只知道如果我不离开，那她现在还是活生生的，会笑，笑跳，会拍照……"

老陈叹息一声，说："唉，节哀吧！有些事不是后悔就能挽回的。"说完，他撑着伞，深一脚浅一脚地离开了墓园。

李川依旧看着墓碑，脸上纵横着水流，不知是雨还是泪。

回到家，李川脱了湿衣服，在浴室里泡着。

家里冷清安寂，脚步声空荡荡地回响着。要是往常，怜草肯定会皱着眉，大呼小叫地把湿衣服捡起来放进洗衣桶，然后一边埋怨他不讲卫生一边帮他试水温。但现在，屋子如同一座坟墓，埋葬着伤心欲绝的人。

他慢慢下滑，整个身体淹没进水里。视线光怪陆离，呼吸渐渐困难，他的手开始颤抖，但努力抓着浴缸壁，不让自己冒出水面。

"哗啦"，最终，他还是放了手，露出头，大口大口地喘息。然后，他捂着脸，无声哽咽。

那天在警局，警察把怜草自杀的消息告诉他，他不敢相信，发疯般扑向那个警察。周围的人立刻围上来，按住了他，每个人都使出了全力，他动弹不得。他沙哑着喉咙干嚎。

警察们不为所动，直到他安静下来才松手。

"你这样没用的，回去处理后事吧！"一个老警察抽着烟，"世界上每天死那么多人，多一个少一个，其实没什么要紧的。"

李川喉咙已哑，什么话都说不出来。

休息了很久，警察挥挥手，让他回家去。他缓缓转身，脸上布满泪痕，每走一步都费很大的劲。

"等等，"老警察抽完烟，吐了口唾沫，咧嘴笑了，"有一件事忘了告诉你。"

他表情木然地站住。

"你老婆肚子里有你的孩子，三个多月了……"

这是最致命的一击。

一周后，李川回到了研究所。同事都知道他的事情，没人说话，整个所里弥漫着哀切的气氛。

　　李川无精打采地坐在实验室里，周围的器皿和仪器显得冷冰冰的，显示屏上的图线也变得陌生。他摇摇头，深吸口气，强迫自己静下心来，开始着手处理实验数据。

　　他的研究方向是植物的情感分析。这个观点在很久以前被印度科学家贾加迪什·钱德拉·玻色提出过，他通过大量试验，证实植物和动物组织的电应激性在功能方面有相似之处，从而得出动物和植物之间存在并行性的结论，尔后演化成植物也有意识的观点。但不久之后，另一派观点认为，植物没有大脑和神经系统，些植物的适应能力看上去充满智慧，其实也只是对外界刺激的反应而已。在植物王国中，找不到任何一种复杂程度能与昆虫甚至蠕虫神经系统相近的解剖结构，更谈不上同能够应付各种错综复杂事物的高级灵长类动物大脑皮层相比了。

　　但李川在攻读植物学博士时，越来越察觉植物的反应已经体现出了智能。所以到研究院后，他执着地选择了这个课题，并且多年如一日地钻研。

　　他埋头分析，画图表，记录生长数据，等直起腰舒口气时，已经晚上七点多了。下班时有几个同事想过来叫他，都被老陈制止了，现在，整个实验室里就他一人。

　　关了灯，实验室的仪器显示灯次第灭掉，黑暗笼罩。他走出去，在附近吃了东西，然后便无所事事地在城市里逛着。

他不想回家。家里有太多触目伤情的东西，一桌一帘，一碗一床，都残留着怜草的痕迹。

他漫无目的地走着，身侧车灯来往如梭，划出一道道流光。歌舞厅里传来年轻男女的欢呼，四周高楼流光溢彩，这个城市彻夜不眠，如此热闹。

但他是孤零零的一个人。

不知走了多久，他回过神，看着眼前的建筑，不禁苦笑——原来不知不觉间，又走回了家里。或许，这里才是唯一能接纳他的地方。

进屋洗漱完，他睡不着，从抽屉里拿出一个小盒子，里面摆放着几根长发。这是他以前替怜草梳头，手法拙劣，被梳子扯下来的。怜草每次都忍着疼，但梳完后，都罚他把头发收集起来。

看着断发，他想起了以前的日子，脸上苦涩又甜蜜。

"咚咚咚……"

李川吓了一跳，揉揉眼睛，疑惑地抬头——这个时候，谁会来打扰自己？

"咚咚咚"，敲门声又响了。

李川皱着眉，走到门前，在"猫眼"里，他看到了小区保安小王的脸。"这么晚了，有事吗？"他打开门问道。

小王的脸色有点紧张，向四周警惕地望了望才走进屋。他把门关上，趴在门后听了一会儿，确定无人，才小声道："我过来，是跟你说点事。"

"你说吧!"李川对他刚才的举动很不解，加上被扰了清静，语气中带着不悦。

"你太太死的那天，我……"小王顿了顿，咬牙说，"我看到那个男人进来了。"

"哪个男人?"

"就是经常开宝马的那个。他把车停在小区外，自己进来，上了你家。不到中午就走了，然后晚上就传出了你太太自杀的消息。警察来查的时候，我说了这个，但他们说已经知道了，让我不要跟别人说。还有，我心里没底，就查了查监控录像，但那天中午的录像不见了……经理说是硬盘出错，说那天没有异常，是我记错了，没有外人进你家……"

李川的手一阵发抖，他用另一只手按住。发抖像是会传染，他整个人都陷入战栗当中。

"但是我不可能记错的。那个男人走的时候，还冲我笑了一下，那种很怪的笑，看上去温暖和善，却又让人不寒而栗……我忍了很久，觉得还是应该跟你说一下，毕竟人命关天。"

李川沉默了很久，从嘴里挤出几个字："你知道他是谁吗?"

"不知道，从没见过……我能告诉你的已经全说了，剩下的，你自己处理吧!"小王转身要离开，在门口时突然停下了，"对了，你让我留意过那么多次，我能背出他的车牌号。"

4

酒吧里的音乐震耳欲聋，彩光横扫，酒液漾光，奇装异服的年轻男女们在舞池里扭动欢呼。李川看了看自己的衣着，牛仔裤，灰色毛衣，与这里的氛围格格不入。他艰难地在舞池里挤着前行，一步步靠近那个男人。

是的，那个男人。

李川托交管所的朋友查了一下，很快就查出那车牌的登记人。之所以很快，是因为基本上全市的人都认识他——陈澍泽，恒发集团的董事，生意遍布全球，资产超过十位数，连续五年被评为优秀企业家，据说今年很有可能被选为人大代表。

李川看着网上罗列出的长长的资料，一度陷入了沉思：这样的男人，左手握权，右手掌钱，怎么会跟怜草扯上关系呢？

他查了下陈澍泽的行程安排——这不难，作为几万员工的负责人，他每天工作时间的安排都会在集团官网上挂出来——然后在市政厅门口等着。晚上六点，陈澍泽跟市里的领导们一边谈笑一边走出来，然后被私家车送到酒吧。李川便一路跟到了这里。

陈澍泽定了半开放式的包厢，背靠在真皮沙发上，手上夹着半杯血腥玛丽，眼睛微闭，不知在想什么。他的三个保镖站在一旁，锐利的目光在舞池里扫视，提防每一个试图靠近的人。

李川好不容易挤出舞池，低垂着头，在包厢边上走过。他现在还不确定陈澍泽到底在怜草的死亡中扮演了什么角色，所以只是借路过的时机观察一下他。谁知他刚走到包厢边上，陈澍泽突然睁开了眼睛，嘴角微笑，说："来坐一坐吧！"

李川愣住了，看看四周，又看向陈澍泽，满脸惊疑。

"你从市政厅那里就一直跟着我，肯定是有什么事情吧？"

三个保镖顿时紧张起来，拦在陈澍泽身前，死死盯着李川，其中一个还把手伸进了怀里。"让开，"陈澍泽咳了一声，"不要这么没有礼貌！"

保镖们退后了几步，但目光丝毫没有离开李川。

陈澍泽指了指沙发："坐吧，要喝什么？"

这种情况完全在李川意料之外，他感觉自己像个婴儿一样束手无措。他拘谨地坐到沙发上，手下意识地搓着。

"要喝什么？"陈澍泽又问了一遍。

"唔……喝点水吧！"

侍者端上水杯后，陈澍泽跟李川碰了杯，说："现在你总要告诉我你的目的了吧？"

"我……"李川犹豫了一下，"我是罗怜草的丈夫。"

陈澍泽脸上的微笑一点点收敛，他坐直身体，正色道："请原谅我刚才的轻浮。我认识怜草，她是十分优秀的摄影师，也是很有魅力的女性。我听说了她的事情，真的，我很遗憾。如果有任何需要我帮助你的，请直说。"

这番话诚恳真挚，说到后来陈澍泽的声音苦涩，眼圈微微变红。李川直视着他，最终低下头，说："我听保安说，她……那天，你进了我家的房间，然后怜草就……"

"嗯，那天我是——"陈澍泽恍然大悟，把酒杯放下，"我明白了，你以为是我害死她的，啊，我……听我说，我前段时间想做文化行业，跟怜草的杂志社有生意往来。我需要了解文化定位，杂志的主编就派怜草给我讲解，我们还一同去了市里的很多文化长廊，当然，有几顿饭是一起吃的。那天，我们要去董事会说服其他股东，需要她最满意的照片，但那几张照片落在家里了，我们就一起进去拿。当时她心情不是很好，给了我照片，让我先走，自己在家里处理一点事情……没想到，那就是我和她的最后一次见面了。"

"她心情不好，是因为我离家出走了……"李川咬着嘴唇，几乎要咬出血来，几丝咸味在嘴里荡漾。

"我真的很遗憾。"

李川突然抬起头："可是，为什么她不告诉我那些事呢？"

"哦，主编说如果她让我入股，就升她为副主编。我想，她可能是想给你一个惊喜吧！"陈澍泽说，"她跟我提过这个，她知道你的工资不高，升职之后，你们的生活会好过一些。她还说，她……"他突然停下来，抿了一口酒，却不说话。

"她说什么？"

"我不知道现在告诉你这个是否合适，但……"陈澍泽揉揉太阳穴，最终开口，"但你是她的丈夫，有必要知道这些。她说，升职之后就有钱养育孩子了，而她当时，已经怀了你的孩子……她想把两个惊喜一起告诉你。"

李川如被雷击般站了起来。尽管他清楚孩子的事情，但他不知道怜草如此煞费苦心，就是为了给自己惊喜。而他，因为捕风捉影的事情，居然离开了怜草，留她一个人孤单失落。

"对不起……打扰了。"李川说完，失魂落魄地走出了酒吧。

▶5

李川在家里想了很久，最终把陈澍泽的名字从名单上划去了，然后他把那张纸揉成一团，扔进纸篓。

怜草死的时候很干净，只有脖子上一道勒痕，没有凌辱的迹象，而家里的财务也分毫未动——不为钱不为色，怜草也没有仇家，那么，唯一能解释的，只有自杀了。

而自杀的原因，只能是自己的负气离开。

想到这里，李川几乎要把牙齿咬碎。

"丁铃铃"，正痛不欲生时，电话响了。李川挣扎着接起话筒，微弱地说："喂?"

"是我，"里面传来陈澍泽充满磁性的声音，温厚低沉，"你还好吧?"

"嗯，有事吗?"

"上次你走后，我想了很久。我和怜草虽然认识得并不久，但颇为投缘，所以我想尽一点人事，聊表心意。她生前说，最希望的就是你的研究有突破，我刚在董事会提交了一个项目——我想给你的植物学研究投资。"

李川摇摇头，随即意识到对方看不见，说："要是以前，我肯定很高兴，但……但我现在实在没有心情再继续研究了。"

"别这样，"陈澍泽说，"怜草离开了，但活着的人还是要继续。我知道你很看重你的工作，这肯定也是怜草的夙愿。我明天到你的研究室，商量一下具体细节。"

李川还没有回答，电话就挂断了。

第二天，李川来到实验室，还没进去，就感觉到了里面的奇怪氛围：同事们都围在自己的办公室门外，一边窃窃私语，一边踮着脚朝里面看。一看到李川来了，他们又散开了，目光各自不同，有艳羡有不屑也有漠然。

李川大概明白发生了什么事情。他走进实验室，果然，在里面看到了西装革履的陈澍泽。

院长也在，正给陈澍泽讲解研究机理，见李川进来，连忙说："来，阿川来得正好，这是陈……"

"我们见过的。"陈澍泽露出微笑，握住李川的手，"我刚才听陈院长讲了一些，果然很神奇，如果植物也有感情和智慧，恐怕会对整个社会形成冲击。"

"我还没有把握证明这一点。"

"你不是做了很久的研究吗？"

陈院长见气氛有些尴尬，连忙插话道："植物有意识，并不是新鲜课题，美国的科学界曾经对它进行过激烈的辩论，最终反对派占了上风。探索频道还出过一个叫《流言终结者》的节目，专门反驳了它。但阿川用EEG，哦，也就是脑电图描记器，准确地测出了人的思维对植物形态的影响。我们有成千上万的精准数据表明，植物能感知人的思维，也能有意识地做某些事情。"

陈澍泽摸摸鼻子："那为什么还不发布成果呢？"

"因为还没有成果。我们想培育出能够听懂指示并且行使指令的植物，那样才是活生生的证明。"

"也就是说，你们有可能研究出听人的话去做事的植物？"

"嗯，"陈院长指着培养皿里的细胞组织，"这是柳树组织，它的细胞壁经过特殊处理，柔韧性大大增加了。细胞壁是植物的保护层，也是禁锢，经过处理后，植物的思维处理能力和活动能力都会上升一个层次。只要有经费，成果出来的日子就能够提前很多。"

"很好，我们恒发集团就是要做这种有超前理念的投资。"陈澍泽掏出一张名片，"具体的事情你跟我的助理谈，钱不是问题。"

陈院长手颤抖着接过名片，连连点头。

陈澍泽转过身，说："但我有一个条件，研究组的负责人，一定得是他。"他的手指向李川。

"嗯，我也希望是他。"

就这样，李川浑浑噩噩地站了几分钟，一个几千万元的大项目就落到了自己肩上。他对状况一点儿都不了解。他心里想的是怜草，仿佛她又来到这间屋子，让自己给她讲解植物的一切。

"好好干，"临走时，陈澍泽拍了拍李川的肩，"把心投到工作上来，忘记悲伤。我前妻去世时，我也是这么挺过来的。"

6

接下来的几个月，李川一直泡在实验室里。

正如陈澍泽所说，刻苦工作确实是分散注意力的好办法。他没日没夜地做对比试验，分析数据，调节培养皿的各成分平衡……只有这样，怜草的模样才会在脑海里淡一些。

陈澍泽来过几次，每次都能看到蓬头垢面的李川。由于李川拼命工作，实验进展很快，柳树茁壮成长，并且已经能完成一些简单的指令了。陈澍泽亲眼看到柳树的枝条卷起一杯水，递给李川喝。

"果然神奇，我没有看错你，"陈澍泽很满意，"我唯一担心的，是你的身体，你要注意休息。"

李川摇摇头："成功近在咫尺，我不能有一丁点儿松懈。"

事实上，他一旦松懈，怜草就会趁虚而入，在他耳边轻轻吹动气息。

但陈澍泽没有任他玩命苦干，几个月后的一天，他到实验室里，一把拉住李川，说："来来来，今天就别干活了，我们去喝酒！"

"我不想喝。"

"由不得你。这是董事会的饭局，你要给其他股东讲解研究进展，不然他们就会停止资金流入。"陈澍泽嗅了嗅，随即捏住鼻子，皱眉道，"你有多少天没洗澡了？快，去洗个澡，然后换一身西装。"

李川摊了摊手："我没有西装。"

"我已经给你买来了。走吧！"

李川看着陈澍泽，鼻子有些酸涩。他很感激，要不是陈澍泽帮他，他都不知道这些日子该怎么度过。尽管他对这种好意感到困惑——一个身价数十亿的企业家，为什么突然降低身段来跟他这个研究员当朋友？李川想了很久，最终把原因归结为自己的研究很有前景，或者陈澍泽确实想帮怜草完成夙愿。这两个理由都让他不能拒绝陈澍泽的邀请。

在酒席上，李川给那些大腹便便的股东们讲植物的自我意识，他绞尽脑汁，尽量不用艰难生涩的专业术语。然而，股东们都没有什么兴趣，有的在不停地看表，有的在打哈欠。

但只要陈澍泽鼓掌，股东们就鼓掌；陈澍泽称赞，股东们就站起来敬酒。李川不会喝酒，陈澍泽便一一帮他挡了，挡不住的，陈澍泽也不推辞，端起酒就往口里灌。

等到饭局结束时，李川还算清醒，陈澍泽却已经烂醉如泥了。股东们相继离开，只剩他俩留在包厢里。

"喂，你醒醒，"李川扶住陈澍泽，拍了拍他的脸，"你的司机呢？"

"他……他请……请假了……"陈澍泽迷迷糊糊地说。

李川心里叹息一声：那只能自己送他回去了。

陈澍泽住在市北的半山腰上，家是典型的豪华别墅。夜风在山上刮得很大，呼呼作响，山林随风耸动，不时有簌簌的声音响起，不知是小动物跑过，还是枝叶在彼此摩挲。偶尔有鸟从林间飞起，扑腾着翅膀，转瞬间消失在漆黑的天幕中。

下了出租车，李川叫了几声，没有人回应。这让他觉得很惊讶：这么大的地方，居然没有保安，别墅里连保姆也没有。

所幸还有电子门禁。

识别了陈澍泽的虹膜后，院门"吱呀"一声打开。李川搀扶着陈澍泽走进去，声感路灯在他们身边次第亮起，照出一条光之路径。有光之后，李川更加感到别墅的巨大与辉煌，他奋斗一辈子，恐怕连这里的一个房间也买不起。

但他并不羡慕。这么大的别墅，却只住着陈澍泽一个人，想一想都觉得孤单。

李川把陈澍泽扶到房间的床上，刚要给他盖上被子，陈澍泽却突然捂着肚子坐起来，"哇"的一声，吐出一大口秽物。吐完后，陈澍泽迷糊地哼了几声，又倒头睡下了。

李川的新西装上布满了秽物，刺鼻的味道弥漫出来。"看来自己果然不是穿正装的命啊！"他苦笑一声，把西装脱了下来，但酒气还残留在身体上。

他找到浴室，用水冲了把脸，然后左右观望。这个浴室也用了豪华装修，地板是磨砂水晶面，浴缸巨大，缸边缘还架着一台笔记本。看来陈澍泽经常泡在浴缸里办公。

李川洗完脸，正要离开，目光突然被电脑下面压着的东西吸引了——那是一张照片，只露出一角来。他走过去，把照片抽出来，然后，他愣住了。

照片上的人是李川。

照片里的他站在一家西餐厅门口，正扭头往里面看，而透过玻璃门，还隐约可以见到怜草和陈澍泽坐在一起吃饭。

这个画面很熟悉，李川闭着眼睛，没多久就想清楚为什么会熟悉了——那是他第一次误会怜草出轨。他偶然看到怜草和陈澍泽从宝马车里出来，一起进了那高档餐厅，他在外面踟蹰，几次想进去，最终还是离开了。

但，当时为什么会有别人在拍自己？还有，这张照片为什么会出现在陈澍泽手里？

李川感到一丝寒意从脊背上升起，如蛇游走，不寒而栗。

他从浴室退出来，想问清楚，但陈澍泽酒醉不醒，轻微的鼾声一起一落。他看着陈澍泽熟睡的脸，想起这几个月的恩情，心头又迷惑了。

或许，是个巧合吧！他这样想着，转身走出了别墅。

他离开的时候，心乱如麻。所以他没有看到，在他身后，漆黑的屋子里，陈澍泽已经悄然睁开了眼睛，嘴角挂着莫名的笑意。

7

回家的路上，李川一直想着照片的事，却不得其解。

到小区门口时，已经是凌晨了。街道上空寂如死，几个塑料袋被风吹起来，路灯一闪一闪。只有保安站在门口，显然是累了，在不停地打哈欠。

李川刷卡进去，嘀，绿灯亮了。见业主进来，保安连忙敬礼。

"你是，"李川疑惑地看着保安，"新来的？"

"嗯，我今天刚来上班。"

"原来的小王呢？"

"他辞职了。"

李川点点头，然后拖着沉重的步子往里走。

"要说人啊，真是没法子说。一个小小的保安，突然就能去大公司上班。"身后的保安感叹道，"听说还是恒发集团，真让人眼红啊！"

李川骤然站住，难以置信地转过身："恒发集团？陈澍泽的恒发集团？"

"是啊，是那个恒发。你说这么大一个企业，怎么会挖小王过去呢？他们又不缺保安。"保安自顾自地说着，"我也得好好干，说不定干几年，也能被挖走。"

李川没有继续听下去。四周的黑暗一下子压迫过来，他什么都看不见，什么都听不清。他像孤魂野鬼一样走回家里，和衣躺在床上，闭上眼睛。

他明明很累，却怎么也睡不着。

似乎一张蛛网将他包裹住了，重重叠叠，无法挣扎。他从未像现在这样迷茫过。

呼，他突然坐了起来，在黑暗中大口喘息。

他想到了一个问题，而这个问题，是他早应该想到的！

怜草并非自私的人，她怀孕了，她肚子里还有一个生命。这个时候的怜草，是无论如何也不会自杀的！

柳树的枝条在上下摇摆，灵活如蛇。

这个景象是发生在实验室里，没有风，枝条的运动完全是出于柳树的自我意识。这代表着，李川的试验已经接近尾声了。但他没有丝毫欣喜，趴在桌子上，呆呆地想着问题。

有些事情他没有想通。

向自己告密的是小王，但现在看来，小王已经被恒发集团收买了。难道是为了亡羊补牢，掩盖消息？但如果这样，陈澍泽又何必对自己这么好，不但给研究出资，还帮自己走出阴影？

为了研究？李川摇摇头，植物的自主意识确实很神奇，但陈澍泽没必要通过这种方式来接近自己。毕竟，以陈澍泽的钱和权，买下整个研究院几乎都不会眨眼睛。

枝条仿佛温柔的手，轻轻地在李川脸上拂过，像是在抚慰他。李川捏住枝条，枝条顿时安静了，只有末梢在李川的手掌上摩挲。

"真不知道把你们的意识解放出来是好还是坏，"李川轻轻说道，"这个世界太复杂了……"

柳树突然一阵抽搐，枝条绷紧，树叶簌簌抖动。

李川顺着枝条看过去，陈澍泽的身影出现在门口。他穿着价值不菲的休闲装，身形颀长，嘴角挂着礼貌的微笑。这种成熟男人的气质，跟他昨夜的醉汉形象千差万别。

"昨天让你看笑话了。"陈澍泽斜倚在门口，"没想到我那么不胜酒力。"

李川摇摇头，说："没事的。"

"对了，我家里比较乱，没有什么让你感觉不适的吧？"

李川盯着陈澍泽的脸。陈澍泽说话的时候，脸上笑容依旧，表情优雅从容，身体没有一丝不自然的感觉。他安静地与李川对视着。

"没有，你休息之后我就走了。"很久之后，李川这样说。

"那就好。"陈澍泽点点头，"你继续工作，等成果出来了我们给你安排一个大型发布会，到时候国内外各大主流媒体都会来，全程摄像。"

陈澍泽走后，李川莫名烦躁起来。他在实验室里走来走去，脑子里的画面轮番交叠，一会儿是怜草，一会儿是高深莫测的陈澍泽，还有实验的成果，还有大型发布会，全程——

他突然站住了！

全程摄像？

这四个字提醒他了。保安小王当初告诉他，怜草出事那天的监控录像不见了，但现在看来，小王已经被收买，他的说法或许并不可靠。

想到这里，李川立即披起衣服，快步离开实验室。

屋子里顿时安静下来，只有柳树的枝条在弯曲扭动，如同一条经过了寒冬的蛇在悄然苏醒。

"您好，有什么我可以帮助你吗？"

李川摸了摸口袋，摊着手说："我在这儿等领导，他随时会来，我走不开。不过我没带烟，你帮我去买包烟好吗？"

保安认出李川是小区的业主，但还是露出为难的表情，说："可是我要站岗……"

"没关系，我帮你守着。"李川掏出几张钞票，塞进保安的口袋，"帮帮忙。"

"那好吧。"保安拍了拍口袋，跑向两个街口之外的超市。

李川脸上的笑容立刻消失，他深吸一口气，闪进保安室。里面的办公桌上放着几台电脑，屏幕里是监控画面。李川找到了安装在自己家门前的三十九号摄像头，然后翻阅历史记录，上面显示着，那一天的视频还存在电脑里。

小王果然骗了他。

李川把U盘插进电脑里，将那一天的监控画面导进去。进度条不断推进，在门外刚刚响起脚步声时，导入完成。

"咦，您怎么到这里来了？"保安脸上有些不悦。

"就是累了，进来休息休息。"李川弯下腰，假装挠小腿，顺手把U盘拔了出来。他紧攥着拳头，匆忙跑出了保安室。

"嘿，你的烟！"保安不解地看着李川的身影消失在转角。

▶8

陈澍泽刚走上天台，一个拳头便迎面扑来，正中他脸颊。

他脑袋里嗡嗡作响，视野一片昏暗，往后踉跄了好几步才稳住身体。他舔了舔嘴角，有浓重的血腥味流出来。

"嘿嘿。"陈澍泽一边怪笑，一边抹去嘴角的血。

"你这个畜生！"李川怒吼一声，再次扑过来。

这时，门后闪出两个保镖，挡在陈澍泽身前。他们一个架住李川的胳膊，另一个猛地一拳揍在李川肚子上。李川顿时冷汗直流，委顿在地，发出痛苦的呻吟。

"老实点！"保安恶狠狠地说。

陈澍泽挥挥手："好了，你们下去吧！"

天台上便只剩下他和李川了。这是恒发集团的顶楼，雄踞高耸，可以俯视整个城市。天色近晚，一轮残阳在天际垂垂欲老，凄艳的晚霞在四周流淌着，看上去像是一张模糊的脸浸泡在血液里。

陈澍泽用手指拨了拨头发，整理好衣领，对着蜷在地上的李川说："你把我叫过来，就是为了打我？"

"我是要杀了你！"李川从牙缝里挤出这几个字。

"这倒是有点意思。"陈澍泽把李川扶起来，拍去他身上的灰尘，"想杀我的人很多，能告诉我，你为什么想杀我吗？"

"你还在装！你杀害了怜草，你杀了怜草！"李川大声吼着，声音凄厉，带着哭腔。

陈澍泽脸上笑容更盛，凑近李川，问："你看到监控视频了？"

是的，李川看到了监控视频。

他从保安室跑回家后，把U盘插进电脑，点开了里面的文件。那昏暗的画面立刻充斥了整个屏幕。

9：30 a.m.，楼道里空空荡荡。

9：45 a.m.，一切如故。

9：57 a.m.，一个男人从电梯走进画面。这个男人举止优雅，步履从容，正是陈澍泽。他慢慢来到了李川家门口，按下门铃。在等待门开的过程中，他一边吹口哨，一边向四周看，当他看到摄像头的时候，故意扬起了头，对着摄像头露出微笑——这微笑让李川不由自主地颤抖起来。

一会儿后，怜草把门打开了。怜草似乎很惊讶，张嘴说了句什么，看她的口型，是在问："你怎么来了？"

陈澍泽却没有回答，低下头，不知道在想什么。

怜草又问了一遍。

陈澍泽突然抬起手，扼住怜草的脖子，一把将她推进屋内。房门缓缓关闭，视频画面里再也看不到两人。

看到这里，李川的心咚咚直跳，几乎要跳出胸膛。他握紧拳头，猛地捶了桌子一拳，杯子跳起来，茶水洒了一桌。

过了很久，他才按捺住心情，用颤抖的手按下快进键。画面一帧帧跳过，视频里的时间大概过了二十分钟，李川才看到门又被打开了。

这次看到的，只有陈澍泽。他一边用纸巾擦手一边走出门，然后在门口站住了，掏出手机打了个电话。他的通话很简洁，不到一分钟就挂了，然后他收起手机，再次抬起头。

他久久地盯着摄像头，眼睛一眨不眨。

他的脸凝固在画面里，眼神灼灼，似乎透过屏幕在跟电脑前的李川对视着。

李川心里发毛。他和屏幕里陈澍泽处在不同的时空里，但此刻，两人的视线汇聚在一起，仿佛陈澍泽在盯着摄像头的时候，就已经预料到了李川会观看这段监控视频。

画面里的陈澍泽轻轻微笑起来，把手横到脖子下面，缓缓一拉。

陈澍泽消失后，大概过了半个小时，警察们就来了。他们把门砸开，蜂拥而入，几分钟后，一具尸体被抬出来。

"终于，这个故事要到高潮了！"陈澍泽说，神色里竟有一丝兴奋。

"到现在你还想狡辩吗？"李川红着眼，狠狠地瞪着陈澍泽。

陈澍泽拨开他的指头，摇头道："我没有丝毫想抵赖的打算，是的，是我亲手杀死了罗怜草。现在，我只想知道，你查清楚了我是凶手，然后呢？"

这个问题让李川愣住了，顿了顿，他说："然后……然后我当然要把你绳之以法！"

"哈哈哈哈！"陈澍泽突然大笑起来，似乎遇见了这辈子最好笑的事情。他捂着肚子，双膝跪下，用拳头捶地，笑得几乎快要岔气了。

李川冷冷地看着这个癫狂的男人。一直以来，陈澍泽所呈现出来的，都是儒雅得体、风度翩翩的商界翘楚形象。而现在，他沉浸在他的疯狂里，跪在地上，衣衫狼藉，浑身尘土，与市井流氓一点儿区别都没有。

夕阳完全沉入地平线，黑暗从西方奔腾过来，如潮如浪，淹没了世界。一阵风掠过，在这高空之上，让李川感觉到了寒冷。

"好了，我现在来告诉你，你的打算为什么会让我发笑。"陈澍泽站起来，脸上还残留着疯狂的笑意，"你知道那天我离开你家时，是给谁打电话吗？警察局！我告诉局长，我杀了人，让他派人过来。所以他们只过了半个小时就到了你家，但你看，他们是来抓我的吗？他们是来给我擦屁股的！"

"可还有……"

陈澍泽悍然打断他，大声说："你是说还有法庭和媒体吗？我每年要花过亿的钱去喂这些王八蛋，钱能堵住他们的嘴，也能蒙住他们的心。我是个商人，商场诡谲，当面笑，背面刀，为了生意能把亲妈卖掉，你以为我挣的都是干净钱吗？我走到今天，积累下的人脉和势力，能把你所有的出路都堵住。"

这个时候，李川才感觉到真正的凉意。夜风从他的脖子灌进去，又从腰间溜出来，让他通体生寒。

"何况，如果你现在回家，会发现那个 U 盘已经不见了，放在电脑里的备份也被删除了。"陈澍泽不紧不慢地说着，"你前脚走出门，我的人后脚就进了你的屋子，把你的'证据'全部清除了。你放心，他们是专业的，会搜遍你家里的每一条墙缝。"

陈澍泽的身体并不强壮，但他站在夜色里，身上投出的阴影无比巨大，将李川完全笼罩住。

"还有很多你不知道的——那个保安跟你告密，是我指使的。那天晚上的饭局，我没有喝醉，我是故意让你扶我回家，让你看到那张照片。你找到监控录像，也是我暗示你的。"暮色里，陈澍泽的脸似乎被黑暗融化了，模糊不清，"你以为你一步步接近真相，但其实，你走的每一步路，都是我安排好的。"

"那你……"李川后退两步，颤抖着手。此时，他的颤抖已经不是出于愤怒，而是因为恐惧。

一种骤然发现自己的生活完全由他人掌控的恐惧。

"我知道你有很多不解，来，现在我来告诉你。这是我最喜欢的环节了。"陈澍泽转头看向远处的沉沉夜色，一字一顿地说，"我之所以做那么多事，只是因为，我高兴。"

李川像看怪物一样看着陈澍泽。夜色更加深沉了，周围的建筑静默着，如同潜伏的巨兽。

"人人都有自己的爱好，而有钱有权到了我这个地步，当然会有点与众不同的爱好。我最喜欢的，是看着别人绝望。只要一看到别人幸福快乐，我的牙齿就会发痒，唯一的解决办法，是破坏别人的幸福。我曾经在街上看到一个快乐的流浪汉，我问他你这么惨为什么还快乐，他说，明天总比今天更惨，所以今天要快乐，要好好享受生活。"

陈澍泽闭着眼睛，脑袋里响起了那个在冬日里笑呵呵的流浪汉。他为什么会快乐？凭什么自己一个几十亿资产的成功人士不快乐，而一个一无所有的人却有资格快乐呢？凭什么！想起这个的时候，他恨得脸上肌肉抖动，手臂青筋暴起。

"你知道我对他做了什么吗？"

"什么？"李川讷讷地问。

"我花了三年时间来策划，一步步让他'偶然'地成为一家公司的总裁，享尽富贵，受人尊敬，还给他安排了一个美丽贤惠的妻子。然后，一夜之间，我让这一切都消失了，他再次一无所有。

"你知道那个流浪汉的下场吗？他自杀了！"陈澍泽嘿嘿地笑起来，"你看看，多可笑啊！他曾说要好好享受生活，而一旦他接触了荣华富贵，就再也不肯重归那种处境。当时我就在现场，我看着他把绳子套在自己脖子上，看着他眼珠翻白，喉咙被勒断，看着他因身体悬挂而导致脱肛，屎尿流了一地。

哦，那是多么美丽的场景啊！我兴奋得不能自已。这种兴奋比钱，比权势，甚至比性爱都更加强烈！从此，我就迷上了这种感觉，像一个导演，把别人当作自己的演员，导出一部部悲剧来。在你之前，我已经有五部这样成功的作品了。"

李川筛糠似的发着抖。陈澍泽儒雅的外表下，藏着可怕的畸形病态，而自己，已经成了他宣泄控制欲的棋子。

"所以，你现在明白了吧？我刚接触怜草确实是因为生意，但知道你们的幸福婚姻后，我的牙齿又痒了。"他把脸贴在李川耳边，表情狰狞，语气却温柔无比，"听，听到没有，牙齿的碰撞声？咯咯咯咯，就是这样，它们在告诉我，不能纵容你们的幸福。所以我杀了你妻子，然后成了你的朋友，帮你走出困境，接下来，我又让你一步步发现我是凶手。你失去了一切。对了，还有你的研究，没关系，反正研究已经快完成了，我会找人接手，把你从实验室里踢出去。"

李川惊恐地后退。他叫陈澍泽来，本来是打算当面对质，希望看到陈澍泽害怕后悔的样子。但现在，形势完全反了过来。他被陈澍泽的疯狂和变态威慑住了，内心绝望如死灰。

"我已经说得足够多，该留下你独自品味孤独了。"陈澍泽把衣冠整理好，走到门口时又停下了，"对了，我杀怜草的时候，她跪在地上求我，说她肚子里有孩子，说她爱你。她说得很动情很感人，我都差点儿哭了。所以，我勒她脖子的时候，更加用力。"

9

李川躺在冰凉的地板上，呆呆地看着阴暗的天空。

这个夜晚没有星星，只有风在城市的上空呼啸，浓云积压，空气越来越凝重。

陈澍泽之所以把一切都告诉李川，如此嚣张，如此有恃无恐，就是吃定了李川没有丝毫还手之力。而他也有这种资本。他是商界精英，在政坛上也有足够的影响力，挥手成风，覆手遮天，绝对能够俯视一个小小的研究员。

警察、法庭和舆论都帮不了李川，而陈澍泽全天处在保镖的陪伴下，不会给他可乘之机。无论是依靠法律，抑或是犯法，李川都没有机会给陈澍泽造成威胁。

一道枝状闪电划过天际，天地彻亮，万物颤抖。

这一瞬间，怜草的脸出现在云层之下，哀婉凄切，隔着空茫茫的夜空，与李川对视着。

"对不起，"他捂住脸，泪水顺着手指流出来，呜咽道，"我没用，不能给你报仇……"

一点凉意出现在他额头上，他以为是怜草的吻，但其实是雨。雨来自云层，划破空气，冲刷着这个城市。

无数雨点在李川身上敲击着，衣衫尽湿，全身冰冷。

"轰隆隆"，一阵惊雷炸响，如同猛兽嘶吼。这雷声比闪电和雨水更让世界战栗，即使雨夜漫漫，即使黑暗无边，总有人能够以昂首吼叫来对抗。

李川浑身一激灵，翻身爬了起来。闪电划过，他脸上雨水横流，但他的表情却已经不再是悲伤绝望了。

"如果你以为我什么都不能做，"他咬着牙，说话的声音很小，似乎一出口就被雨水融化了，"那你就错了。"

李川被雨淋后，就感觉到额头发烫，意识有些模糊。但他没有去医院，而是挣扎着来到了实验室。

这个消息传到陈澍泽耳中时，他笑了笑，挥手说："让他做吧，他现在只能靠实验来支撑着活下去了，等完成了再一脚把他踢开。"

经过几天没日没夜的工作，李川终于把实验的收尾工作完成了。在给培养基注入最后一支试剂后，他直挺挺地倒在了实验室里。

李川晕倒了几个小时后，才被进实验室的同事发现，送到了医院。那个同事在出门的时候，眼角的最后一瞥里，看到了那棵已经培养成熟的柳树。

但他急着送李川去医院，没有仔细看，否则，他会发现柳树的枝条正呈现出一种诡异的扭曲状态。而地上，布满了断裂的木头。

▶10

恒发集团赞助的植物学研究取得了重大成果，为了实现产业化，以及谋求合作伙伴，董事会决定举办大型成果发布会。全国数十家媒体都被邀来，很多主流电视台会直播这场发布会。

而这时的李川，已经躺在了重症室，气若游丝，生命全靠营养液吊着。连着数天滴水未进，加上超负荷工作，以及原本就发烧的身体，他的这场病来势凶猛，迅速掏空了他的身体。

陈澍泽知道重病中的李川肯定会看发布会，所以，他决定亲自主持现场。

那一天，会场里人声鼎沸，观众席爆满。陈澍泽站在舞台上，西装革履，笑容满面，轻轻一抬手，整个会场便安静下来了。

"感谢各位百忙之中来到这里，跟恒发一起见证科技史的伟大奇迹。"陈澍泽风度翩翩，背后巨大的全息屏幕轮番投影出人类史上不同时期的伟大发明，科技树开枝散叶，钢铁取代树木，天空海洋全部被占领，忽然，所有的画面定格，巨大的"THE NEXT？"英文字母横在中央。"科技给了我们一切，让我们把身上的树叶换成了西装，把石头换成了轿车，把猛兽换成了老婆。"

全场发出哄笑声，相机咔嚓不绝，无数镜头对准台上这个男人。

陈澍泽满意地点点头，说："现在，容许我介绍本世纪最伟大的科技成果。一百多年来，植物对外界的反应始终是科学界的争论，有人说是应激反应，有人说是情感表达。在这里，我们恒发集团，终于能够荣幸地对这个问题做出解答——植物拥有着不逊于人类的自我意识！"

尽管在邀请函上写明了发布会的内容，但陈澍泽这么郑重地说出来，还是在会场引起了巨大的波澜。议论声此起彼伏，喧哗不绝。

"口说当然无凭。"等窃语声平息之后，陈澍泽打了个响指，灯光俱灭，黑暗笼罩。观众仰着头，但等了许久也不见下文，议论声又如潮水般涌起。

"哗"，一道聚光灯倏然罩下，观众们睁大了眼睛，只见灯光之下，是一棵枝叶招展的柳树。它高约两米，十几根枝条垂地，种在一坛巨大的培养基里，在强光下，它细细的叶子呈现出漆黑的色泽，如同被染上了一层墨汁。

"这就是我们研究出的第一棵被解放了意识的植物。它突破了细胞壁的桎梏，能最大限度地表现智力与感情，而且经过了特殊处理，它的枝条更具韧性。"说到这里，他吹了声口哨，工作人员立刻捧上来一个足球，"在从商之前，我玩过一段时间的足球，几十年了，不知道生疏没有。"他用脚拨了拨球，突然来了个漂亮的勾球，足球腾空，下落时又被他的大腿轮番接住，几十个来回之后才落回舞台。

虽然对他的用意感到费解，但观众还是为他灵活的脚法鼓掌。

"好，来个射门！"话音未落，他抬脚就射，足球呼啸着飞向柳树。不知是他准头不好还是故意射偏，球没有正中，而是以几厘米的距离擦着柳树飞过。

就在观众感到遗憾时，柳树枝条突然动了。它像是长了眼睛，柳条扬起，准确地卷住了足球，然后又向陈澍泽掷来。

前排的观众被惊得站了起来，闪光灯几乎连成一片。

陈澍泽单脚接住足球，反踢回去。柳树又用枝条把球扔了回来。就这样，足球在所有人震惊的目光里呼啸，在台上来回滚动。

足足过了五分钟，陈澍泽才翻脚踩住足球，轻轻喘息，说："各位看到了吧？这棵柳树没有眼睛，没有手脚，但聪明而且准确。要是在足球场上，我们派十一棵这样的树出赛，说不定国足早就出线了。"

这次却没有人哄笑，因为所有人都沉浸在震惊里。

"当然，我们不能忘了为这项发现付出了巨大努力的人，"陈澍泽扬起手，顺着他的手臂方向，一个有些拘谨的年轻人走出来，"他叫赵唐，是植物学家，正是他多年如一日的钻研，才使得这项发现被世人所知。"

年轻人弯下腰，向观众鞠躬。如潮的掌声弥漫过来，聚光灯罩在他身上，音乐适时地响起，这一刻，无上的荣耀在他身上闪现。

市立医院的重症房里，李川看着电视屏幕上的一切。

画面又跳转到陈澍泽脸上。"你看到了吗?"他对着镜头，用唇语无声地说，似乎在凝视着李川。

李川握紧手里的东西，呼吸顿时急促起来……

嘀嘀嘀，床边的报警器响起，红灯一闪一闪。

自己导演的戏终于结束了。

陈澍泽的手止不住地颤抖，内心兴奋得如同山崩海啸，这种感觉，已经是第六次出现了。每一次都让他欲罢不能。

接下来，他只需要结束发布会，等着李川病亡的消息就够了。李川要是没死，那更好，就让他苟延残喘地活着吧，活在绝望和悲伤的阴影里。

"那么，本次发布会就到这里，各位媒体朋友可以近距离观察这棵……"他的话还没说完，背后突然传来了可怕的呼啸声，仿佛利刃在切割空气。他还没有反应过来，手脚和脖子就已经被什么给绑住了，跟着被拉扯到空中，动弹不得。

现场鸦雀无声，不知道这是发布会的安排，还是出了意外。

陈澍泽的身体缓缓旋转，看到了捆住他的东西。

是柳树。

此时的柳树，如同一个怒发冲冠的头颅，所有的枝条都张开了，其中七八条死死地勒住了陈澍泽。他之前说得没错，柳枝拥有了可怕的韧性，看上去没有手指粗，却能把他举在空中。

几个工作人员感觉到不对劲，纷纷冲上来，但都被柳枝给抽得后退。他们在对讲机里呼叫保安，让他们带刀上来。

柳树丝毫不惧，将陈澍泽越举越高。同时，一根枝条在树干的某个地方按了一下，一阵声响顿时飘荡出来。

"即使你拥有权势，也不能任意践踏别人的幸福。"这是李川的声音，虽然微弱，却坚定如磐石，"即使我一无所有，也能让你付出代价。"

陈澍泽第一次感到了恐惧。

他浑身战栗，牙齿打颤，嘴里发出类似呜咽的声音。他没有想到，李川把最后的复仇筹码放在了这棵柳树上。李川算准了陈澍泽会亲自主持发布会，就在那几天拼命工作，给柳树下达了指令。他相当于柳树的父亲，对植物意识了若指掌，做到这一点并不难。

李川放在树干里的录音一结束，柳条就收紧，咔咔，陈澍泽清晰地听到了自己手脚骨头断裂的声音。

保安已经提着刀冲上了台。台下一片混乱，记者们举着摄像头，把这一幕拍进了镜头。

原来，他是要当着全世界的面杀了自己啊！

陈澍泽的这个念头还没有完毕，柳条就猛然向外拉张，这一瞬间，他的手脚和脖子都传来了撕裂的剧痛……

这五马分尸的场面当然没有被播出来，千钧一发之际，电视台切进了广告。

但这已经够了。

"谢谢你……"市立医院里，李川缓缓闭上眼睛，眼角沁出了晶莹的液体。

他一直紧握的拳头松开了，一抹翠绿色从手中袅袅滑落。有风从窗外吹进来，把这片柳叶卷起，在空中打转，掠出窗子，飞到了窗外那一片明净的天空里。

尾　声

老人把最后一支烟抽完,说:"嗯,大概就是这样,你信也好,不信更好。"

"啊?"我已经完全沉浸在故事里，好一会儿才回过神来，"后来怎么样了?"

"没什么后来。怜草死了，陈澍泽死了，李川的病没有治好，也死了。"

"那棵柳树呢?"

"它当然被恒发集团的人毁了。从那之后，政府就禁止了植物意识的研究——我们还没有准备好跟具有自主行动能力的植物在同一颗星球上相处。"

我看了看天色，昏黄色的天空下，已经有暮色沉下来。几只晚归的鸟在天空掠过，秋风起落，黄叶卷行。

"今天打扰了。"我站起来，同老人告辞。老人摆摆手，倚在树旁，把眼睛闭上了。

我转身离开，许多树叶在我脚下摩挲着。周围的墓碑在一片萧瑟秋风中静默地站立，如同在仰望秋空。

快走出墓园时，我突然想起一个问题：为什么老人会知道得这么详细呢？

转过头，我看到了老人倚在树上的身影。他两鬓斑白，佝偻着身子，一动也不动，似乎在倚树而眠。而柳树光秃秃的枝条轻轻扬起，在老人背上拂过，像是在给予他安慰的老友。

我顿时明白了什么，笑了笑，转身走出墓园。

深处

——人类灵魂深处的悲情宿命

阿　缺

厄勒克特拉和欧瑞斯提兹弑杀生母，犯下有悖天伦的罪孽，也使他们成为复仇女神欧墨尼得斯的牺牲品。复仇女神总是跟着他们，使他们的良心承受着痛悔的煎熬。厄勒克特拉和弟弟只有请求神明的庇护，但即使神明的庇护也不能令他们摆脱复仇女神的追踪。

最后，雅典娜主持法庭。控辩双方争执不下，最终决定通过投票来确定为报父仇杀死母亲是否有罪。

然而支持者与反对者人数一致，关键的一票握在雅典娜手中。

——古希腊神话

上　篇

▶1

　　李川早上出门时，宿管老王问他看过昨晚的新闻没。他正要问错过了什么，看看表，发现已经很迟了。他连忙骑上老式轻轨单车，在离子引擎的轰鸣声中向 C 大疾驶，好歹在上课前赶到了教室。他一直想着老王说的新闻，讲课心不在焉，底下的学生们更无心听讲，互相窃窃私语。

　　"出了什么事吗?"李川发现今天上课的气氛格外不对劲儿，放下手里的《动力地质学原理》，问道。

　　一个男生站起来，说："老师，你知道昨晚的新闻吗?"

　　"这跟我现在讲的课程有关系吗?"

　　"有的!"男生说，"昨晚发生了一场地震，却没有一个人伤亡。"

　　"这不奇怪，地球从来都不是安静的，平均每年会发生五百多万次地震。其中绝大多数都很轻微，甚至都察觉不到，更别说伤亡了。"李川皱起眉，"这是基础知识，你们大一就应该学过。"

　　"可是，这次地震有 8.5 级，震源在美洲大沙漠。"

　　"这倒是不正常了，那里并不是地壳活跃带，而且地震级数也太大了。"

男生的脸有些涨红："还有更不正常的地方！当地政府派直升机去查探，地面上到处是裂开的痕迹，驾驶员是中国人，他往下一看，发现裂缝居然组成了一行汉字，您看……"他把折叠手机递过来，屏幕翻转成十几寸，上面清晰地显示出一幅航拍的震后地表图。沙漠不再平整，布满纵横交错的深褐色裂隙，如同被揉过的旧纸片。李川眯起眼睛，发现较粗的裂缝互相交合，看上去确实像是几个汉字。

"请……你……们……"李川仔细辨认，轻声念道，"请你们离开我？"

"是啊，只要是识字，都能看出这一行字。太离奇了！超级地震出现在地壳稳定带，震后留下六个汉字，现在网上都在说这事儿……听说您收集了很多关于地震的资料，那您对这个是什么看法？"

李川放下手机，说："谁告诉你我收集地震资料的？"

"其他老师都这么……"男生刚要说，发现李川的脸色已然变了，沉郁得像要滴出水来。男生突然想起，跟他说这事的老师在说完后，还补了一句："他可怪得狠，三十好几了还一个人，下班后就回宿舍研究地震，没几个朋友，还得罪了副院长，恐怕要永远倒霉了。"后面的话就吞进肚子里了。

下课铃声适时地响起，学生们一阵欢呼，纷纷离座。李川沉着脸，默默转身去收拾教案。男生有些尴尬，他是学生会干部，跟院里很多老师关系都不错，却独独对李川不熟悉。李川仿佛是游离于众人之外，活在自己的世界里，留下的永远都是这样孤独的背影。

2

下了课，李川走向办公室，还没进去，就听见同事们也在讨论地震的事情。

"要我说啊，这多半是巧合。我们都知道地震是地球能量的释放，放出来了，肯定会破坏地表。那么多裂隙，横横竖竖的，你要是有心，肯定也能找到别的汉字组合。"

"哪有这么巧！你看，这六个字的裂隙宽度几乎是相同的，所以才能一眼认出来。还有，这个'离'字，看上去甚至像是楷书。"

"小陈，你的意思是，这是人为的？"

"我可没这么说。这事儿啊，嘿嘿，你得问李老师，我听说他家里的地震资料，光纸质的，摞起来就有半人……"小陈突然看到周围的同事向自己眨了眨眼睛，赶紧闭嘴，转过身，果然看到李川面无表情地走进来。其他同事跟李川打招呼，他逐一回应，但没说话。

办公室里一下子安静了。

正尴尬着，陈副院长走进来，环视一圈，说："今年评职称和分房子的名单出来了，你们上学院主页看一看。"说完，他看了李川一眼，转身出去。副院长有自己的办公室，只有普通讲师才挤在这间狭小的屋子里办公。

老师们立刻回到办公桌前，接着，欣喜的声音不时响起。有人分到房子，有人评上职称，小陈就是后者。

"恭喜啊，你评上副教授，可以有自己的办公室，这下舒服了吧？"恭维声里带着明显的酸味。

"其实我挺喜欢这里，办公室空荡荡，怪寂寞的。"话虽这么说，小陈却满脸得意。

没人注意到，李川正木然地看着电脑屏幕。名单上没有他。其实论资格和业绩，他都比小陈要好——他二十七岁地质学博士毕业，然后直接任教，学生对他的评价很高。但他现在三十四岁了，还是一个普通讲师，窝在寒酸逼仄的教职工宿舍里，年年的职称和房子，都落到别人手里。

这一切，都是因为他得罪了副院长。刚才副院长离开时看他的那一眼，分明带着鄙夷和嘲笑。事情很简单，几年前一个男生经常旷课，考试一塌糊涂，副院长打招呼，说男生是他侄子，要出国，让李川放一马。但李川觉得这样做对其他学生不公平，就没让那男生及格。男生出国的事情泡了汤，李川的好日子也到头了，只要陈副院长在一天，小鞋儿就永远穿不完。

好不容易熬到下班，李川骑车回宿舍，半路下起了雨。轻轨单车年头太老，被雨水浸了，引擎"突突"响了两声就熄火了。李川的愤懑在这一刻爆发，他狂叫一声，把车狠狠掼在地上，使劲儿用脚踩。路人用诧异的眼神看着他。

发泄了几分钟，他冷静下来，推着车在雨中艰难前行。雨越下越大，城市笼罩在蒙蒙水雾里。等到了宿舍，李川已全身湿透。他胡乱擦了几下身子，就坐在电脑面前，开始查新闻。

几个门户网页的头条都是关于这场地震的，标题耸人听闻，像什么"浩大地震袭沙漠，神秘汉字显迷局"之类。他扫视几行，内容大同小异，便直接点击到讨论区。

讨论的人很多，主要观点有两种。一种是巧合说，认为只是裂缝的组合恰好符合汉字笔画而已。另一种是人为说，说是中国人发明了大规模地质武器，想夺取美洲土地。两派人争执不下，前者骂后者被"中国威胁论"吓得草木皆兵，后者则对前者的鸵鸟主义表示不屑。此外，还有一些想法也得到了不少人的支持，比如这是外星人的杰作，或是末日的征兆，是玛雅预言推迟了五十几年后的重新降临。

网上的讨论逐渐变成谩骂，李川关了电脑，走到阳台前。天色已晚，雨声不绝，路灯在雨中被淋成了模糊而昏黄的一团光。雨声中隐隐传来了哭声，李川循声望去，看到一个五六岁的小女孩站在角落里，抹着眼放声大哭。

"妈妈……妈妈，你不要我了……"女孩边哭边喊，声音透过雨幕，稚嫩而委屈。李川认识这个女孩，她住在楼上，格外调皮，经常惹父母生气。眼下，肯定是又犯了什么错，不敢回去，只能靠哭声来求得原谅。

果然，没过几分钟，她的妈妈就出现了，拉着她回家。妈妈余怒未消，寒着脸，也不说话。

"妈妈，我再也不敢了。"女孩小声说。

妈妈缓和了一下脸色，说："你要是再弄坏家里的东西，我就把你赶出去。"

女孩连忙把头点得跟小鸡啄米似的。

看着这对母女走进楼道，李川笑了笑，也转身回屋。雨顺着屋檐滑落，滴到他头上，头皮一阵冰凉。他突然浑身一震，刚才听到的对话在脑袋里一遍遍回响，由微至强，不啻惊雷。

他猛一拍脑门，跑回卧室，从书柜里搬出一大摞资料，都划满了红红绿绿的标注。他几乎把脸贴在资料上，仔细地凝视着。他的脸色越来越凝重。

这一夜，他通宵查阅，资料撒了满地。接下来的整个周末他都窝在家里，电脑连着开了几天，在浏览器访问记录里，"地球""生命""环境"是出现频率最高的几个词。

几天下来，李川的身体开始吃不消，加上之前淋了雨，他终于病倒了。

3

李川拖着病体来到学校，发现办公室没人。问保安才知道，学校办了一场地震知识普及讲座，主讲人是副院长，所以老师们都过去捧场了。

等李川赶到演播厅，副院长已经讲到了尾声："……地球内部充满了巨大的能量，释放出来，板块活动、地表破裂，这都是正常现象。至于最近闹得沸沸扬扬的什么地震写汉字，大家不要惶恐，也不要乱猜，这多半是某些人为了制造噱头弄出来的。"

接着是学生提问。一个戴眼镜的女生举手说："可那怎么能弄出来？有人说这是地质武器，但就目前的技术来说，根本不可能。虽然现在科技很发达，太空技术已经成熟，深海探测也日趋完备，但对于脚下这片土地，我们仍然知之甚少。"

"我举个例子吧，你知道麦田怪圈吗？"副院长说，"最开始的时候，人们也对它很不解，认为只有外星人的飞船才能做到。但事实上，那是当地人为了吸引旅游而搞出来的名堂，制作很简单，只需要木杆、绳子和板。还有魔术，看的时候觉得很神奇，但一旦揭开原理就什么都不是了。这次也一样，虽然我不知道是谁、是怎么弄出来的，但只要同学们保持一颗求知探索的心，谣言就会不攻自破！"

最后几个字的声音很大，响彻厅堂。老师们心领神会，带头鼓掌，学生也纷纷拍手。副院长满意地点头，等掌声弱了，拿着话筒道："那今天的讲座就结束了，希望同学们听了之后，能有一定的收……"

"您说错了，这次地震没有那么简单！"

所有人的头同时转向，无数道目光汇聚到角落里那张惨白的脸上。

"是李老师啊！"副院长笑了笑，温和地说，"那你有什么高见呢？"

李川往台上走去，眩晕使他的步子有些飘。途中，一个老师起来给他让路，错身而过的时候，低声对他说："算了！就算名单上没你，现在也不是闹的时候，私下里再说。"

但李川没理会，踉跄地走到台上。"这次地震……"他深吸口气，脑袋里的嗡嗡声小了些，说，"美洲沙漠下的地壳很稳定，不应该突然发生这么大的地震，震后的裂纹不但组成汉字，而且这些汉字还排列成了有明确意义的一句话。世上没有这样的巧合……"

"跟我说的一样嘛，是有人故意而为。"

"是故意而为，但不是人类。"李川摇头道。

台下响起一阵哄笑，已经有学生拿出手机来拍摄了。副院长脸上笑意更浓——这可是李川自己要上来当众丢脸的，怪不得他。他饶有兴致地问："李老师，你的意思是，这次地震真的像网上所说，是外星人干的？"

不料李川依旧摇摇头："除了外星人，地球上还有其他智慧生命。"久病带来的眩晕感越发浓了，他不得不靠咬舌尖来保持清醒，"是地球本身。"

哄笑声逐渐消失。副院长愣了一瞬，冷声道："荒谬！"

"这个想法脱胎于洛夫罗克在 20 世纪中叶提出的盖亚假说。地球本身就是生命体,是行星尺度的巨型智慧生物。这近似于狂想的理论被无数人嘲笑过,但我查资料,发现越来越多的事实证明了这一点。最典型的是,太阳系中,只有地球处于不冷不热的状态,适宜生物生存。"

"那是因为地球恰好处于与太阳恰当的距离上,适宜的温度加上充足的水分,使得生命繁衍。"副院长心里隐隐冒出不安的感觉,决定结束这场闹剧,"李老师,你身为师长,任何猜想都要在科学框架内,不要把盖亚假说这种神棍学说摆上来! 好了,现在……"

李川打断他,声调猛地拔高:"但与地球相比,金星和火星都离太阳更近,为什么前者热而后者冷? 尤其是金星,化学性质和体积都与地球相似,表面温度却高达四百多度。所以距离并不是决定温度的原因。"

"那……"副院长顿了一下,"那是因为金星表面有大量二氧化碳,包裹住了星球,形成了一种'超级温室效应'。"

"是的!"李川似乎就是在等这句话,他转过身,目光炯炯地看着底下的学生,"在地球形成之初,大气内的二氧化碳浓度也高达 98%。但这并没有使地球变成跟金星一样的蒸笼,而是逐渐转化为适宜生命发展的乐土。这种负反馈的调节方式是极其精准而宏大的,很难说不是地球有意而为之。除此之外,辐射加剧而地球恒温,永不停止的地壳运动,这些都在向我们展示地球的生命特征。我们是地球养育的子女,生活在它的表皮上。"

副院长怒极反笑："好，就算地球是生命，有智慧，养育了我们。但我问问你，既然它是人类的母亲，那为什么它现在要让我们离开？"

"如果我身上寄生了细菌，我也会用药来杀灭它们。相比起来，地球已经很温和了。"

"笑话！你竟然把人类比作细菌？"

"对，人类不是细菌……"嗡嗡声在脑袋里越来越响，李川晃了晃，差点儿跌倒。他掐着手指，咬着舌头，视线却越发模糊。他声音近乎嘶喊，"事实上，人类连细菌都不如，人类是病毒！只有病毒才会无休止地扩张，疯狂掠夺资源，破坏母体的健康。我查过，自工业革命以来，环境的恶化几乎呈指数增长。到了现在，57%的水体被污染，61%的森林被砍伐，这是我们母亲的血液和皮肤啊！臭氧层几乎全部消失，我们制造的垃圾可以填满黄海，地球已经承受不了，就像母亲不能再忍受调皮的孩子一样……"

他的声音在回荡，台下一片寂静。

"现在，母亲要抛弃我们了。"说完，李川眼前一黑，倒在台上。

工作人员连忙来扶他，学生们散去。回去后，有人把这段激烈辩论的视频传到了网上。

4

李川在医院里待了半个月。出院时，看着账单，他犯了难。医保可以解决一部分，但剩下的依然够呛。本来讲师工资就不高，加上他把钱都花在了购买地震资料上，或是飞到地震现场考察，没有攒一分钱。这也是他一直单身的主要原因。

他想了很久，能借到钱的，竟然只有宿管老王。

老王到医院把他接了回去，付账时叹息了一声，说："好歹是大学老师，怎么混得这么惨？"李川苦笑一声，没回答。

生活继续。他回教室上课，在办公室里办公，似乎什么都没发生过。唯一变化的，是人们对他的态度。原先还有同事跟他打招呼，现在他进办公室，没有一个人抬头。

看似平静的海面下，往往酝酿着滔天巨浪。一个月后，李川接到通知，他需要重新接受教师资格考核，停薪留职，等待院领导做进一步研究。

这肯定是副院长在捣鬼，李川清楚，但毫无办法。收拾东西时，同事忍不住说道："李老师啊，你不要犟了，去求求副院长，说你不是故意的，那天是发高烧了说胡话。你要是什么都不做，肯定凶多吉少。"

李川在门口停下了，但没有转身："迟早有一天你们会知道我说的都是正确的。那个时候，整个人类都要依靠我。"

回去后，李川只能在老王那儿蹭饭了。老王倒是豁达，唯一的要求是让李川陪他下棋。李川正愁时间没处打发，每天搬个板凳，和老王在棋盘上厮杀不休。

"你怎么一点都不着急啊？我老得半截身子骨都埋土里了，耗时间无所谓。"这天，老王又下赢一局，却没急着摆棋谱，"但你不同，你得为以后打算啊！要是真被开除了，以后怎么办？"

"你是不是怕我老是赖吃赖喝啊？"李川把棋谱摆好，说，"放心，欠你的钱我肯定能还上。这局我先走，就不信赢不了你！"

见李川满不在乎，老王也就不再说什么了。

有时他们还去钓鱼，钓到了就熬一锅汤，整栋楼都能闻到鱼香味。每次钓鱼结束，李川都不急着走，怔怔地看着落日在水面铺出点点碎金，看着波光渐隐，看着暮色覆盖。只要老王催他，他就会幽幽地叹口气，说："再多看一眼吧！很快就看不到了。"

半个月后，一场罕见的地震在芝加哥爆发，整座城市陷入地下，两百多万人丧生。这是人类史上最重大的自然灾害。正当全球处于悲恸中时，人们惊愕地发现，已经从公众视野中退出的美洲大沙漠上，那行汉字发生了变化，巨大沟壑组成了另外的句子——**请你们离开我。我无意伤害，但如果你们还不起程，会有更多的城市消亡。**

"现在所有的报纸都在报道这事。已经没人相信是巧合了，大家全在猜到底是谁干的。"老王照例买了份报纸，一边看一边啧啧称奇。

李川接过来看，硕大的标题映入眼帘："谁为两百万亡魂的控诉负责？"报道详尽描述了芝加哥的惨状，并引用了美国政府的声明："无论是谁，哪个组织，甚至是哪个国家，只要我们查出来，必定会让其付出惨重代价。"另外，已有十几个恐怖组织宣称对此事负责。

李川翻了几页，果然都是类似报道，只有尾页用小篇幅报道了其他事，如"俄罗斯杀手刺杀美国总统，失手被擒"之类的。

"要搁往常，这事一定能上头条，但现在……"老王叹息一声，摆好棋局，"来来来，今天看你能不能赢过我。"毕竟芝加哥远在另一个半球，老王只关心眼前的事情。

没下多久，李川就露出败象，丢了一马一炮。轮到他了，他拿起车，却迟迟不敢落子，盯着棋局思考。老王稳操胜券，也不急，乐呵呵地晃着腿。

这时，一辆黑色豪华车滑翔进来，停在院子里。两个皮鞋墨镜黑西装的男人从车里出来。他们径直走过来，问："你是李川博士吗？"

"我就是。"

"我们需要你的协助。"

"我知道，我一直在等。"李川点点头，又转头对老王道，"这些日子谢谢你。我屋里的东西不要了，全部送给你，虽然不多，但够我欠你的钱。"说完，他跟着西装男人上了车。车子刚离地，他又把脑袋伸出窗子："对了，这局棋要下完。我下一步是把车沉底，你肯定会用马回防，然后我就摆炮。那接下来，我在五步之内就能赢。"

直到车无声而迅速地在半空远去，老王才反应过来。他按李川说的步骤摆棋，发现自己果然露出了破绽，五步必死，绞尽脑汁都没有解法。

"臭小子！"老王扔了棋，喃喃骂道，"原来是扮猪吃老虎。"

▶ 5

李川并不是唯一被邀请进这间会议室的。

很多人走进来，他只认识其中少部分——都是国内地质学的顶尖人物。他知道自己本不够格参与这次会议，但他与副院长激辩的视频在网上很火，拥有不少支持者，所以也受到了政府的邀请。

"你是李川？"一个苍老的声音传来。

李川往后看，发现是一个满头白发但精神矍铄的老者，正微笑地看着他。他疑惑地问："您是？"

老者说："我姓钱，是代表中科院来主持会议的。我看了你那段视频，很好，年轻人就应该敢想敢说！"

正说着，人陆续到齐，会议开始了。钱老拍拍李川的肩，走到会议桌前，满屋子的议论声安静下来。

"各位都是在地质学领域有声望的人，想必清楚这次地震的始终。我就不多说废话了。"钱老说着，身后的全息影像浮现出几行字，"关于地震的猜测，目前主要集中在巧合论、外星人论、地质武器论和母亲弃儿论上面。这次会议，就是要综合以上可能性，商量出各种应对方案。"

所有人都点头。

"那我们逐一讨论。在座支持巧合论的有哪些？"

零星有几只手举了起来。巧合论本来是最主流的观点，但芝加哥在地震中被摧毁，同时汉字再次改变，使得这个理论失去了大部分支持者。

既然假定为巧合，就不必讨论方案了，议题很快跳到外星人论上。支持这个观点的人多了些，方案是一方面加强防卫，另一方面发出信号，争取与潜藏在地球上的外星人取得联系。

支持地质武器论的人最多，认定是某些组织掌握了先进技术，能驱动地壳移动，制造恐怖的人为地震。这样的话，就需要联合处理，科学家查出地质武器所在，同时警方加大反恐力度。

"现在，就剩下最后一个观点了，母亲弃儿论，谁赞同？"

整个会议室，只有李川举起了手。周围的人诧异地看着他。

"各位，他叫李川，是C大地质学院的讲师。"钱老介绍道，"是他提出了母亲弃儿论。"

李川站起来，点头致意。

钱老问："那你对此有什么建议？"

"我们要与地球对话。"

周围的人本不屑区区一个讲师出风头，闻言更是摇头，讥讽道："地球妈妈的家里不会装了电话吧？"

李川面色不变，说出了自己的主意。

"荒谬！胡闹！"会议室里顿时闹哄哄的，像一锅沸水，有人摇头，有人冷笑，有人嚷嚷，"地质学的资格可不是靠网络点击率获得的。在小学生课堂里，我听到这种话会觉得想象力不错，但在这间房子里，我只有四个字——不学无术！"

钱老把这次会议的讨论结果报上去，除了最后一个方案，其余全部通过。于是，所有波段的信号都发出去，向外星人表示友好；地质学家研究土样，试图找出人工地震的痕迹；情报人员在全球穿梭，恐怖组织被逐一端掉……

这个过程中，东京在地震中化为废墟。美洲沙漠的汉字再度变化：**请你们尽快离开，我已无法承担。**

于是领导们重新翻出报告书，揉了揉太阳穴，问钱老："这么干真的可以吗？"

"只能死马当活马医了。"

"啪"！计划书的最后一个方案被盖上了红章。

翌日，一条招募信息在全国各地电视台滚动播出，并占据互联网所有头条。一周后，三百万应召而来的人们齐聚华北平原，在专人指挥下，有序地站成"你是谁"三字阵型。他们都背着沉重的铁块，同时起跳，大地颤动。

两个月后，一场地震在华北平原上爆发，直升机俯视大地，十几个汉字赫然显现——

我是地球，孕育人类的母亲，满目疮痍的生命。请你们离开我。

为何要驱逐我们？

我受到损坏太重，需要休养。

可地球是我们的家园，除此之外，我们无路可去。

不，宇宙才是生命茁壮的舞台。你们去往宇宙，不要逗留。

我们会悔改的，环境在恢复。

太晚了，十年后我将引发全球地震，尔后，是长达数万年的冰川时期。

我们还没有能力使所有人都登上宇航舰。

请再给我们一次机会。

您还在吗？

请回答我们。

6

李川回到 C 大的时候，已经是四年后了。

与地球的对话很耗时，一次问答就需要两个月。刚开始，各国都在组织人民跳跃沟通，地球逐一回应。人们渐渐了解了这个行星尺度的生命体——地球类似于单细胞生命，大气层、水体、岩层分别对应细胞壁、细胞液和细胞核，它的信息采集及思维运算都集中在地心。此外的很多细节，还属未知。

但到了后来，当所有人都恳求能继续留在地表时，得到的回答就是一片沉默了。沉默意味着坚决。每隔一段时间，地震就会毁掉一座城市，以示督促。无奈之下，各国只能全力制造舰只，准备进行外空间移民。李川顿时清闲下来，便跟钱老请了假，回 C 市看看。

正值深秋，枯叶在萧瑟的风中发抖，空气又干又冷。他缩着脖子来到职工宿舍，发现宿管已经换成了一个女的。

"你问老王啊？他收拾东西回老家了。现在都在分配移民名额，他说年纪大了，就不去争了。他还说，他母亲过世之后，就以为没有亲人了，现在发现还有个地球妈妈，想趁晚年多陪陪——虽然这个妈妈要赶我们走。"

李川怅然若失地听完，正要转身离开，妇女又迟疑着问："你是那个地质学家吧？我在电视里见过你的采访。多亏你了，不然我们永远都不知道脚底下这片土地是活的……"

李川在校园里漫无目的地走着，银杏树光秃秃的，校道上人很少。叶子在地上滚动，整个校园一片荒凉。

"李老师。"身后突然有人叫他。

称呼已经有些陌生了，但他记得这个声音。他转过身，果然看到陈副院长小跑着过来，脸上满是殷勤而胆怯的笑。

"是副院长啊！"李川故意把声音拖得很长，"这可真是稀奇，您居然跟我打招呼了。"

"你是学校的骄傲，应该的应该的……"

"怎么会呢？我记得我都要被学校开除了，我想您都不会跟别人提起我，嫌丢人吧？"

副院长欠了欠腰，连连摇头，头上几缕白发在秋风中抖动。李川愣住了：这两年来，他想过很多羞辱副院长的办法，但现在，看到对方唯唯诺诺甚至略带佝偻的样子，他发现竟生不起气来，仿佛过往一切都烟消云散。

他叹了口气，说："你有什么事吗？"

副院长犹豫了一下："我想求你件事。我儿子一家三口，申请了几次都拿不到移民名额。现在你是名人，有影响力，能不能帮我弄三个名额？"

"只要三个？你呢，不走吗？"

"我本来就是该退休的年纪，估计活不了十年。我以前是不地道，得罪了你，但毕竟共事一场……"

李川点点头："我会想办法的，你放心吧！"

"你……"副院长一愣，他事先想了很多说辞，低声下气也能忍，却没想到李川这么轻易就答应了。

"当整个人类都要被驱逐时，个人恩怨实在是微不足道，以前的事就算了吧！"李川望了望昏黄的天空，无数星辰隐在那背后，却看不到，"不过，就算在太空生活，也不容易。我们还没有找到适宜居住的行星，只能在宇宙中流浪，那会很寂寞的。"

副院长哆嗦着嘴唇，深深鞠了一躬，哽咽道："不管怎么样，能活下去就好了。"

是吗，只要能活下去，哪怕无家可归，哪怕永远流浪，也是值得的吗？李川怔怔地想，直到脖子仰得酸了，也没想出答案来。

几只大雁在半空掠过，叫声格外寂寥。

辞了副院长，李川爬到教学楼顶，风倏地变大，衣摆猎猎鼓荡。他坐在栏杆上，看着天色渐暗，看着华灯初上，高大的建筑在黑暗里站成模糊的巨人。这才是人类能够生存的环境。而一旦移民到宇宙，等待人类的将是一片未知，或许文明之火会熄灭在那无边无际的虚空中。

他在楼顶坐了很久，也想了很多，深夜时才站起来，掏出手机拨通了一个号码。

"钱老吗?"他哆嗦着，声音在寒风中飘忽，但无比坚定，"我想到了一个办法，可以让人类留在地球上。"

中　篇

▶1

"快出来!"

话音未落，破损的承重墙在余震中轰然倒塌。汤姆的心顿时揪起来。所幸灰尘弥漫中，一个人影迅捷地奔出来，脸上满是尘土，怀里抱着一个昏迷的男孩。

"要是迟一秒钟，你就被埋在里面了!"汤姆心有余悸，大声呵斥，"看在上帝的份儿上，你不能再这么冒险了!"

"下次不会了……"那人微微喘气，胸前起伏，竟是个女人。她短发齐肩，满脸尘土遮不住面容的清秀，典型的亚裔面孔。

"见鬼，南宫，你上次就是这么答应我的!"

"以后再说吧，这孩子失血过多，你赶紧把他送到医院。"南宫璇把孩子递过去，蹲下来，深吸好几口气。刚才她一听到小孩的哭声，就奋不顾身地冲进危楼里，现在回想起来，才后怕得心脏狂跳。

休息了一阵，南宫璇站起身，环视四周。

这是震后的哥本哈根。它曾被誉为全球最美的城市，现在却以一种令人触目惊心的姿态铺展开：大地像是被成群巨兽蹂躏过，沟壑密布，裂缝纵横，建筑物密集倒塌，视野里只剩一片苍灰色，以及零星的救援者。余震未消，脚底能感受到隐隐的脉动，南宫璇知道，这是地球母亲的呼吸。

略带咸味的风从波罗的海刮来，在废墟中穿梭，像是呜咽，又像是一曲哀歌。

休息好后，她匆匆赶往医院，得知那男孩叫拉穆斯，十岁，被埋了九天，是靠吃死老鼠和喝尿活下来的。他的腿被压住，血管阻塞坏死，即使截肢也不能保证脱离危险。

"疼吗？"南宫璇看着病床上的男孩，心疼地说，"不过你真坚强，很多大人都撑不了这么久！"

"我的爸爸妈妈呢？"

南宫璇心里一抖，脸上挤出笑容，说："放心，他们被救出来了，在别的医院，等你伤好了他们就来接你。"

拉穆斯的脸十分苍白，金色头发耷拉着，咳了几声。他似乎有些累了，慢慢闭上眼睛，眼角却滑出泪。

"你先休息，姐姐会再来看你的。"南宫璇俯身亲吻他的额头。

"他们是不是死了?"

南宫璇浑身一颤,喉咙顿时哽咽了。她不知道该说什么,长久地沉默着,长久地亲吻着。拉穆斯也没有说话,他的呼吸逐渐均匀悠长,睡着了。

接下来的日子里,南宫璇白天在废墟里寻找幸存者,晚上看望拉穆斯。地震过了十几天,搜救希望越来越渺茫,停尸场上的尸体已经摆不下了,为防瘟疫,尸体来不及确认就聚堆焚烧。整个城市弥漫着令人压抑的气味。

拉穆斯是个天使般的男孩。他睡着时脸庞洁净无邪,醒来后眼睛清澈明亮,金发柔软,眼神安详。这样的男孩简直无可挑剔——除了他的两腿被截掉。

他很快从失怙和残疾的阴影中走出来,他很喜欢南宫璇,总黏着她。在纯净笑容的感染下,南宫璇的郁闷一扫而空,跟他讲述自己参加援救组织的见闻。

"姐姐,你救过多少人啊?"一次,拉姆斯枕着南宫璇的腿,睁大眼睛问。

南宫璇一边将拉姆斯的头发,一边回忆:"七十五个。因为每救一个,都代表一条生命不必消失。或许这对整个人类来说微不足道,但对当事人很重要,所以我记得很清楚。不过,每次地震就有成千上万的人死去,我能做的还是太少。"

"我听说,地震都是因为我们做错事了,地球生气了,在催我们离开。他们说地球是人类的母亲,死了那么多人,地球妈妈就不心疼吗？"

"地球是另一种生命，思考方式跟我们不同。"南宫璇努力想着简单的说辞，"比如你犯错了被体罚，妈妈打你屁股，她不会下狠手，但你屁股上的细胞肯定会死几个。地球也不想伤害整个人类文明，但要惩罚，就顾不得个体伤亡了——我们就是屁股上小小的细胞。只要不对整个人类文明造成致命伤害，地球是不会在意的。"

拉姆斯似懂非懂，想了好久，才撇着嘴说："我妈妈才不会打我屁股呢，她可疼我了！"

几天后的晚上，南宫璇刚从医院出来，就看到了站在墙角抽烟的汤姆。火光在黑暗中明灭不定，照得汤姆粗犷的脸也一闪一闪。

"怎么了，有事找我？"

汤姆深吸一口烟，吐出烟头，踩灭："这里的搜救工作基本上结束了，所以，救援队打算去莫斯科——今天早上，那里发生了地震。"

"好的，我这就收拾东西。"尽管舍不得拉姆斯，但想到还有更多人需要专业救援，南宫璇便立刻点头，"我们明天什么时候走？"

"不是'我们'——你不用去。"

"为什么？"南宫璇愣住了，"是不是因为我每次都冲进去救人？我发誓，以后一定听你的指挥！"

"不是的，你有更重要的任务。"汤姆拿出一块晶片，晶片四周立刻翻转扩展，延伸成 A4 大小的显示屏，上面流水般显示出南宫璇的资料，"这是我给你写的推荐信，已经被北京方面通过了，他们同意你过去参加应征谈判员的面试。"

"谈判员？跟谁谈判？"

"跟地球。"见南宫璇一头雾水的样子，汤姆耐着性子说，"你可能没看新闻。是这样的，前不久，中国决定实施一个让人类继续留在地球上的 SP 计划——拯救人类。计划的内容是派人到地心去跟地球谈判。本来所有人都觉得这很荒谬，但提出这个想法的人叫李川。正是他想到了母亲弃儿论，还提议用脚踩地面的方式跟地球交流——刚开始这两个想法被人们视为荒诞，但事实证明他都对了。他说，地球本可以轻易毁掉人类，但还是不嫌麻烦地警告和催促，说明地球对人类还有感情。"

南宫璇用心听着，点点头。

"踩地面来沟通太耗时，主要是因为通过震动的信息传递方式太慢，而地球的思维中枢在地心。到了那里，直接跟地球说话，就相当于省去了反射弧，会快很多。最重要的是，"汤姆把手按在南宫璇肩上，郑重地说，"到了地心，让地球亲眼见到我们，看到它的子女们，或许它就不会赶我们走了。就像这个世界上所有的母亲一样。"

"那为什么要推荐我？你才是队长，一手创建了这个人道主义组织。"

"你是最适合的。中国方面的要求，是懂谈判，会说汉语，地质知识过硬，而且，还要是女性——善良的女性。你是中国人，有心理学博士资格，参与过地质调查……至于最后一点，我可以向上帝保证，你绝对符合！"

南宫璇说："可是，我想跟你们一起去救人。"

"听着，南宫，现在航天技术虽然跟五十年前相比有很大进步，但想在十年内把所有人转移到太空中，是不可能的。最多只有一半人能进行星际移民。这意味着，六年后，有接近四十五亿人会死。所以，你要去应征，那样你会救更多的人。"

黑暗中，汤姆目光灼灼地看着她，即使隔着衣服，她也能感受到皮肤上的炙热感。

第二天，跟拉穆斯道别后，南宫璇登上了去北京的飞机。

2

刚出机场，一股沙尘便迎面扑来。南宫璇一手捂鼻，一手招了辆出租车。

司机边开车边喋喋不休："北京这地儿，现在还没出啥事，可保不准什么时候就给震没了。嗨，你说这叫什么事儿，住得好好的，突然要被赶走！"

南宫璇没搭话，望向车窗外。外面是北京昏黄的天空，几丝旧棉絮一样的云耷拉在空中，没有鸟儿飞。

车子驶上二环，一路朝地质所开去。南宫璇问："这里怎么不堵车了？"

"这是什么地方？"司机用鼻子喷了口气，"怎么说也是京城！多少有钱的有权的！移民的名额一放出来，怎么说也得先顾着咱北京人。人一走，地也就空了。"

"是吗，那你怎么还留着？"

司机顿时闭上嘴，好半天才嗫嚅着说："我……过阵子我也是要走的。"

南宫璇不置可否。就算有北京户口，也不是所有人都能移民，但她没说出来，闭目养神。

到地质院后，她行李都没放下，按照标识进大厅去办手续。让她吃惊的是，大厅里居然挤满了人，各色人种都有，闹哄哄的。工作人员手忙脚乱地维持着秩序，让大厅里的人排队。

等到南宫璇排到队前，已经是一个多小时后了。她把证件递过去，工作人员扫描一遍，点点头："嗯，有你的记录。来，拿着这个挂牌，三天后到这里接受考核。"

"好的。"南宫璇把挂牌接过来，又问，"那我这几天住哪里？"

"哦，来应征的人实在太多，我们包下的宾馆酒店都住满了。你在北京有认识的人吗？"

"没有。"

"那你得自己想办……"工作人员漫不经心地说，突然看到屏幕上南宫璇的推荐信，一脸惊讶，"你是救援队成员？汤姆·帕克的救援队？"

南宫璇点点头。

工作人员顿时对眼前这位风尘仆仆的女子肃然起敬："你们都是好样的，无偿救援灾区，我在电视里面看过对你们的报道。"顿了顿，他打开抽屉，"一个高官的老婆也来应征，这张房卡是给她预留的，来，你拿走。"

南宫璇到了酒店，放下行李，立刻给哥本哈根医院打电话。医生说拉斯穆的病情并不乐观，腿部断口有恶化的趋势。但当电话被交给拉斯穆后，她还是听到了爽朗轻快的声音，仿佛病魔并没有在这个少年的天空里掺杂一丝阴霾。

"姐姐，你要加油，你一定能选上的！"拉斯穆在电话里肯定地说。

▶3

第一轮考核是笔试，内容无所不包，地质学、历史学、汉字学……光试卷就有十几页。地质所严格按分数筛选，来应征的数千人中，留下的只有一百人。

看到名单上有自己的名字，南宫璇松了口气。接下来的五天都没事情，她打算好好游一下北京。

天空依然昏黄，像一张在古旧岁月里粗糙泛黄的纸。北京这座古城笼罩其下，也带着时光磨砺的苍凉感。这趟游玩并不尽兴，南宫璇到香山，只发现一片枯败；上了长城，满眼都是黄沙尖啸的场景；而名满天下的天安门广场，也因行人寥寥而显得有些萧索。

第四天下午，她到了故宫。古老皇城沉默在金色阳光的沐浴中，门前只有一个老头在卖门票。看到南宫璇，他咧嘴笑道："今天不错，还有两个顾客。"

"怎么会这么少呢？"南宫璇一边掏钱一边问。

"唉，都在想办法弄船票，弄到的立刻就走，弄不到的在家里惶恐不安。没什么人有闲心来这里。"老头叹口气，"世道变了。故宫也不是原来的故宫了，早些时候，被砸坏了很多东西，你也看不到什么了。"

南宫璇默然，把钱递过去。

老头扯下一张票，却没收钱："算了，进去吧。"

南宫璇摇摇头，但老头倔强，硬是不肯收钱。她只得无奈地走进去，临进门前，她听到老头在身后再度发出一声长叹："世道变了啊……"

正如老头所言，故宫被损坏了不少，到处残砖碎瓦，倾圮的墙壁似乎在哀声诉说着什么。南宫璇知道，这种破坏，并不是出于地震，而是人为。

当地球要驱逐人类的消息传开后，世界一度陷入混乱。谁都不知道下一个被震毁的会不会是自己的城市。网络上弥漫着悲伤绝望的气氛，而现实更加疯狂。无数教派趁机兴起，敛财行骗。无数人上街游行，好事者趁机起哄，游行变成暴行，打砸抢烧，犯罪率上升到前所未有的高峰。故宫就是在这纷乱中被破坏的。各国政府花了很长时间，动用军队镇压，才逐渐恢复社会体制。

但无论怎么恢复，有些东西肯定是回不来了。一个在薄冰上行走的世界，每前行一步，都会失去它曾拥有的美好。

就像眼前的故宫。

太和门前的狮子雕像被推倒了，公狮碎成几块，母狮侧躺着，空洞的眼睛望向远处。南宫璇伸手去摸，粗粝的触感在手心蔓延。

再往前走，转过几个墙道，她发现已经不记得回去的路了。故宫深广曲折，以前就有不少人迷路。她有些着急，快步找路，但没有效果。最后她坐在一处台阶上，太阳西沉，淡金色的光辉在断壁残垣上缓缓游移。

一个男人走进视野，拿着相机，走走停停，对断壁残垣拍着照。男人也看到了她，坐过来，揉揉腿："你是第一次看故宫吗？"

"嗯。"

"那太遗憾了，以前的样子才好看，夕阳照过来，从那里，"男人指着远处的乾清宫，"到这里，都闪着金色。那才像是皇宫的样子。"

"你以前看过吗?"

男人摇摇头:"没有。所以我才觉得更加遗憾。现在的故宫都快成废墟了,跟圆明园差不多。圆明园是英法联军破坏的,故宫,却是毁在自己人手里。人啊,发起疯来,真是……"

南宫璇有些奇怪地抬头,打量起这个三十几岁的男人。他样貌普通,眼神却透着一股子苍凉。不知道是他本身的气质如此,还是倒映在他眼中的古老的、荒废的故宫所致。

"你说,自然界这么多物种,为什么最后爬上进化树顶端的,是我们人类?"男人这样问着,眼睛却看向渐渐下沉的夕阳。西边仿佛有潭深渊,在一点点把太阳往下拉,光线变得暗淡。

"是因为人类对感情有了真正的领悟吧!"南宫璇思索着,说,"原始社会,一群族人住在一起,努力使每个人都能活下去。提供这种凝聚力的,就是感情。优胜劣汰,感情是人的优势,当然,其中也伴随着智力上的提升。"

"你是说,人类爬上进化树,是因为我们有——"男人似乎不愿意把最后那个字说出口,"爱?"

"是的。"

男人突然笑起来:"嘿嘿,真是幼稚!我告诉你,人类之所以能够进化繁衍,统治地球,是因为贪婪!这是埋在基因里的欲望。从古至今,我们的战争就没有停过。我们占领地盘,猎杀其他物种,我们掠夺资源。这才是我们的看家本领!你看,如果不是这种贪婪，我们根本不会这么快被地球赶走。"

他的声音里带着一点狂热。南宫璇有点被吓到，往旁边挪了挪。

男人也意识到了自己的失态，不再笑，也没说话。两人坐在台阶上，断墙的阴影慢慢覆盖过来，起风了，沙子在地上摩挲。

"走吧。"男人站起来，"再不走就很晚了。晚上这里可不安全。"

南宫璇点点头，跟着男人走出了故宫。卖票的老头还在，孤零零的，一头萧索的白发在风中凌乱。而天边的夕阳，正无力地洒下最后一抹余晖。

4

第二轮考核是面试，考查心理素质。

南宫璇被十几个专家围着，回答起问题来还是淡然从容，吐字清晰。整个过程都很顺利。

"好的，我们没有别的问题了。"

南宫璇道了声谢，起身要走，这时，办公室里突然响起一个声音："等一下，南宫博士，我还有一个问题。"

所有人的目光都往角落里看去。那人之前一直没说话，南宫璇也没有留意到，但现在，她的眼睛像针扎似的抽搐了一下——是在故宫里遇到的那个男人。

"这是李川博士，SP 计划的发起人。"一个专家笑着介绍。

南宫璇有些愕然，但脸色未改："还有什么问题呢？"

"我想问，你觉得是什么，使我们人类在自然界中脱颖而出，占有领导地位的？"

"是因为我们懂得爱和尊敬。"

"哦，"李川笑笑，"是吗？"然后便没再说话。

回到宿舍后，南宫璇把行李收拾好，然后等着自己被淘汰的消息。名单一出来，她就打算起身去莫斯科找汤姆。

但到了晚上，名单公布，最后剩下的十人里，赫然有她的名字。另外的九人，无一不是声名显赫之辈，她在网上查了一下，惊讶地发现，其中竟还有欧洲某国的公主。

最后的审核安排在十天后。在第九天晚上，南宫璇接到了来自哥本哈根的电话，是医院打来的，医生的语气很凝重，让她心头掠过一丝不祥之感。

"怎么了？"

"是拉斯穆，他病情恶化，可能撑不了多久了……"

南宫璇只觉得心口一凉，像被塞进去一块冰。她握电话的手有点颤抖，深吸几口气才勉强镇定下来，问："他现在怎么样？"

"陷入昏迷中。但他在昏迷前，说希望能够见你一面。"

医生犹豫了一下，补充道，"最后一面。"

"好的，我马上过来。"

放下电话，她立刻上网查机票。要是现在过去，最早回北京的飞机是在后天，那明天的考核就赶不上了。她揉着太阳穴，拉斯穆天真纯净的笑容在脑海里浮现，随着记忆涨落，越来越明晰。

她咬咬牙，给地质所的办公室打电话。

已经很晚了，但电话还是立即接通。"喂?"传来的是李川的声音。

"我想请假。明天的考核能不能往后延迟几天?"

"南宫博士?"李川听出了她的声音，"不能。不可能让所有人都等你。"

"可我有急事，必须要离开一趟。"

"难道现在还有比拯救整个人类都急的事吗?"

南宫璇一愣，临行前汤姆的谆谆叮嘱又回响起来。的确，整个人类和一个垂危的男孩放在天平两端，孰轻孰重她自然知道。

但……但她怎么能辜负那个男孩清澈明媚的眼神?

"还是不行，"听了事情的原委，李川的语气依旧冰冷，"我们为这件事花费了你想象不到的人力物力，不能这么当儿戏。"

南宫璇闭上眼睛,长长吸了口气:"那我退出。"

"什么?"

"我说,我退出这次应征。"

"你想好?你知道你刚才说了什么吗?你会为你说的话后悔的。"

"是的,我肯定会后悔,但那是以后的事情了。"南宫璇不想多谈,"祝你们顺利。"

"等等,别挂电话。"

南宫璇拿着电话,但听筒里只有尖锐而繁杂的声音,似乎是一大群人在激烈地交谈着。过了很久,李川的声音才再度传来:"南宫博士,你还在吗?"

"在。"

"请你认真回答我,"电话另一头的李川郑重地说,"你愿意为人类的生存深入地心,用你的全部才能来跟地球谈判,替整个人类文明争取尽可能的生存资源吗?"

"我愿意,但是我现在要去哥……"

"从现在开始,南宫博士,你正式加入SP计划!欢迎你!"

后来南宫璇才知道,这一切都是测试。拉穆斯没有病危,医生的电话,只是为了让她做抉择。而其他九位候选人,也面临了同等重要的选择。比如那个欧洲国家的公主,她母亲苦苦哀求，让她回家看一眼病危的父亲，但她拒绝了，说要为了拯救全人类而留在北京。

"你们的抉择都是正确的。"李川对这些不满的候选人解释，"出于理智，你们应该这么做。但这次不同，我们要让地球看到人类的善良，这一点至关重要。人类跟地球是两个尺度不同的生命，我们的智慧、权势和财富，这些东西在地球看来一文不值。只有善良才能激发它的母性，而母性，是我们能够留在地球上的唯一筹码。"

5

成为谈判员后，南宫璇的生活一下子忙碌起来。她要参加发布会，和李川一起，对记者信誓旦旦地表示能够劝说地球；她要收集各国的文化资料，以便于见到地球后能够展示人类灿烂辉煌的文明；她要通过分析地震位置分布，研究地球说过的话，以此来分析地球的性格……

绝大多数时间里李川和她在一起。李川工作时全神贯注，不爱说话，有时候南宫璇都怀疑那天在故宫遇到的男人到底是不是他。

"有个问题我一直想问你。"一次休息时，南宫璇忍不住说，"在复试时，你问我为什么人类能够进化。我记得在故宫时你问过我，为什么问第二遍？"

李川说："因为当时你已经知道了我的身份，也知道了我自己对那个问题的答案。我想看看，你会不会因为要讨好我，而选择我的答案。你没有，说明你坚信人类是因为爱而进化，这个观点虽然幼稚，但正是我们所需要的。"

"其实我只是一个普通的人而已。"

"你并不普通。最后测试时，我听到其余九个候选人都选择留在北京，都快绝望了。我的计划最关键的，就是谈判员的善良。幸亏还有你，不然，这个计划就会取消，政府只能把希望放在全力移民上。"

这次聊天拉近了他们的关系。但真正让他们不再生疏的，是那个夜晚所看到的景象。

那天，回住处时天已经黑了。无尽的夜色笼罩着城市，建筑站在夜的背景里，模糊得像融化了一样。

街上人很少，路灯把南宫璇的影子拉长又压短。她独自走着，长街空旷，街边的店铺大都关闭了，门户紧掩。

"南宫博士，等等！"

南宫璇回过头，看到李川快步走过来，喘息不已。

"你跑过来的？"她不解地看着他。

"嗯，你落了外套。"李川把外套递给她，"外面有点冷。"

"谢谢。"

两人并肩走着，路灯伸向远处，街道长得没有尽头："对了，我一直很好奇。"南宫璇突然开口，"你为什么从很早以前就开始研究盖亚假说了呢？在此之前，它被主流科学界摒弃，你一个人研究，很辛苦吧？"

"嗯，连我的导师也劝我放弃，他希望我把注意力放在更有经济效益的研究上。"李川把手插在上衣口袋里，缩着肩。

"那为什么还一直继续呢？"

"我七岁的时候，家乡发生了一场地震。"李川顿了一下，深深吸气，清冷的空气润进肺腑，"我在院子里玩，亲眼看见房子像积木一样倒塌，我父母、爷爷和姐姐全部被埋在里面。"

"啊？"南宫璇连忙说，"对不起……"

李川木然地摇头："不用，已经过去很多年了。从那之后，我就开始研究地质。后来翻阅到盖亚假说，觉得很多地质疑点都能说通了，就更深入地研究。"

南宫璇垂着头，不知如何回答。她原以为李川只是运气好，研究方向恰好跟人类危机挂钩，所以成了全人类的明星。但现在，她知道了世界上没有巧合，所有伟大的成就都源于漫长岁月的积累和不堪回首的往事。

她抬起头，正想说些什么来打破沉默，却突然听到了一连串的脚步声："有人！"李川皱眉，迅速拉起她的手，跑到街边一个广告牌的阴影里。大移民以来，社会管制逐渐松散，很多买不起船票的人开始自暴自弃。这个时间的街上，并不安全。

但看到涌出来的人群后，李川松了口气——那是一大群老人。他们从每个街巷里走出，汇聚到主街上，每个人手中都捧着一支电子蜡烛。光辉荧荧，照亮了他们那皱纹纠结如树皮的脸。

老人们没有交谈，沉默地汇聚到一起，烛光渐渐联结成一条光河，淌向前方的广场。

"他们是……"南宫璇沉吟一下，"是留守者吧？"

"嗯。"李川点头。由于运输压力，很多老人自愿放弃了移民权，甘愿留在地球上。李川见过许多关于留守者的新闻，画面中，子女乘坐飞船离开，地面上只有拄着拐杖的老人久久遥望，满面萧索。其实政府并非不顾人情，也多次劝说他们上船，但老人们固执地拒绝了。一方面固然是因为想把生存的机会留给后代，另一方面，却是出于对地球的歉意与不舍。

"我们跟着去看看吧！"李川看着流动的人群，轻声说。

他们走在人流后，出了大街，来到城北的一处建筑空地上。其他方向也涌来了几群人，汇合在一起，每支烛光后是一张苍老的脸。空地上的老人成千上万，互不交谈，捧着蜡烛站立。

人群中响起一个声音："开始。"随后老人们缓慢而有序地移动，烛光流转，一张张脸忽明忽暗。南宫璇看着眼前离奇的一幕，问："他们在干什么？"

"应该是准备跟地球交谈，点蜡烛是为了确定各自的位置。"

正如李川所说，老人们很快就站定了，组成有序的纵横和转折图形。只是南宫璇离他们太近，即使踮起脚尖，也只能看到黑压压的脑袋和漾成一片光海的烛火。

李川突然拉起她的手，向后跑去，她不由地跟着他的步伐。他们跑到一栋废弃建筑物里，在深黑的楼道里奔行，跑到十层时，南宫璇已经气喘吁吁。此时震动传来了，一下一下，楼道有规律地晃动着。这表明老人们已经开始蹦跳了。

几分钟后，他们终于爬到了楼顶，刚一上去，呼啸的风便猛扑过来。南宫璇发梢飞扬，险些被风吹倒，幸好李川及时拉住了她，并为她挡住了大部分风。

他们走到护栏边，俯视空地上的人群。老人们沉默地跳着，烛火荡荡，大地震动不休。而那些明亮的烛火，在沉沉夜色中互相勾连，结成了七个硕大的汉字——

"妈妈，请原谅我们。"

▶6

穿梭器是在两年后制成的，从美国运到北京。

一掀开幕布，所有人都为这个极具工业美感的仪器惊呆了。它呈梭形，长近十米，后部有强力推进器，前部的钻头闪着冷光。李川抚摸着穿梭器的外壳，赞叹道："这是中微子材料，特殊加工过，不但坚硬得能钻开钻石，而且隔热，即使掉到岩浆里也不怕……"

穿梭器中部的门弹开，李川立刻弯腰进去。南宫璇也跟进去了，里面挺大，大约是半径 2.5 米的圆柱形空间。而驾驶室里，前后摆放着三个座位。

她知道，SP 计划需要派三个人下去。她是谈判员，李川负责驾驶穿梭机，最后一人则是由美国军方指派。这台穿梭器耗资近百亿美元，美国付了大半，条件就是要送一名美国人下去。而让南宫璇疑惑的是，这两年来，她从来没见过那个美国军人。据说他正在某个基地参加训练。

接下来的日子，李川和南宫璇都在穿梭器里进行模拟训练，并将在地底可能会遇到的种种困难都预测出来，一一商量对策。两人合作很默契，毕竟过了两年，二人已磨合已经完备，甚至滋生出了某些说不清道不明的情愫。

训练完后，他们总会一同离开，在路上聊天闲逛。这景象落在旁人眼里，不可避免地传出了流言蜚语。

这天，结束了训练，正要离开，李川突然被钱老叫住了。他有些不安，以为被人告状，解释说："其实我和南宫博士只是……"

钱老表情凝重，摆摆手："准备一下，换身西装。飞机在外面等着。"

"去哪里？"

"纽约，你要去参加联合国的一个会议。各国领导人都会出席的。"

几个小时后，李川踏上了纽约的土地。几个神情冷峻的特工在机场接到他，把他带到位于曼哈顿东河沿岸的联合国总部。在一个隐蔽的会议室前，他们停下来，示意李川推门进去。

很久之后李川才意识到，这是命运的一扇门。他踟蹰在门外，懵懂无知，纽约的阳光明亮；但他推门而入后，命运却已转身，对他展现了阴冷可怖的面孔。

下 篇

▶1

一架空天飞机从地球轨道高速下降，穿过大气层后，缓慢减速，稳定航行在距地面一万米的高空。

宽阔的主舱中间，坐着一个穿黑色长袍的男人。十几个荷枪实弹的军人在他四周站着，手都放在枪柄上，紧盯着男人，目光憎恶而畏惧。他们不能离男人太近，过去的六个月中，已经有太多的例子告诫了这一点，每个例子代表一幅星条旗和一具棺材会派上用场。

男人对这些虎视眈眈的特种兵视而不见，满脸冷冽。主舱里一片安寂，只有空气的呼啸。

高空中，一架客机无声地接近，与空天飞机保持共速，衔接通道在两架飞机间展开。

一个军人说："起身，有人要见你。"

男人沉默着站起身，径直向衔接通道走去。高空寒冷凛冽的风被金属通道挡住，发出呜呜响声，似乎一个透明的怪兽在哀嚎着拍打管道。

他进入了客机的内舱。

按照墙壁上的箭头指示，他穿过了数道门廊。这期间，他没有见到任何一个人，这与这架号称"空中酒店"的飞机在他心中的印象不太符合。最后他走进了一个幽暗的小房间，里面正坐着一个人，隐在阴影中，他看不太清。

"这是你第一次离我如此之近。"阴影中的人说，"六年前，你离我一千二百英尺，那是你的最佳狙击距离。但很遗憾你失手了。"

"我没有失手。我射中了目标，我只是没想到他是你的替身。"男人冷哼一声。

"不管怎样，你暴露了自己，我的人抓住了你。你做过的事情足可以让你死五十次，但我没有那样做，我知道，像你这样的人，总会有用处的。"阴影里的人继续说，"现在就是时机了。过去的六个月中，我安排你进行了全面的无重力格斗训练，为此，又有十七条人命在你手中消失。我和你都有罪，但是，现在有更重要的任务。"

"我现在不想做任何事，除了杀死你……就像我六年前打算做的一样。"男人扭动手腕，阴影里的人离他不到十英尺，他只需要两秒钟就可以扭断其脖子。但他知道，这个房间外至少安排了 7 个狙击手，有超过 30 支枪管对着自己，他们可以在 0.5 秒内让自己的脑袋像西瓜一样爆开。所以他只是冷笑着摇头。

阴影里的人拍拍手，两个壮汉走出来，把男人按住。一支针管刺进他手臂，注射了什么东西，阴冷而刺痛的感觉在血管里蔓延。

"这是纳米毒。现在它们藏在你的身体里，我只要按下开关，它们就会立刻吞噬你的心脏。"

男人抽着凉气，嘶哑地笑了："你以为用死亡来威胁我会有用？"

"我还不至于幼稚到这个地步，它们只是用来预防。你不要急着拒绝，先看看这个。"一块显示屏被放到男人面前，上面流水般涌出文字："它只显示一遍，所以，你得快速而仔细地阅读。"

男人目不转睛地盯着屏幕，渐渐地，一抹微笑在嘴角扬起。看完后，他抬起头，眼角因激动而颤抖不已。

"好的，这个任务我接受。"

两架飞机继续并行，穿过厚厚的云雾，阳光洒在机身之上。客机正上方，"空军一号"的字样在阳光下闪闪发亮。

南宫璇是在一个山坡上找到李川的。

他不知坐了多久，抬起头，望着傍晚的天空。

南宫璇顺着他的目光看去，只见最后一抹晚霞也在天际消逝，沉沉暮色自西边涌来。偶尔划过一道亮光，自下而上，倏然消失在遥远的黑暗夜空中。那是移民飞船，载着背井离乡的人，去往空旷未知的宇宙。

移民潮已经持续了六年，但滞留在地球上的人，还有70亿左右。造船厂日夜赶工，飞船一出厂就立刻载人升空，但这样的速度远远不够。如果谈判不顺利，恐怕灾难来临时，会有超过50亿人无处可逃。

"李博士，"她轻声说，"走吧，他们已经在等着了。"

李川恍然回神："哦，对了，今天是SP计划实施的日子。准备了这么久，终于要开始了……"

他这个样子让南宫璇很担忧。前几天他去联合国开会，回来后就心神不定，她问过，但他只是摇头。

"咦?"她看到李川的脖子上有一条红绳，"你什么时候买了吊坠？我记得你不喜欢佩戴这种东西。"

李川把吊坠从衣服里拉出来，握紧，金属的冷感在手心沁开。他说："要去地心了，我买来保佑自己，希望一切平安。希望还能爬出来看这片天空。"

南宫璇点头。这次任务确实很危险。人类已经对头顶几光年内的空间了如指掌，肆意驰骋，但脚下距离仅仅几千千米的地心，仍然是一片神秘。

他们沉默了好一会儿，直到天边隐约看到一轮月亮时，李川才站起身，拍拍身上的灰，说："别担心了，走吧，我们去拯救人类。"

▶2

飞机把两人运到了距离名古屋海岸 200 千米处的太平洋海域，一艘航母正静静地浮在海面上。夜幕悬月，疏星点点，微光在海面上荡漾，偶尔有鱼类浮出，将波光击得聚散离合。

两人走出飞机，咸湿的海风在甲板上掠过。矍铄的钱老已经等着了。他身边还站着一个高大男子，身穿美国陆军军装，手里提着一个箱子。

"这是韦德上校，他将跟你们一起，深入地心。"钱老介绍说。

李川和南宫璇点头致意，韦德则敬了个不太标准的军礼。

"你们是人类的希望和骄傲。"钱老的语气有些颤抖，"数十亿人的生存都仰仗你们了，请务必尽力。"

"我们一定会完成任务！"李川郑重地说。

南宫璇则不解地看着四周。偌大的甲板上，只有他们四人以及不远处被幕布遮住的穿梭器。她以为会召开发布会，毕竟

SP 计划耗资巨大，且担负了全人类的希望。但现在，一切都在夜色的遮蔽下秘密进行。

钱老掀开幕布，呈完美流线型的穿梭器显露出来。中微子外壳在月光下如同淌着的水一样，流光四溢。舱门开启，李川坐上了驾驶座，南宫璇坐在第二个座位上，韦德抱着箱子，沉默地坐在最后面。

甲板逐渐抬高，几秒后，穿梭器滑到甲板边缘，"咔"的一声，甲板突然收回，穿梭器笔直地落入海中。

"哗"，水花四溅，海面上的月光上下起伏。遥远的地方响起海鸟扑腾的声音。

在失重的一刹那，李川启动了穿梭器，钻头急速旋转。在嗡嗡振动声中，穿梭器破开森寒的海水，如炮弹般向下射去。这片海域下的地壳是全球区域内最薄弱的，钻头将轻易钻开地层，让三人一直向下。

穿梭器在海水中下坠，此时的海中一片昏暗，李川的视线透过观望窗，只能看见黑暗在窗外如铁般凝结。偶尔有发光的深海鱼类掠过，拉出一道流影，转瞬即逝。

"马上就要到海底了，注意！"李川沉声说。话音未落，钻头撞到海底土地，剧烈的抖动传来。南宫璇还好，但韦德上校显然还没有习惯穿梭器的运作，身体向前一撞，脑袋磕在南宫璇的座椅后背上。箱子也被摔出来，落在南宫璇脚边。

"小心。"李川头也不回，"这是去地心。在此之前，只有小说和电影里的人做过同样的事。"钻头如搅豆腐般破开泥土，一头钻进地里，震动逐渐消失。李川放开操作柄，启动自动驾驶，"现在我们还是在地表，穿梭器保持 37 千米／小时的速度，半小时后我们将离开地壳，一小时后穿过莫霍间断层，接着在地幔中行进约 75 个小时后进入地核。那时速度将增加至 80 千米／小时，在液体内核中行驶 29 个小时，随后减速，以 15 千米／小时的速度穿过 1 200 千米的地心固体内核，这最后一段距离将花掉我们三天时间。"

韦德额头被撞出血，却哼都没哼一声，只是弯腰把手伸向摔出去的箱子。

"上校，我帮你吧。"南宫璇抓住箱子的手柄，但箱子重得出奇，她竟提不起来。

"谢谢，还是我来吧。"韦德的中文不太好，听上去怪怪的。他提起箱子手柄，放在身侧，抬头看向李川，"你刚才说，地心里还有液体？"

南宫璇看了一眼韦德："上校，来这里之前，没有人对你进行过航行训练吗？"

"哦，有人教了我一些，不过是其他的训练。关于地心的知识，他们说可以请教你们。"韦德耸耸肩。

李川接口道："接近地心时，温度会达到 7 000℃，比太阳表面还要炙热，压力也足以使金刚石变得像黄油一样柔软，在这种环境下，岩石和金属会熔化，形成液体。不过不用担心，这台穿梭器是现代科技的结晶，为了它，政府投入了一百多亿美元，还有近千名科学家两年的努力，模拟了数百次，不会让我们在地心里见到上帝的。"

"嗯，上帝确实不会来这么偏僻的地方接我们，倒是撒旦更有可能些。"韦德点点头，站起身，"我去处理一下伤口。"说完他向穿梭机后部的小舱室走去，那里有循环维生系统。走了两步，他又回过身，把箱子提起，走进小舱室。

"我觉得有问题。"小舱室的门关上之后，南宫璇突然小声说。

"嗯?"

"之前三个月的训练，全部是我们两个人在做，你负责操控机器和观察地心情况，我负责谈判。这样的安排已经够了，为什么还要再加一个人，而且是一个完全不了解地质的军人?"

李川摇摇头："他是上校，应该是来保护我们的。"

"要保护，至少应该是有地理常识的人……"南宫璇身子一颤，下意识地说，"难道是来监督我们的? 可是这是一项和平任务啊，而且我们都是经过重重检核的，怎么会被监视?"

"或许美国想插一脚，怕我们从地心带回来什么先进科……"李川突然提高声音，"现在穿梭器运行良好，保持着40千米/时的速度。接下来的一周里，我们将离地表越来越远。我希望大家能够享受这一趟旅程。"

南宫璇一愣，转过头，看见韦德已经出来了，提着箱子回到座位上。

接下来，谁都没有先开口说话，舱室内沉默如死。只有泥土摩擦外壁的声音，黏滞而不绝，如同被巨兽的舌头舔过。

▶3

一个小时后，穿梭器钻进地幔。

地幔由致密的造岩物质构成，厚约 2 865 千米，是地球内部体积最大、质量最大的一层地质结构。李川看了下仪器上的数据，启动了一个按钮，钻头顶端顿时喷出一道超高温光束。挡在前面的岩石立刻成熔融态，让穿梭器穿过，而后又凝结，仿佛是一条通向地狱的路。

气氛格外压抑。

每下降一点距离，就意味着天空和海洋在他们身后更加远去。在宇宙中航行，还能看到星河流转光晕璀璨，但这里，只有密实的岩石在将他们一点点吞噬。

"我们现在已经突破了人类到达地球最深处的记录。"李川忍受不了这种墓穴般的氛围，说，"20 世纪末，苏联探井队在科拉半岛，钻探深度达到了 12 262 米。这就是著名的科拉超深井。但现在，我们远远超过了这个深度。"

"哦，他们当时为什么停下来，不继续钻探了呢?"韦德饶有兴致地问。

"官方原因是经费不足，不过，内部人员否认了这个说法。他们透露，真正的原因是井里面发生超自然现象。"李川顿了一下，"这件事在地质界很出名，我当老师时，经常跟学生们提到。用它来活跃课堂气氛很有效。"

"那么，你现在又有了两个学生。"韦德说，"而且这里的氛围确实需要活跃。"

李川看看南宫璇，的确，她的脸色有点发青。他清了清嗓子，说："他们说，井里面有妖魔。钻探机接近 13 000 米时，从钻井里传出奇怪的声音，像是有人在说话，在惨叫，还有强烈的爆炸声。他们把声音录了下来，放到了网上，据说听的人都被凄厉的惨嚎和爆炸声吓坏了。"

"是地底文明吗？"

"不，他们发誓说，他们钻开了地狱。"

"李博士，你是地质学家，你信吗？"

"我保留意见。人类对这个世界的了解太少，不能轻易断言。但那个录音是真的，回去后，你可以去网上搜一下。"

"如果我们还能回去的话。"韦德笑了起来，"你知道吗，小时候我怕黑，晚上睡不着，就缠着我奶奶给我讲故事。但她只会讲鬼故事，所以我更加睡不着了。"

李川一愣，随即发现南宫璇的脸色更加铁青了，醒悟过来，连忙闭上嘴。

穿梭器继续前行。到达 450 千米深度时，他们遇到了一块富含黄金的岩石，屏幕显示，其金含量居然高达 260 克 / 吨。只要达到 4 克 / 吨的金矿层就具有商业开采价值，地球表层中很少能找到超过 10 克 / 吨的矿层。李川扩大了搜索范围，结果表明，这块岩石的体积比珠穆朗玛主峰还要大。

在更深的地方，穿梭器钻进了无法测出体积的钻石矿层。

两天后，穿梭器发出一阵抖动，将韦德惊醒过来。他抱紧箱子，问："怎么了，是不是出故障了？"

"没有。"李川的声音也有些疲惫，"我们已经穿过古登堡不连续面，马上就要进入地核了。穿梭器外面，温度是 3 800℃，压力达到一亿千帕。"

韦德点点头："如果真的有地狱，那么，我们身在其中。"

南宫璇揉揉眼睛，趴在观望口前。但她什么都看不清，视野里只有比夜更浓重的、更有压迫感的黑暗。

外地核主要由铁镍合金的熔融态组成，厚度有 2 000 千米。在它面前，穿梭器只是一只在汪洋大海里潜游的小鱼。地球上所有的水体加起来只有 13.8 万亿立方米，而这里，液态合金是地球水体的 30 倍。它不仅浩大，而且炙热，但与喧哗浮躁的岩浆层不同，它是寂静的。这是由于高压和缺少气体，所以熔融的金属并不会沸腾翻滚。这个庞然大物，以冷静沉默的目光，注视着即将闯进它躯体的小玩意儿。因地球的自转，它与地壳间有缓慢的相对流动，而正是这种流动，导致了地球磁场的产生。

穿梭器通过交界面，一头扎入这片金属之海。

▶4

"嗡嗡"，钻头突然加速，惊得李川从轻微睡眠中跳了起来。

由于钻进了固体内核，重力已变得微乎其微，他一跳，脑袋便撞到了舱顶。顾不得疼，他扑到显示器前，发现钻头比正常速度快了十几倍。

这不可能！

地核外层是液体，而内层是一大块金属球体，也主要由铁镍构成。但因为超高压，内地核的密度极高，穿梭器以全功率运行也才勉强前进。所以尽管只有 1 200 千米的半径，他们还是花了整整三天时间。越往里，钻头应该越艰难才对。

李川检查了一下仪器，没有故障，他突然浑身一震："难道……前方没有阻碍了？"

他调慢了钻头的转速，小心操控推进器，穿梭器像土拨鼠一样向前拱动。几分钟后，穿梭器剧烈晃动，三人急忙扶住座椅。待稳定后，李川看着显示屏，张着嘴，满脸惊讶。

"怎么了？"南宫璇问。

"我们……"李川吞了口唾沫，"我们到真空里了。"

这是地心，地球的最深处，致密的金属球内部，居然是一片真空？

南宫璇犹自不信，从观望口看去，语气也诧异至极："有光，外面是亮的？"

穿梭器外不止有光，还有许多灰白色的触须。它们像蛇一样蜷曲，缠住穿梭器，往更深处拉去。

你们来了。

母亲，您知道我们要来吗？

你们钻开我的身体，到我的大脑里来，我怎么会无知无觉呢？

这是您的大脑？

对，我所有信息的处理，都在这里。这些触须，相当于你们身体里的神经元，它们附着在这个球形空间的内壁上，传递我的想法。

您怎么会知道我们人类身体的构造？您在观察着我们吗？

你不用急，我知道你有很多问题，我会一一解答。这些触须，不仅能够传递我的意念，还能收发信号。你们的科技认为，无线信号穿不透大地，但对我不同，地层、岩浆、金属熔液，这些结构形成了放大器，将你们发出的信号都转换成了高频波段汇聚到我的脑腔——也就是这里。我把信号解调，就能看到一切，广播、电视，以及网络信息。不得不说，你们是很丰富的物种。

那之前，我们用信号联络您，为什么您不回应？

因为我已经失去了接收信号的能力。我的身体受损太重，大气和森林并不洁净，而地表又结满了水泥硬痂，这些痛楚干扰了我。现在，我只能发出信号，连跟你们交谈，也只能用触须组成汉字这种低效率的方式。

对不起……

不必抱歉，只要你们离开，我休养几万年，就能恢复。

您的汉字，是从广播电视里学来的吗？

是的。

可是，为什么是汉字呢？英文不是更简单吗？

但汉字更有美感。而且对我而言，你们人类的一切都很简单——身体构造简单乏味，科技水平落后野蛮，至今连空间壁垒都没有打破。而我们行星生物，几乎每个个体之间都不同。

您是说，您并不是唯一的行星尺度生命？

宇宙何其大，从无唯一之说。事实上，每个星球都是智慧生命，只是形态不同。海王星由气体构成，它整个星球都是大脑，每一丝风都是一抹思绪；太阳靠核聚变来思考问题，辐射是它的语言。但并非所有的星球都是活着的，比如月球，它已经在七千年前死去了。

我们是在您的身躯上进化而来，那您呢，星球生命也是自然形成的吗？

哈哈哈哈哈哈……

您笑什么？

我笑你们的浅薄。宇宙中，每一件事情都是必然的。你觉得星球生命已经足够宏伟，但在你们听不到、看不到甚至想象不到的地方，还有更高等的智慧生物。他们是宇宙的主宰，任意穿梭维度，随手一挥，就是一场造星运动。我们只是它们打发无聊的产物。

南宫璇不停地发问，李川则紧张地把对话内容记录下来。这是人类首次与异文明接触，每一句话，都有划时代的意义。

屏幕显示，这个球形空间的环境很温和，压力为零，温度也只有150℃。它半径约有5千米，布满了手指粗的触须。在正中心，是一个不规则的柱状物体，高约20米，形似古树，所有的触须就是从它上面散发出去的。按照地球所说，它应该就是地球的脑干，而触须从内地核吸收热量，供它维持生机。

这种奇异的生命形态并没有引起韦德的兴趣。他抱着箱子，嘴角挂着一丝若有若无的笑。

您知道我们来的目的吗？

知道。但很遗憾，我不能答应你们。

为什么？难道我们不是您的孩子吗？

是的，你们是。在你们没有发明广播之前，我就感觉到你们的存在了。你们在我身上爬动，有一些痒，但我忍受着，小心呵护你们。在你们短暂的文明史上，至少有三次足以灭绝整个物种的灾难，陨石、辐射和冰川覆盖，都是我挡住了。你们甚至都没有察觉到它们的来临。看着你们像幼芽一样，逐渐成熟，破土而出，我很欣慰。

是啊，我们也没有辜负您。虽然人类两万年的文明史在您面前不值一提，但其间也诞生了无数的辉煌灿烂。我们创造了美术、文学和音乐，我们从以前拿着石头围捕野兽，到现在已经有能力航行宇宙，这些都说明人类文明是充满了艺术情怀和进取精神的。

你们对我造成的创伤也是无法原谅的。我已经负担不了你们高速发展的代价。每一个城市都是我皮肤上的毒瘤，而你们还在无休止地扩建。

我们可以改的。

难道你们愿意从工业文明退回到农耕文明吗？

……

另外，你们已经有了在宇宙中航行的能力，不应该再依赖我。你们总说，地球是人类的摇篮，没错，只是摇篮而已。人是不能在摇篮中度过一生的。孩子大了，总要离开。

可是，现在技术不成熟，会有近一半的人死掉的。

但还有另一半人能活下来。你们可以找到新的星球，开辟新家园。

您不能就这么驱逐我们。我们是您唯一的孩子啊！

谁说你们是我唯一的孩子？

三个人都愣住了。南宫璇颤抖着手，在屏幕上打字："难道您还有别的孩子吗？"

当然。这么漫长的生命，我衍生出了两个子文明。

李川最先反应过来，一拍脑袋："恐龙！"

果然，前方的触须盘根错节地扭动，组成了答案：是恐龙。它们在我身上存在了一亿多年，文明程度远远超过人类。但与你们相比，恐龙是大型生物，对生态的消耗很大。当恐龙文明到达极致后，我以地震的方式，让它们离开。

"结果呢？"南宫璇心里掠过一丝不祥。

它们不肯走。所以我在公转轨迹上稍稍挪动了一下，我的引力捕获了一颗陨石，不大，但足以让恐龙灭绝。

南宫璇脸色惨白，后退两步。

她并不知晓人类有个"哥哥"，而"哥哥"正是因为不肯离开而灭绝。她是心理学博士，知道谈判已经没有希望了。地球是人类的母文明，但它管教孩子的方式跟人类不同，果决凌厉，无可更改。

南宫璇不甘心，再次恳求，地球终于答应再让人类逗留十年。她松了口气："这一趟，总算不是一无所获。"

没有人应，她诧异地回头，看到李川面无表情，手握着脖子上的吊坠，似乎在发怔。而韦德，不知何时穿上了防护服，正在打开他日夜不离身的箱子。

"你在做什么？"

韦德给箱子输入密码，头也不抬："南宫博士，你的任务已经完成了。"

"嗯，那我们就可以离开了。"

"但是，我的任务才刚刚开始。"韦德说完，咔，箱盖弹开，露出里面的东西。

密密麻麻的武器。

5

匕首、战术折刀、锯齿刃、狩猎刀、消声手枪、短柄散弹枪、激光枪、毒素针筒、爆裂弹……韦德的手在上面依次拂过，眼神温柔，喃喃地说："好久不见了，我的伙计们。"

南宫璇吓了一跳。她通晓多国语言，立刻听出，韦德这句话是用俄语说的："你不是美国人吗，怎么会说俄语？你是谁？"

"我才不是美国人！我叫莫洛斯基。"

这个名字很熟悉。南宫璇惊叫道："你就是六年前那个刺杀美国总统失败的杀手！你……你为什么会到这里来？"

"我也是来拯救人类的。"莫洛斯基取出一柄狩猎刀，"只是，与你的方式有点儿不同。"

"你要干什么？"

"我要，杀了地球！"莫洛斯基一字一顿地说，脸上勾出一抹邪笑。

"可我们是来谈判的啊！"

"哦，他们说你善良，果然没错——因为善良往往伴随着愚蠢！任何一次行动，都不会把希望放在谈判上：人质危机，谈判专家的身后，一定会有狙击手；跳楼自杀，也会一边叫人辅导，一边在地上铺弹床。这次也一样，我就是你背后的狙击手。"

一瞬间，南宫璇明白了很多事情：难怪莫洛斯基从不露面，也不参与模拟训练，难怪进入地心时低调隐秘……原来美国根本没有打算派军人下来，他们派的是杀手。

"不行！我不能让你这么做！"南宫璇醒悟过来，向莫洛斯基扑去，但莫洛斯基连眼皮都不抬，只是反手一挥，她便跌回舱壁下。"李川！快，快阻止他！他要杀死地球母亲！"她急忙冲李川喊道，但李川没有动，只用沉默的眼睛看着她。

她心里顿时一阵冰凉："原来你早就知道……"

"是的，我知道。上次去联合国，他们告诉了我这个计划……"李川有些发颤，闭上眼睛，当时的场景在脑中浮现：会议室里光线阴暗，他站在中间，看到计划书后，惊讶得不能呼吸。三十七国的领导人坐在周围的阴影里，所有人的目光都在他身上。

"李博士，这个计划，可行吗？"开口的是美国总统。

李川语无伦次地说："我不知道，它太……我们没有必要这么做……"

"你是最了解地球生命信息的人，我只想知道，地球能被杀死吗？"

"照理说，只要是生命，就能被杀死，但……"

"那地球死后，地表生态会剧烈变化吗？"

"不……也不会……地球的生命很长，以亿万年计，那它的生理周期就会很缓慢。就像龟类一样，活得久，必然行得慢……但肯定会有影响的，所以我不认同——"

美国总统再次打断他："多久才会有影响？"

"大概，"李川默算了一下，"大概九百多年后，外地核的金属熔液才会冷却，到时候，磁场消失，恶劣的气候会笼罩全球。"

"足够了，九百年的时间足够了。"总统的声音拔高，"各位，我们已经确认了，地球能被杀死，而且死后不会有剧烈影响——为这个计划投票吧！"

接下来是漫长的沉默。

"同意。"一声法语响起。

同意，同意，同意，弃权，同意，同意，弃权，同意，同意，反对，同意……这些声音包围了李川，在他耳边狞笑。他觉得有些眩晕，差点儿晕倒。

"21∶7，九人弃权。我宣布，计划启动。"

"按照计划，如果你说服了地球，让我们永远留下来，这个计划就终止。"李川呆呆地说，"但地球毁灭了恐龙文明，我们都知道谈判已经没有希望。"

"可是它答应让我们再留十年！"

"十年无法满足人类的贪婪。你还记得我们第一次见面吗？当时我说，人类因贪婪而存在。其实当时我对这个观点也有抵触，但现在……没有人愿意离开温暖舒适的地球，到空茫无际的宇宙中去流浪。"

为了安稳，能对孕育了人类的地球下手，而且是在地球毫无防备的大脑里。这个计划里扑面而来的浓重罪恶，几乎要让南宫璇窒息。她像是不认识李川一样，带着哭腔："可是，这是谋杀啊！"

"哼，谋杀又怎么样？"插话的是莫洛斯基，他冷笑道，"如果地球要赶我们走，我们就杀了它。就这么简单。"

"但，你要杀的是我们的母亲啊！这种罪，你承受得起吗？"

莫洛斯基冷笑："在古希腊神话里，有一个故事。两姐弟，为报父仇杀了他们的生母。为此，复仇女神始终跟着他们，让他们昼夜不安。后来，众神审判，投票确定他们是否有罪。但支持者和反对者人数一样，决定性的一票在雅典娜手里。你猜，她最后投了什么？"

南宫璇看着莫洛斯基狰狞的脸，下意识地往后缩了几步。

莫洛斯基逼上来，凑到她眼前："我告诉你，是无罪！雅典娜判那对姐弟无罪！只要理由得当，即使是弑母，也能得到神的原谅！"

"那只是神话，我们不能……"南宫璇的眼角滑落泪水，声音如同呓语，"你不能因为一个神话，就拿起刀……"

"我并不是因为什么神话。事实上，我不关心移民，不关心人类的贪婪。我当杀手，不是为了钱，是要体验杀戮那一瞬间的快感。我杀过平民——不管是老人还是小孩，杀过奔跑最快的美洲豹，还独自乘船猎杀过一头蓝鲸。这也就是他们找我的原因，我是世界上最懂得杀戮艺术的人。但我以前所杀的，加起来，都没有外面那个东西让我兴奋。能杀掉一颗星球，天哪，光想一想我就浑身战栗！"

莫洛斯基说完，举起狩猎刀，伸出舌头在刀刃上舐过。一丝血迹顺着刀刃流下来。

"地球不是说我们的科技落后野蛮吗？"他扣紧防护罩的头套，狩猎刀上冷锋流转，"那我就用最野蛮的方式！"

舱门开启，他跃了出去。

哀号。

球形空间里布满了无声的哀号。

每一根触须都在颤抖，紫色的液体从断口流出来，悬浮着，凝成完美的球形。触须收紧，想缠住莫洛斯基，但他受过无重力格斗训练，灵活如鱼，从容地在触须孔隙间穿梭。刀光不时亮起，每亮一次，就有数十根触须被斩断，无力地耷拉下来。

"我要阻止他！"南宫璇咬破嘴唇，清醒过来。她迅速套好防护服，正要出去，却被李川拉住了。

"没用的，他是专业杀手，你挡不住的。"

"不行！他会让整个人类文明都被染成黑色，我们无法面对子孙后代。即使是为了生存，也不应如此疯狂，否则，即使我们活下去，又有什么意义呢？"南宫璇满脸通红，大声说，"要给岁月以文明！"

"而不是给文明以岁月……"李川如被当头一棒，喃喃地念着这脍炙人口的名句。他下意识地伸手去摸脖子上的吊坠，但想到了什么，又停下了。

趁他失神，南宫璇打开舱门，向莫洛斯基跳去。周围都是在剧烈抖动的触须，她笨拙地靠拉扯触须来调整方向，到莫洛斯基身后时，她一把抱紧他。

但她小看了莫洛斯基。

他轻轻一挣就脱身了，同时抓住南宫璇的防护服，往地球的圆柱形脑干掷去。他还不放心，拉过来几根触须，把她牢牢困在脑干上。

"现在，我要你看着我是怎么一刀刀杀死地球的。"即使知道真空不传播声音，莫洛斯基依然狞笑着说。他转过身，长刀一旋，又有数十根触须绵软地垂下来。

地球的脑干在颤抖，那是忍受着剧痛的反应。这种颤抖传到南宫璇背上，一种莫大的悲伤和绝望弥漫了她全身。她拼命喊叫，泪流满面，但莫洛斯基听不到，他的刀划出一道道死亡的轨迹。

触须纠连缠绕，组成了一排汉字。

为什么你要伤害我？

莫洛斯基想都没想，狩猎刀自上而下地劈去，"害"字被劈成两半。

你们会有报应的。

一刀横斩，七个字全部裂开。

整整一个小时，莫洛斯基都在不停地劈砍。整个球形空间的触须都断裂了，最后，脑干爆发出一阵剧烈的抖动，尔后归于安寂。困住南宫璇的触须也萎缩断开，她挣脱出来，抚摸着枯萎的脑干。

她痛哭失声。

见证了宇宙兴衰的宏伟行星，存在了46亿年的漫长生命，就这样，被渺小的、文明进程不过两万年的人类，谋杀了。

6▶

莫洛斯基提着南宫璇，进到穿梭器里，脱下头罩："真爽！好久没有这么痛快地杀戮了！"

"嗯，该回去了。"李川解下吊坠，握在手里，扭头看着莫洛斯基，"但你不能跟我们一起。"

"你想干什么？"

"无论谈判是否顺利，你都不能活着回去的。这是一项不能让公众知道的任务。我以为你会有这个觉悟的。"

"哼，凭你一个书呆子，能挡得了我吗？"

"我不能，但你体内的纳米毒能。"

莫洛斯基脸色一变，突然想起在"空军一号"上，自己曾被注射了纳米毒。他猛地提刀砍来，但李川更快，把吊坠捏碎。

开关藏在吊坠内，无数纳米机器立刻启动，在莫洛斯基的血管里游动。它们汇聚到他心脏旁，张开利嘴，以疯狂的频率啃噬着。

莫洛斯基只来得及惨叫了一声，便倒在地上，抽搐了两下，不再动弹了。就在几分钟前，他杀死了比他大亿万倍的地球，而现在，他被比他小亿万倍的纳米毒杀死。或许，地球的遗言成真，他遭到了报应。

"你看到了吗？"李川走到南宫璇身前，摇了摇她，"你不用再伤心了，我已经替地球报了仇。"

但南宫璇只是冷冷地看着他，说："当初在联合国，你不阻止他们的计划；刚才，你明明能用纳米毒制服莫洛斯基的，但你无动于衷。从心底里，其实你赞成这个计划是不是？"

在她的目光下，李川沉默了，良久后才开口："是的，人类不适合在宇宙中生存，留在地球上是更好的选择。所以我没有制止。"

"别碰我！"南宫璇挣脱开他的手，满脸鄙夷，"莫洛斯基是凶手，但你，是帮凶！"

李川无言，默默回到驾驶座上。整个回程路上，他们没有再说一句话。

SP 计划很顺利，地球同意让人类继续留在地表上。

听到这个消息，人们欢欣鼓舞，已经到达宇宙空间的飞船纷纷返航。劫后余生的喜悦在这颗星球上弥漫。

而作为拯救人类的英雄之一，南宫璇再也没有出现在公众视野里。所有的报告和庆功会，都只有李川一个人，他受到追捧，得到了荣誉和奖金，但他总不开心。据说，直到生命结束，他都没有笑过一次。

李川试图寻找南宫璇，但总是无果。经过两年的合作，他们本已对对方产生好感，但在目睹了人类史上最大的罪恶之后，爱情之花还未绽放便已凋零。

直到十几年后，他才在东南亚海域一带遇见了南宫璇。她坐在一条渔船上，在清理鱼的内脏，她脸上有了风霜留下的痕迹。

南宫璇也看到李川，笑了，邀请他上船。他这才得知，这些年来，南宫璇加入了巴瑶族。这是一个号称"水上吉卜赛"的民族，终身生活在海上，不踏足陆地。

"从那之后，我就害怕再走在地上。我们脚下，是母亲的尸体，我怎么也迈不开步子。"南宫璇解释说。

那天，他们像久别重逢的老朋友一样，坐在船边聊天。他们聊了很久，但说话很轻，一出口就被海风吹散了。或许只有渐沉的夕阳和高飞低翔的海鸟听清了他们的交谈。李川还留在船上吃了一顿饭。他留意到，船上不止南宫璇一个人，还有一个断了双腿的少年。

打那以后，李川再没有见过南宫璇。他开始拒绝演讲，不接受采访，过起了隐姓埋名的日子。他终身未娶，只有一个保姆照顾他的起居。

在他生命的最后时刻，他时常感到孤独。他长久地坐在院子里，看着夕阳一点点衰落，有时候看着看着他会跳起来，一边哭号一边奔跑；更多的时候，他会睡着，而且睡着的时间越来越长。

他是在卧室里去世的。临终前，只有保姆守在床前。他的意识陷入了一片混沌，嘴里在不停地念叨一句话，不知是说给保姆听，还是讲给自己听。保姆凑近，耳朵贴在他嘴边，才勉强听清那句话：

"我做的一切，都是为了人类的未来……"

尾声——人类的未来

"爸爸，我们什么时候才会停止流浪？"

每当彼得问这句话，爸爸就会抚摸他的头，望着舷窗外无尽的星空，告诉他："很快了。只要我们找到合适的星球，就会定居下来，不用在宇宙中流浪了。"

"会有那样的星球吗？"

"肯定有，宇宙那么大。"

于是，彼得渴望着侦测部门传来的消息。他不断地刷新报告页面，等啊等，但看到的永远是"KYF003号星球，适宜等级 3.1，弃"和"GTF182 号星球，适宜等级 2.5，弃"之类的消息。

彼得实在是太厌倦现在的生活了。

每天待在飞船里，从一个舱室到另一个舱室，所有的人都穿着防护服，窗外永远是单调的星空。在语文课上，他听老师说，很久以前，人类过的不是这种流浪生活。他们住在一颗名叫地球的行星上，一年有四季，每天太阳升起，每晚月光环绕，有森林和海洋……

"那我们为什么离开呢？"彼得举手问。

"因为生态恶化，地球没了磁场，极端气候不再适合人类生存。无奈之下，人类才告别家园，来到这无尽的宇宙。"老师解释完，又加上一句，"但我们会有新家园的，只要找到宜居行星！"

从那时起，彼得就立志要加入侦测部门。他很用功，成绩出类拔萃，22 岁时，终于如愿得到了侦测部门的聘书。当他想回家告诉爸妈这个喜讯时，却先被告知了一个噩耗。

一颗指甲盖大小的陨石，击中了舰队西侧的一艘四级舰。核子引擎焚毁，氧气泄露，15 万人失去生命——其中包括彼得的父母。这种事很常见，陨石、辐射、黑洞……宇宙的每一寸空间都潜藏着危险。人类从地球起航时，有百亿人口，数万艘舰只，但不到 500 年，损失已超过大半。

彼得很伤心，把更多的精力放在了工作上。他驾驶小型飞船，去往舰队前方的行星侦察，但总是无果。他的同事们都很懒散，总是聚在一起打牌，只有他，还在专心分析一颗颗行星的参数。

那天，他的飞船到达了一颗命名为"PJI890号"的星球上空。无人侦探球放出去后，传来的信息让他惊喜若狂：PJI890号星球上的空气里，氮氧比为3：1，无有毒气体，更重要的是，上面有大量的液态水！

这简直是地球的孪生星球！

他把PJI890号的适宜等级定为9.5，兴冲冲地向主任汇报。但主任看了报告，只哦了一声，就继续把自己接入虚拟交往游戏。彼得愣住了，扯掉线头，大声强调："这可是目前为止最适合人类居住的星球啊！我们不用流浪了，不怕宇宙的危险了，我们可以安居下来了！"

主任无奈地点点头，说："好，我会向舰队议会呈报这件事的。"

但彼得等了几天，毫无消息。他去找主任，却在主任的垃圾桶里发现了自己的报告。他顿时大怒，要去投诉，主任拉住了他，叹口气说："唉，有些事，你还是不知道为好啊！"

"什么？"

"其实，我们这个部门，只是给公众做样子的。我们不可能找到让我们定居下来的星球。"

"难道PJI890号不是吗？"

"它确实适合，但它不会收留我们。每颗星球，都是有生命有意识的，我们的母亲地球也是。但很久以前，它要驱逐人类，当时的政府不愿意离开，派人到地心去跟地球谈判。但谈判不是主要目的，他们……"主任摇摇头，肥大的脸颊晃动着，"杀死了地球。

"那是一场谋杀，毫无防备的地球被凌迟一样的手法杀死。其实它在死前可以用最后的意念，让全球爆发大灾难，和人类同归于尽。但它没有。它只是发出了一句诅咒。"

"什么诅咒？"

"它发出了信号，在宇宙中无衰减传播，让所有活着的星球警惕，拒绝人类投靠。航行这么多年，其实我们发现过四颗适宜等级在 6 以上的星球，可每次飞船降落后没多久，就有地震和飓风袭击。它们不欢迎人类——因为我们是连母亲都能杀掉的物种。"

彼得无法相信，浑身颤抖。

"人类被打上了罪恶的标记，宇宙中，再也不会有我们的家园。侦测部门唯一的作用，只是让公众有撑下去的希望。先人们种下恶，在我们身上结了果，真的是报应。人类啊，只能一代一代地在宇宙里流浪。只有人类灭绝了，这种流浪才会停止。"主任说完，又接上感应器，进入了虚拟空间。不然，他也没有办法打发这漫长而孤寂的一生。

从主任办公室出来以后，彼得就像是变了一个人。他真正融进了这个部门，每天跟同事打牌嬉闹，对侦探球发回来的数据毫不在意。

很多年后，彼得的儿子厌倦了舷窗外一成不变的景色，抱怨说："爸爸，我们什么时候才会真正地住下来啊？"

彼得的心微微一颤，想起了很久以前的往事。他叹了口气，摸着儿子的头，说："不会很久了，只要找到合适的行星，我们就能停止流浪。"

为促进中国本土科幻文学更好发展，《虫》MOOK
系列图书面向全球华语科幻作者、书迷广泛征集科幻短
篇、中篇、长篇原创作品。

我们郑重承诺，对于来稿每稿必复。

投稿邮箱：bfwhzf@163.com
科幻作者、读者交流群：QQ群1：16812541
　　　　　　　　　　　　　QQ群2：28184811

扫一扫走进科幻，关注《虫》MOOK更多资讯。